DESTINS BRISÉS

FLAMMES BRISÉES
TOME TROIS

ANNIE ANDERSON

DESTINS BRISÉS

Flammes Brisées Tome Trois

Annie Anderson

Publié par Annie Anderson

Secrétaire d'édition (version anglaise) : Angela Sanders

Couverture par : Tattered Quill Designs

ISBN: 978-1-960315-86-1

À toutes les copines qui savent que l'amour, sous toutes ses formes, peut changer leur destin. Soyons maîtres de notre histoire et refusons de nous plier aux caprices de la Destinée.

CHAPITRE I
VALE

La nuit menaçait de m'engloutir toute entière.

Comme les entrailles béantes du gouffre sous la montagne, le vide s'étirait devant moi, prêt à me happer. Chaque pas ressemblait à un pari, me donnant l'impression d'être de retour sur cet escalier de pierre, accablée par le poids des yeux invisibles qui me guettaient, en attendant que je tombe.

Mais ce n'était pas l'obscurité qui m'effrayait.

Non, c'était le silence.

Pas même un souffle d'air faisant bouger les branches. Pas même un bruissement de feuilles. Pas même un hululement lointain de chouette ni un crissement d'insecte nocturne. Juste le silence. Oppressant, absolu et *anormal*.

Je m'efforçai de respirer calmement par petites

bouffées brusques dans le froid hivernal. Mes poumons étaient en feu, douloureux après que j'eus couru trop vite et trop longtemps. Le point dans mes côtes me rappelait sans cesse que mon corps avait des limites, mais je l'ignorai. Il le fallait.

Ma cape se prit dans les branches épineuses, dont les tiges fragiles griffaient le tissu tels les ongles d'un mort. Sans m'arrêter ou me retourner, je la dégageai d'un coup sec.

Je l'avais vraiment fait.

J'étais partie.

Je *les* avais abandonnés.

Une vive douleur me transperça la poitrine, mais je la réprimai. Kian. Xavier. Idris. Ils n'avaient plus besoin de moi. Ils avaient enfin obtenu ce qu'ils avaient toujours désiré : le retour de la magie et la délivrance de leur roi.

Idris avait retrouvé son unité. Son dragon n'étant plus captif, l'équilibre était rétabli. Et pour parvenir à ce résultat, j'avais dû les trahir.

Je sentais encore le sang chaud de Rune couler sur mes doigts, sa voix résonnant dans ma tête pour me supplier de l'aider, pour me supplier de sauver Idris. Je déglutis ce qui ne fit qu'accentuer le vide que je ressentais dans ma poitrine alors que je retenais mes larmes.

Rune n'existait plus désormais. Il était mort. À présent, tout son être avait fusionné avec celui d'Idris, et même si nous avions gagné, j'avais malgré tout l'impression d'avoir perdu.

Rune.

Mes compagnons.

J'avais échoué à tous les niveaux.

Les liens qui m'unissaient à mes compagnons n'étaient pas complètement rompus, mais ils étaient fragilisés. Brisés. Je pouvais encore percevoir leur présence si je m'abandonnais à la sensation.

La chaleur de Kian, réconfortante et inébranlable, mais distante.

La présence de Xavier, plus froide, retranchée, impénétrable.

Idris, protégé par un mur d'acier, était silencieux.

Je ne cherchai pas à les atteindre. Je ne pouvais pas. Au lieu de cela, je m'efforçai de mettre un pied devant l'autre. Encore un pas. Puis un autre. Et encore un autre, jusqu'à rejoindre Nyrah.

Je les avais laissés tomber, mais je ne pouvais pas la laisser tomber.

Le château était derrière moi, dissimulé par les immenses arbres de la forêt. Ses tourelles et ses défenses fébriles n'étaient plus qu'un souvenir. Je ne me laissai pas aller au découragement. Je refusai de succomber à l'attraction du lien tandis que la culpabi-lité me rongeait le cœur.

Si je réfléchissais trop longtemps, j'hésiterais.

Or, toute hésitation était synonyme de mort.

C'était tout aussi vrai ici que sous la montagne.

Je traînai des pieds sous le coup de la fatigue extrême. Je marchais depuis des heures, peut-être plus. Mes jambes me faisaient souffrir et une douleur lancinante irradiait dans ma poitrine, conséquence de ma course effrénée. Je ne savais pas depuis quand je ne m'étais pas arrêtée pour reprendre mon souffle. Ni quand j'avais bu pour la dernière fois.

J'étais complètement déshydratée, ma gorge était à vif, mais je n'osais pas faire une pause. Je ne pouvais pas. À la seconde même où je ralentis, je la sentis. Une pression à la lisière de mon esprit. Une lourdeur qui m'écrasait.

Non.

Je serrai les mâchoires et continuai d'avancer. Si je m'arrêtais, je les entendrais. Les murmures. Les rires. La voix douce et mélodieuse d'une chose invisible, mais bien réelle.

Zamarra.

Elle attendait. Tapie tout près, hors de ma portée, sa présence envahissait l'obscurité comme une arai-gnée qui aurait patienté en tissant sa toile.

Rêve, petite Luxa.

Je retins mon souffle. Cette voix n'était qu'une illusion.

Viens à moi.

Je fermai les yeux de toutes mes forces. Ce n'était pas réel.

Elle voulait que je dorme pour pouvoir m'entraîner dans son monde.

En serrant les dents, j'essayai de réprimer l'angoisse qui me glaçait le dos. Je refusais de rêver, pas cette nuit, pas tant que je n'y étais pas obligée. Car elle était là, tapie dans l'ombre de mon esprit, prête à frapper.

Devant moi, une lueur scintilla à travers les arbres. Je me figeai, la gorge serrée.

Des lanternes.

Il ne s'agissait pas de la lueur froide et artificielle des lampes enchantées, ni de l'éclat sinistre de la magie noire. C'étaient de vraies lanternes, celles que les gens transportent. Mon cœur se mit à palpiter tandis que je résistais à l'envie de m'enfuir.

Niché à l'orée de la forêt, se trouvait un petit village. Je m'efforçai d'avancer, en surmontant mon instinct qui me poussait à faire demi-tour. Les mages giroviens avaient attaqué le château, mais étaient-ils parvenus jusqu'au village ? L'avaient-ils réduit en cendres comme tant d'autres lieux sur leur passage ?

Le cœur battant, je m'approchai.

Les lumières scintillaient d'une lueur douce et rassurante. Devant les bâtiments intacts, un tel soulagement m'envahit que je faillis m'effondrer. Les mages girovien n'avaient pas détruit le village. Ils ne l'avaient pas incendié et n'en avaient pas massacré les habitants. Nous étions leur seul objectif.

Seulement Idris.

Seulement moi.

Je serrai mes mains l'une contre l'autre.

Tant mieux.

Cela signifiait au moins que les villageois étaient en sécurité. Au moins, ce n'était pas un autre lieu en ruines, victime de notre guerre. Au moins, ce n'était pas un autre échec. Cependant, cela ne garantissait en rien ma sécurité. Les paroles de Lirael me revinrent à l'esprit, aussi douces que la lumière dorée qu'elle avait déversée dans ma poitrine.

Tu ne réalises pas l'étendue de tes pouvoirs.

Tout en ravalant ma salive, j'ajustai la sangle de ma sacoche sur mon épaule. Le livre qu'elle contenait exerçait une pression sur mes côtes, un poids à la fois réconfortant et accablant.

Tu dois retrouver le livre.

Sur le coup, je n'avais pas compris le sens de ses paroles. Je ne le comprenais d'ailleurs toujours pas. Mais je finirais par comprendre.

Après avoir rabattu ma capuche pour cacher mon visage, je me dirigeai vers les écuries. Il fallait que je trouve un cheval. Je devais continuer mon chemin. Et je devais y parvenir avant qu'on ne me remarque.

Les écuries sentaient le foin humide, le cuir chaud et la sueur. L'air était imprégné de l'odeur terreuse des animaux. Je m'avançai prudemment, en marchant d'un pas léger et en retenant mon souffle, et scrutai les rangées de boxes.

Au fil des années, j'avais dérobé pas mal de choses, mais rien dont la taille dépassait celle d'une brique ou de deux de rations. Voler un cheval était bien au-delà de mes compétences. Bon sang, je n'étais pratiquement jamais monté à cheval, et la seule fois où ça m'était arrivé, c'étaient Kian et Xavier qui tenaient les rênes.

Mais ce n'est pas la première fois que tu voles un cheval.

Le chagrin me tordit les entrailles lorsque je me rappelai la voix de Rune dans ma tête la fois où il m'avait guidée vers le château, vers Idris.

Mais à présent ? J'étais seule.

Les mains tremblantes, je serrai les dents en scrutant les stalles. La plupart des chevaux étaient trop grands et trop musclés, bâtis pour le travail, pas pour la course. Je devais trouver un cheval élancé et rapide.

Au fond de l'écurie, une jument noire au pelage brillant attira mon attention. Les oreilles dressées, trépignant dans sa stalle, elle semblait agitée, comme si elle avait senti ma présence. Elle était parfaite. Il ne me restait plus qu'à trouver comment monter sur son dos sans me rompre les os.

Tu dois retrouver le livre.

Les mots de Lirael retentirent à nouveau dans mon esprit, où sa présence persistait comme les braises mourantes d'un feu. Je n'avais pas le temps de percer des énigmes ou de m'interroger sur des prophéties. Nyrah était là, quelque part, pendant que je m'apitoyais bêtement sur mon petit cœur et ma fichue culpabilité.

Zamarra traquait sa proie.

Après avoir ouvert la stalle avec plus d'assurance que je n'en ressentais, les mains tremblantes, je tendis le bras vers la selle accrochée au mur. Au bout de deux essais, je parvins à la prendre. Épuisée par la marche et le manque de sommeil, je chancelai sous son poids au moment de la poser sur le dos de la jument.

Finalement, je réussis à la placer en maugréant, les étriers s'entrechoquant maladroitement contre le flanc de l'animal. Je ne savais même pas si je m'y prenais correctement. Où devais-je fixer les sangles ? Que devais-je serrer ? Nerveuse, la jument renâcla et frappa le sol avec son sabot.

Je sursautai et écartai précipitamment mon pied botté avant qu'elle ne le broie.

— Je comprends. Ça ne te plaît pas plus qu'à moi, murmurai-je en passant maladroitement la sangle sous son ventre.

J'avais déjà vu Kian et Xavier procéder ainsi, et je me souvenais vaguement des différentes étapes, mais j'étais gauche. Les sangles me paraissaient raides, je haletais et mes mains tremblaient.

Vite. Vite. Vite !

La jument renâcla et remua à nouveau, secouant la tête pour manifester son mécontentement. Mon cœur martelait ma poitrine : elle risquait de trahir ma présence en faisant du bruit.

Je saisis la bride et hésitai une fraction de seconde avant de la lui passer sur la tête. Les lanières de cuir me lacérèrent les mains tandis que je peinais à lui mettre le mors dans la bouche. M'opposant une certaine résistance, elle secoua à nouveau la tête.

— S'il te plaît, murmurai-je. Je sais que tu es fatiguée, mais j'ai besoin que tu m'aides.

La jument claqua des dents et je parvins à retirer ma main de justesse pour éviter d'être mordue. Les tempes douloureuses, je sentis la frustration me submerger. Je n'avais pas une minute à perdre, je devais enfourcher la jument et partir.

Finalement, je réussis à positionner la dernière sangle et à l'ajuster, en priant pour ne pas m'être trompée.

En tendant la main vers l'étrier, je me rendis compte que je ne savais pas comment me mettre en selle. Les seules fois où j'étais montée à cheval, Kian ou Xavier m'avaient aidée, alors je n'avais pas la moindre idée de la marche à suivre. J'essayai de me remémorer les gestes de Xavier ou de Kian.

Le pied dans l'étrier, je m'agrippai à la selle et me hissai, mais au moment d'enjamber la jument, ma botte accrocha le bord de la selle, ce qui me déséquilibra dangereusement.

Aussitôt, la jument fit un bond sur le côté. Manquant de m'encastrer la tête dans le mur de l'écurie, je poussai un juron étouffé.

Mon cœur battait à tout rompre. Je pouvais entendre ma respiration saccadée qui retentissait dans le silence. Si je ne me ressaisissais pas, je me ferais prendre.

— Ce n'est pas ton cheval, entendis-je, en même temps que des bruits de pas.

Merde !

Par réflexe, je me retournai, cherchant une arme que je n'avais pas et une magie qui refusait de se manifester. Un palefrenier, dont la silhouette était à peine visible dans la lueur vacillante de sa lanterne, bloquait la sortie. Il était jeune, peut-être dix-huit ou dix-neuf ans, et semblait tout à fait comprendre ce qui se passait.

Les yeux du jeune homme passèrent du cheval à moi, puis s'arrêtèrent sur l'enchevêtrement de sangles que j'avais formé. Il fronça les sourcils et ouvrit la bouche comme pour dire quelque chose.

Puis son regard se posa sur mon visage avant de descendre précipitamment vers la bague que je portais encore au doigt. La pierre d'onyx à l'éclat vibrant trahissait mon identité. Le souffle coupé, il sembla me reconnaître.

— Vous... vous êtes la reine.

Merde. Merde. Merde !

Prise de panique, je sentis un élan électrisant de peur m'envahir. Sans réfléchir, je passai à l'action.

Je levai la main, et la magie qui m'avait fait défaut

quelques instants plus tôt jaillit soudain du bout de mes doigts, avant de se disperser en une gerbe de petits éclairs. Les lanternes suspendues aux poutres explosèrent, plongeant l'écurie dans une obscurité totale. Tout en pestant, le palefrenier trébucha en arrière, tandis que la jument s'ébrouait, affolée.

Je profitai de ce moment pour me hisser sur son dos, en m'agrippant à la selle de toutes mes forces. Elle se cabra légèrement, surprise par l'explosion, et ses muscles se contractèrent lorsque j'enfonçai mes talons dans ses flancs.

— Arrêtez ! Au voleur ! cria le palefrenier d'une voix alarmée pour appeler à l'aide.

Il ne me restait sûrement plus que quelques secondes avant que ma chance de m'échapper ne partent en fumée. Sans hésiter un instant de plus, je mis un coup de talon et la jument s'élança, manquant de me désarçonner alors qu'elle se ruait vers la nuit. Je n'avais ni rênes, ni véritable contrôle sur elle. Je m'agrippais à tout ce que je pouvais : crinière, selle, n'importe quoi qui puisse me permettre de rester en selle.

Au moment où nous surgîmes de l'écurie, le vent s'engouffra dans ma cape. Nous filâmes à toute allure sur la route pavée tandis que le village s'animait derrière moi à mesure que des voix s'élevaient.

Je ne me retournai pas. Je m'accrochai et continuai à galoper.

Au fond de ma poitrine, le lien palpitait.

Kian.

Xavier.

Ils s'agitaient. Ils remarqueraient bientôt mon absence, si ce n'était déjà fait.

Se mettraient-ils à ma recherche ? Est-ce qu'Idris le ferait ? Était-ce ce que je souhaitais ?

Le cœur battant à tout rompre, je sentis une douleur cuisante me transpercer au souvenir de l'expression impassible d'Idris, de son dégoût. Elle me déchira les entrailles telle une bête sauvage.

Qu'avait-il dit ? *Partir à la chasse aux fantômes ne servira à rien.*

Non, ils ne se lanceraient pas à ma recherche, et surtout pas lui. Et c'était très bien ainsi. J'avais survécu sans eux par le passé, je pouvais bien recommencer.

Je devais simplement poursuivre ma route.

CHAPITRE 2
KIAN

La flamme de la bougie vacillait, ou peut-être que ma vue baissait.

Ma vision se brouillait devant les plans de bataille que je regardais, les frontières se confondaient tandis que j'essayais de déterminer où Girovia risquait de nous attaquer ensuite. Idris comptait sur mes siècles d'expérience en qualité de général pour trouver la réponse, mais je n'étais pas au bout de mes peines.

L'aube approchait, marquant le début du deuxième jour depuis la bataille.

Depuis que tout avait changé.

Depuis que Vale avait arrêté de respirer.

Depuis que les mages avaient saccagé le château.

Depuis que notre femme avait brisé la malédiction.

Et pourtant, j'avais l'impression que nous avions raté quelque chose, un indice crucial laissé par les dieux pour nous indiquer que nous étions sur la bonne voie.

Je me passai une main sur le visage et sentis ma barbe naissante sous ma paume, un rappel brutal des longues heures que j'avais passées sans dormir. Mon corps était courbaturé, mes muscles crispés par la fatigue, mais cela m'était égal. Je ne pouvais pas dormir. Parce que le lien était fragile, scintillant comme une étoile filante, mais tranquille depuis trop longtemps.

Le cœur serré, je me remémorai la scène où Vale avait fait irruption dans la salle du conseil de guerre. Elle avait parlé d'une voix ferme malgré le poids qui nous accablait tous. Combien d'heures s'étaient écoulées depuis ? Cinq ? Dix ?

Elle avait plongé son regard dans le mien quand elle nous avait suppliés de l'écouter. Et qu'avions-nous fait ?

Je serrai les poings sur le bois de la table militaire, en essayant de respirer malgré la douloureuse sensation dans ma poitrine. Elle nous évitait ! C'était la seule explication possible.

Mais après tout ce qui s'était passé, qui pouvait le lui reprocher ?

Sa sœur était la seule chose qui lui importait, la seule chose qui la maintenait en vie, et Idris avait ignoré ses supplications sans même prendre la peine de l'écouter...

Il avait été froid, distant, lui reprochant une chose sur laquelle elle n'avait sans doute aucune prise. Xavier avait tenté de trouver un compromis, mais les non-dits avaient creusé le fossé entre nous.

Et moi ?

Je l'avais laissée s'en aller.

J'étais resté là et l'avais regardée quitter la salle. Je ne l'avais pas défendue. Je n'avais pas tenu tête à Idris. Je ne lui avais même pas demandé de rester.

Je l'avais laissée partir, alors que je voyais bien qu'elle était à bout. Alors que mon seul désir était de la retenir. De lui dire que je comprenais. Que je voyais bien qu'elle était en train de perdre pied et de s'effondrer.

Mais je n'avais rien fait, et à présent, j'en subissais les conséquences.

Je lui avais laissé du temps. Trop même.

Et à présent...

Quand le lien faiblit, je me figeai. C'était différent

du silence ou des protections dont elle s'était déjà servi pour s'isoler.

Là, ça s'apparentait plutôt à une absence.

Une sensation de vide intense et déchirante se propagea dans ma poitrine, et je me levai si brusquement que les pieds de ma chaise raclèrent le sol. Les oreilles bourdonnantes, je tentai de sonder mon esprit à sa recherche tandis que le monde basculait. Le lien, renforcé par notre proximité, aurait dû me permettre de la localiser. Plus elle était près de moi, plus il était fort. Mais à cet instant précis ?

Le fil ténu était à peine perceptible.

Elle ne nous évitait pas. Elle ne se cachait pas. Vale était partie.

Un froid glacial me transperça de part en part. La veille, j'avais senti sa présence sur le lien : faible, instable, mais toujours là. Toujours reliée à moi. Mais là ?

Sans même prendre le temps de réfléchir, je me mis en mouvement. Mes pas résonnèrent sur le sol en pierre tandis que je fonçais dans les couloirs, dépassant les gardes trop épuisés pour réagir. Le souffle court, je suivai la trace fugace de son odeur.

Non. Non. Non !

Je poussai les portes de la chambre d'Idris, m'attendant à moitié à la trouver recroquevillée quelque part et à moitié à me prendre une gifle pour ma stupidité.

L'air glacial me fit l'effet d'un uppercut.

Le feu était éteint depuis longtemps. Le lit était vide, ses draps, bien que froissés, froids faute d'avoir été utilisés. L'odeur de Vale flottait encore dans la pièce, mais elle s'estompait rapidement.

Et le lien...

Il était distendu, fragile, tellement étiolé que je le sentais à peine.

Non.

Mon regard balaya frénétiquement la pièce et finit par se poser sur la table de chevet, où était posé le poignard orné de pierres précieuses, celui que je lui avais offert une éternité auparavant, me semblait-il. La lame brillait dans la pénombre.

Ma respiration me scia les poumons.

Alors que le sang me montait à la tête, je fixai l'arme. Elle m'avait dit une fois que c'était le plus beau cadeau qu'on lui ait offert de toute sa vie, le seul, et elle ne l'avait pas emporté.

Je sentis ma gorge se serrer lorsque je pris le poignard, dont le métal froid me brûla la peau.

Elle l'avait laissé là.

Elle était *partie*.

Elle était partie, *putain*.

Le poids de cette réalité m'écrasa, consumant tout mon être. Les liens qui nous unissaient n'étaient plus seulement fragiles. Ils avaient été rompus. Ils n'avaient pas disparu, n'étaient pas brisés. Mais ils étaient suffisamment ébranlés pour que cela revienne au même.

La main crispée sur le cadre de la porte, j'essayai de reprendre mon souffle, mes griffes s'enfonçant dans le bois.

Elle était seule. Sans protection.

Pourquoi avait-elle fait une chose pareille ?

Parce que nous ne l'avions pas écoutée.

Je fermai les yeux et la vis derrière mes paupières. Une image de Vale, debout dans la salle du conseil de guerre, le dos droit, la voix ferme, mais les poings serrés.

— *Tu crois que je ne le sais pas ? Tu crois que je ne sens pas le poids de ma décision à chaque seconde qui passe ?*

À ce moment-là, j'aurais dû m'interposer et retenir Vale. Mais je l'avais laissée quitter la pièce, et à présent, elle était partie.

Une porte claqua violemment, faisant taire le bourdonnement dans ma tête.

Xavier.

Avant même de m'en rendre compte, je me

décollai du cadre de la porte et me mis à avancer. Les autres allaient bientôt réaliser ce que je savais déjà. Et quand ils le feraient ?

Que les dieux nous viennent en aide !

La pièce était bien trop silencieuse. Malgré les gardes qui patrouillaient, les flammes qui vacillaient, le brouhaha lointain des blessés que l'on soignait, il régnait un calme anormal qui me glaçait le sang.

Ou peut-être était-ce simplement l'absence de Vale.

La dague que je tenais en main me paraissait plus lourde qu'elle n'aurait dû l'être. Les bords coupants des pierres précieuses m'entaillaient la paume, ce qui me permettait de garder mon sang-froid sans pour autant que la douleur dans ma poitrine ne s'atténue. Elle l'avait laissée. Elle nous avait quittés.

Elle m'avait quitté.

Comme tous les autres, je n'avais pas dormi. Et à présent, toutes les émotions – l'épuisement, la frustration, cette foutue culpabilité –, bouillonnaient en moi, me rongeant tellement de l'intérieur que j'avais du mal à respirer.

Et puis j'entendis ses pas.

Xavier progressait rapidement, les semelles de ses bottes claquant contre le sol en pierre. Il ne courait pas vraiment, mais sa démarche était empreinte d'un certain empressement. Aussitôt qu'il tourna dans le couloir, son regard glacial s'arrêta sur le mien. Je sus instantanément qu'il le sentait aussi.

Lorsque son esprit commença à comprendre, la confusion lui déforma le visage.

— Kian ? dit-il d'une voix rauque et tendue.

Il avait peu parlé depuis la bataille.

— Qu'est-ce que... ?

— Elle est partie.

Les mots laissèrent un goût amer dans ma bouche et semblèrent faire l'effet d'un coup de poing à Xavier.

Il s'arrêta net alors que la tension montait d'un cran entre nous. Il fronça les sourcils, et tout son corps s'immobilisa.

— Comment ça, elle est partie ?

— Elle est partie, répétai-je en jetant la dague sur la table voisine, le bruit métallique résonnant dans le couloir. Elle n'est pas dans le château. Elle n'est pas dans le périmètre de protection. Et ce lien ?

D'une voix tremblante de colère, je me frappai la poitrine.

— Il est à peine perceptible.

Les pupilles de Xavier s'enflammèrent et sa magie crépita faiblement dans l'air.

— Non, murmura-t-il en secouant légèrement la tête. Elle n'aurait jamais...

— Elle l'a fait, dis-je d'une voix plus dure que je ne l'aurais voulu.

Mais bon sang, je n'arrivais pas à faire autrement...

— Elle est partie d'ici toute seule, et aucun d'entre nous ne s'en est aperçu jusqu'à maintenant.

Lorsque Xavier serra les dents, le muscle de sa mâchoire se contracta et sa respiration devint saccadée. Ses mains se crispèrent et la tension immobilisa son corps.

Non. Pas seulement de la tension. La panique.

Parce qu'il était en train de comprendre. Le lien. L'absence. L'horrible vérité.

Tandis que sa poitrine se soulevait et s'abaissait trop vite, son expression habituellement indéchiffrable alternait entre la rage et une émotion pire encore : la peur.

Il le sentait désormais. Ce vide béant qui lui déchirait la poitrine.

Ses yeux d'un bleu glacé s'assombrirent et ses narines se dilatèrent à mesure que les flammes de son pouvoir remontaient le long de ses bras.

— Comment c'est possible, putain ?

— Comment ? répétai-je dans un rire amer.

Je fis un pas en avant alors que mon self-control s'effritait, faisant apparaître des écailles sur ma chair.

— Parce qu'on l'a laissée quitter cette foutue salle du conseil de guerre. Parce qu'aucun de nous n'a dit ce qu'il fallait. Parce qu'elle pense qu'elle est seule dans cette affaire... Encore une fois. Et au lieu de la rassurer, on l'a laissée souffrir en silence.

Encore une fois.

Ravalant ma salive avec peine, je fermai les yeux au souvenir de son souffle agonisant, de son corps ensanglanté et brisé dans mes bras.

Xavier secoua la tête, recula d'un pas et passa ses mains dans ses cheveux argentés.

— Non. Non, on aurait remarqué...

— Tu crois ? l'interrompis-je en m'approchant de lui. Non, on a été tellement absorbés par cette putain de guerre, par la rage d'Idris, par notre propre culpabilité, qu'on l'a laissée nous filer entre les doigts.

Le souffle de Xavier devint plus court, plus rapide. Merde !

Après une expiration difficile, je me passai une main sur le visage pour me soulager du poids de la situation qui m'accablait. Xavier et moi avions toujours été les plus proches d'elle. Ceux qui remarquaient quand quelque chose n'allait pas. Ceux qui la protégeaient, putain.

Et nous avions échoué.

Xavier entrouvrit les lèvres comme s'il s'apprêtait

à parler, mais aucun son ne sortit de sa bouche. Son regard se porta sur la dague, puis revint sur moi. Près de ses flancs, ses mains tremblaient.

— Depuis combien de temps ? demanda-t-il d'une voix plus calme, rauque et éraillée.

— Je ne sais pas, répondis-je après avoir ravalé la boule dans ma gorge. Quelques heures. Peut-être plus. Elle est peut-être partie à la seconde où elle a franchi cette porte.

Xavier jura à voix basse et se retourna brusquement. Sa magie crépitait dans l'air au rythme de ses pas. Il ne tournait pas en rond, sans but, il calculait. Son esprit réfléchissait déjà aux détails et aux possibilités.

— Elle ne sait pas voyager seule, dit-il, presque pour lui-même. Elle est rarement sortie du château sans nous.

— Elle va avoir besoin de provisions, acquiesçai-je, la mâchoire serrée. D'un cheval. On doit visiter les villages environnants...

— Elle est partie sur la piste de Nyrah, affirma Xavier en relevant la tête, les yeux brillants.

Les mots me transpercèrent telle une lame. Ce foutu mage lui avait instigué des craintes.

Les chaînes se délient, petite reine. Tout le royaume tremble à cause de tes actions.

Sur le moment, je n'avais pas compris, mais le mage parlait de Zamarra. Elle allait se libérer, et Vale nous avait dit clairement quelle était sa priorité. Elle n'avait ni menti ni bluffé. Alors qu'elle savait ce qui se préparait, Vale était tout de même partie.

Cette découverte me bouleversa profondément et me décontenança.

— Elle pense qu'elle doit agir seule, dis-je d'une voix tendue, le cœur en miettes.

Xavier expira lentement, mais cela ne fit à l'évidence rien pour l'apaiser.

— Alors on part à sa recherche.

— On part à sa recherche, acquiesçai-je.

Mais avant cela, je devais écraser mon poing dans la gueule d'Idris.

À cette pensée, un nœud se forma dans mon ventre.

Lorsque Xavier croisa mon regard, nous nous comprîmes.

Ça allait mal se passer.

LA SALLE DU CONSEIL DE GUERRE ÉTAIT TROP tranquille.

Pas le calme agréable qui survient après une bataille, quand les morts sont comptabilisés et les survivants reprennent leur souffle. Non, plutôt le genre de silence étouffant et oppressant qui règne juste avant qu'un lieu ne soit réduit en cendres.

Et Idris se tenait au centre de la pièce.

J'aurais dû savoir qu'il ne réagirait pas comme nous. J'aurais dû savoir qu'il ne broncherait pas en me voyant débarquer et m'entendant déclarer «Vale est partie». Ces mots qui m'avaient déchiré de l'intérieur.

J'avais passé les deux derniers jours dans un état d'épuisement extrême, à force d'essayer de reconstituer nos défenses et de chercher de l'air malgré l'effritement du lien qui m'unissait encore à elle. Je l'avais sentie s'éloigner un peu, puis considérablement, sans même réagir.

Je m'étais convaincu qu'elle avait besoin de temps. Qu'après tout ce qui s'était passé, nous éprouvions tous ce besoin.

Et à présent ?

À présent, elle était partie.

Et Idris le savait.

Il ne l'avait pas appris à l'instant, au moment où

j'avais fait irruption dans la salle du conseil de guerre pour le transpercer de mes mots comme si je m'étais servi d'un putain de poignard.

Non, il était déjà *au courant* et n'avait strictement rien dit.

Les pieds de la chaise raclèrent le sol en pierre quand je m'éloignais de la table. Les griffes fléchies, j'essayais de respirer en dépit de la fureur qui m'enserrait la poitrine.

— Regarde-moi, espèce de lâche. Je viens de te dire que ta reine, ta femme, ta compagne est partie, et tu m'ignores ? Elle est *partie*, Idris !

Les mots avaient un goût de cendres.

— Elle est partie, putain.

Alors que j'avais les yeux rivés sur mon roi, le silence s'imposa à moi.

Cet enfoiré ne prenait même pas la peine de quitter cette foutue carte des yeux.

Avant même de le réaliser, je me déplaçai et frappai sa mâchoire avec mon poing. Sa tête fut projetée sur le côté en un craquement *sonore*.

Xavier ne fit aucun geste pour m'arrêter. Il ne sourcilla même pas, parce qu'il ressentait la même chose. La douleur pure et dévastatrice causée par notre lien, tellement distendu qu'il était à peine perceptible.

Idris se redressa en remuant légèrement la tête. Toujours en évitant de me regarder, il ouvrit la bouche comme pour évaluer les dégâts.

Puis il expira lentement et croisa enfin mon regard.

— Je sais qu'elle est partie.

Il le savait ?

À ces mots, la fureur qui grondait en moi se déchaîna.

— Bon sang, Idris ! rugis-je, les mots m'irritant la gorge à leur passage. Tu savais et tu n'as rien dit ?

— Elle a fait son choix, déclara-t-il alors qu'un muscle de sa mâchoire se contractait.

Je luttai contre l'envie de le frapper jusqu'à le réduire en bouillie. Si je me retins de le faire, c'est uniquement parce que j'avais besoin de lui, conscient, pour arranger les choses.

— Elle a fait son *choix* ? répétai-je d'une voix tranchante, avec une inflexion dangereuse qui indiquait que j'étais à la limite de la rupture. C'est toi qui l'as poussée à faire ce choix.

Les yeux dorés d'Idris brillaient, mais ils étaient vides. Ils ne contenaient aucune rage ou aucune détermination.

Juste une lueur d'acier. Une lueur glaciale.

— On l'a laissée filer, dit Xavier, d'une voix plus calme, plus maîtrisée que ce dont j'aurais été capable.

Les mains le long du corps, mon ami se tenait immobile et sa magie crépitait dans l'air, créant presque un blizzard.

— On lui a laissé croire qu'elle devait se débrouiller toute seule.

— On l'a abandonnée, ajoutai-je, les mots me donnant l'impression d'avoir du verre brisé dans la bouche.

C'était notre putain de faute.

Sur toute la ligne.

Nous l'avions laissée seule, au milieu de cette maudite salle du conseil de guerre, à nous implorer de l'écouter, et nous l'avions laissée en sortir seule. Et à présent, elle était partie.

En me concentrant, je pouvais encore sentir sa présence, mais la sensation était infime, une étincelle à la périphérie de mon esprit. Elle ne se cachait pas de nous, pas complètement.

Elle était loin, et si nous ne partions pas immédiatement, elle s'en irait trop loin pour que nous puissions l'atteindre.

— Pourquoi tu ne fais rien ? demandai-je en me rapprochant d'Idris. Pourquoi tu restes assis là, putain ?

Il se redressa avec une expression indéchiffrable.

— Que veux-tu que je fasse, Kian ? rétorqua-t-il d'une voix dangereusement calme. Traverser le continent à sa recherche comme un imbécile insouciant ? Elle savait ce qu'elle faisait quand elle est partie.

Les mots tombèrent comme un couperet, me privant d'air, mais pas sous l'effet de la colère. Sous l'effet de l'incrédulité.

— C'est ce que tu penses ? dis-je d'une voix rauque. Tu penses qu'elle est partie parce qu'elle le voulait ? Parce qu'elle avait prévu de le faire ?

Idris ne répondit pas. Ce n'était pas nécessaire, car sa réponse était inscrite sur son visage.

Le doute.

L'hésitation.

La culpabilité.

— Elle croit nous protéger, murmura Xavier après avoir pris une inspiration lente et mesurée. Voilà ce qu'elle fait. Ce qu'elle a toujours fait.

— Même quand elle en meurt, ajoutai-je avec amertume.

Idris baissa la tête et ferma les yeux. Lui aussi l'avait vue agoniser. Il l'avait vue respirer si difficilement nous avions compris qu'il n'y avait pas moyen de la guérir. Il l'avait suppliée de ne pas le faire, mais elle avait fait passer sa vie à lui – nos vies –, avant la sienne.

Et alors qu'elle était prête à mourir pour nous, il l'avait simplement laissée partir.

Un long silence pesant tomba sur la salle, où l'air se chargea de tous ces non-dits. Puis Idris se leva de sa chaise et s'appuya sur la table comme pour se stabiliser.

— Allez chercher les chevaux.

À ces mots, j'expirai brusquement.

— Alors, tu en as tout de même quelque chose à foutre. Fantastique.

— C'est ma reine, répondit-il entre ses dents serrées.

— Ah ouais ? rétorquai-je d'une voix amère. Peut-être qu'il serait temps que tu te comportes comme si c'était le cas.

Je m'attendais à ce qu'Idris réplique ou à ce qu'il me frappe comme je l'avais frappé.

Mais il n'en fit rien.

Ce qui était sans doute plus inquiétant. Parce que cette version d'Idris ? L'homme qui ne se battait pas ? Ça m'effrayait plus que tout.

Je me retournai vivement, et ma magie étincela au bout de mes doigts tandis que je me dirigeais vers les portes.

Xavier me suivit.

Au fond de mon esprit, la lueur du lien vacillait toujours. Je m'y accrochai, comme je me cramponnais à elle, parce que si nous allions assez vite, si nous nous mettions en route sans délai...

Peut-être serions-nous capables de la ramener.

Avant qu'il ne soit trop tard.

Avant que nous ne la perdions vraiment.

CHAPITRE 3
VALE

La jument refusait d'avancer d'un pas de plus. Ses muscles se bandèrent au-dessus de ses sabots enfoncés dans la neige. Elle renâcla quand je tirai sur les rênes pour l'inciter à continuer.

Mais elle n'avança pas d'un pouce.

— Allez, murmurai-je, la frustration m'enserrant la gorge. On n'a pas le temps.

La jument orienta son oreille vers l'arrière, mais elle demeura immobile. Ses naseaux dilatés étaient un avertissement. Mon estomac se noua. Sentait-elle quelque chose qui m'échappait ? Ou était-elle simplement aussi épuisée que moi ?

Probablement les deux.

J'expirai bruyamment et relâchai ma prise sur les

rênes tout en repoussant les mèches de cheveux qui me tombaient devant les yeux. *Bon.*

Si elle voulait s'arrêter, elle pouvait s'arrêter. Si je lui en demandais trop, elle s'écroulerait d'épuisement et me laisserait là. Je ne connaissais pas grand-chose aux chevaux, mais je savais au moins cela.

Je finis par percevoir le bruit d'un ruissellement.

Secouant la tête, la jument se mit à avancer dans la direction d'où il semblait provenir, et moi, consciente de ne pas pouvoir lutter contre une créature dix fois plus lourde que moi, je la laissai faire. Mince ruban d'eau claire d'à peine plus d'un mètre de large, le petit ruisseau serpentait à travers la forêt. Arrivée à son niveau, la jument baissa aussitôt la tête et but goulûment.

J'expirai et me frottai le visage.

— On dirait que je ne suis pas la seule à être épuisée, marmonnai-je.

Sur ce, je passai mes jambes endolories par-dessus la selle et faillis m'effondrer sous mon propre poids. Dieux que j'étais exténuée ! Mon corps pesait une tonne et était raide comme un piquet. Deux jours à fuir, sans manger ni dormir. Mon obstination avait beau m'avoir menée jusqu'à cet endroit, elle avait ses limites.

Autour de nous, la forêt était dense et sombre,

mais le clapotis régulier de l'eau contre les rochers était un son apaisant. Quelques instants de répit. Une illusion dangereuse.

M'étant accroupie près du ruisseau, je remplis mes mains d'eau pour boire. La fraîcheur glaciale, qui me brûla la gorge, me tira brusquement de ma torpeur avant de s'estomper pour se réduire à un vague picotement.

En fouillant mon sac, je sentis mon estomac se nouer devant mes maigres rations : du pain, de la viande séchée, une pomme. Certes, je n'avais jamais eu autant sous la montagne, mais cela restait insuffisant. J'aurais dû mieux m'organiser, y réfléchir davantage.

Je fis rouler la pomme dans ma paume et la fixai longuement. Mon premier réflexe fut de me rationner en la gardant pour plus tard.

Mais à côté de moi, la jument s'agita, les oreilles dressées.

Avec un petit soupir, je lui tendis la pomme.

Elle remua l'oreille, renifla, puis prit la pomme d'un coup de dents *sec*.

— Tu ferais mieux d'en valoir la peine, dis-je en secouant la tête.

La jument se contenta de mâcher, sans se soucier

de moi. Son indifférence m'était familière. Rune me regardait ainsi, autrefois.

Cette pensée me fit l'effet d'un coup de poignard dans le ventre. Qu'est-ce que je n'aurais pas donné pour entendre sa voix dans ma tête, me disant quoi faire.

Qu'est-ce que je n'aurais pas donné pour savoir que je n'étais pas seule.

Et puis je sentis quelque chose, une étincelle au fond de mon esprit. Ce n'était pas le lien qui m'unissait à mon compagnon. Ce n'était pas la chaleur persistante de Kian, ni la concentration intense de Xavier, ni même le regard froid et distant d'Idris.

C'était différent.

Un murmure. Une onde de magie qui s'écoulait dans ma poitrine.

Les mains tremblantes, j'avalai ma salive et tendis la main vers mon sac. Le livre était à l'intérieur, pressé contre mes côtes, comme un second cœur.

Tu dois retrouver le livre.

La voix de Lirael résonnait dans mon esprit. Elle persistait à dire que ce satané livre renfermait des réponses, mais tout ce que j'y avais trouvé jusqu'à présent, c'était davantage de questions. À contrecœur, je le sortis de la sacoche, le cœur battant, et me mis à le feuilleter rapidement. Je ne savais pas ce que je cherchais. Je n'avais aucune piste concrète, aucun plan, juste le conseil incompréhensible d'une déesse.

Tu dois retrouver le livre.

Je l'avais déjà lu, mais brièvement, survolant les pages avec la crainte de découvrir ma propre histoire. Chaque mot effacé, chaque bord effrité renfermait des secrets que je ne voulais pas connaître. Ce livre était un fragment de mes parents, la seule chose qui me restait d'eux.

Quand mes doigts effleurèrent le parchemin, les mots se brouillèrent et se déformèrent comme si j'y avais renversé de l'eau. L'encre se mit à scintiller, bavant sur les marges et recomposant des mots comme si les pages étaient animées d'une vie propre.

Je clignai des yeux énergiquement.

Alors que les lettres refusaient de rester immobiles, une vive douleur me transperça le crâne et me donna la nausée. En respirant profondément, je plaquai une main sur mon œil.

Concentre-toi. C'est important.

La jument buvait toujours. Ses oreilles remuaient tranquillement pendant qu'elle lapait l'eau. Chaque gorgée résonnait dans le silence, unique son dans l'immense vide de la forêt.

Je m'appuyai lourdement sur mon paquetage, le livre toujours sur mes genoux. Les bords usés de la couverture étaient rêches sous mes doigts. Sous le poids de l'épuisement que je ressentais plus qu'auparavant, mes membres semblaient plombés. Je devais me remettre en route. Je devais continuer à avancer.

Mais mon corps n'était pas de cet avis.

Lorsque la jument souffla doucement, son haleine chaude se condensa dans l'air de la nuit. Puis, dans un profond soupir, elle changea de position. Au début, je le remarquai à peine, car tout était flou en périphérie de mon champ de vision, mais ensuite, j'entendis un frémissement et un *bruit sourd* au moment où l'animal se laissa tomber sur le sol à côté de moi.

Léthargique et hébétée, je clignai des yeux en la regardant replier ses jambes sous elle, son corps massif se posant sur la terre enneigée. Après quoi elle déplaça son poids, ajusta sa position, puis s'immobilisa. Contre la morsure du froid, la chaleur qu'elle dégageait était agréable.

Un petit soupir m'ébouriffa les cheveux.

Elle était proche de moi. Suffisamment pour que je puisse m'adosser à elle en me penchant légèrement sur le côté.

Je déglutis pour ravaler la boule dans ma gorge.

La jument aurait dû se montrer craintive, se méfier de moi après que je l'avais volée dans cette écurie. Mais en s'installant à mes côtés, elle choisissait de rester, comme si elle comprenait. Comme si elle savait que j'avais besoin d'elle.

Comme si elle savait que j'étais seule.

Ma gorge se serra, si fort qu'il m'était impossible de respirer. Posant la main sur son épaule, je me mis à caresser ses poils drus du bout des doigts, sans qu'elle ne bronche. J'expirai lentement tandis que la tension dans mon corps se dissipait un peu.

— Je suppose que tu es coincée avec moi désormais, hein ? murmurai-je d'une voix rauque, à peine plus forte qu'un chuchotement.

Sans surprise, elle ne répondit pas, bien sûr, mais elle ne s'écarta pas non plus. Sa chaleur enveloppa mes membres gelés, m'apportant un réconfort silencieux face à l'obscurité sans fin.

Je tentai de lutter pour rester alerte et garder une main sur le livre.

Mais les lettres dansaient, déformées par mon épuisement. En périphérie de mon champ de vision, tout s'assombrit alors que le sommeil tiraillait chacun de mes membres, alourdissant mon corps.

Pas tout de suite. Pas tout de suite. Pas tout de suite...

La montée et la descente régulière de ses côtes contre mon flanc furent les dernières sensations que je perçus avant que le monde ne disparaisse. Au moment où je tombai, le livre m'échappa des mains.

Je ne tombai pas physiquement. Mon corps resta affalé contre le flanc de la jument, l'air glacial s'emparant de moi comme des doigts fantomatiques. Mais dans mon esprit, quelque chose de plus puissant que le sommeil m'entraîna, dans une chute, une force impossible à dominer.

Le monde se distordit et se replia sur lui-même. Et quand j'ouvris les yeux...

Je me tenais au milieu de ruines.

Un temple à moitié enseveli sous la végétation, dont les murs de pierre étaient fissurés et à moitié détruits. Des lianes s'enroulaient autour des imposantes colonnes et des racines s'enfonçaient dans d'anciennes sculptures. La neige s'accrochait aux bords déchiquetés de la pierre, remplissant les interstices entre les bancs cassés.

À travers les fenêtres béantes, le vent hurlait, secouant les branches fragiles et faisant voltiger les feuilles mortes sur le sol.

Au-dessus de moi, le ciel, rempli d'étoiles qui palpitaient tels de véritables cœurs, était d'un doré éclatant.

Je connaissais cet endroit.

Je l'avais déjà vu.

Un murmure, aussi doux que le vent soufflant sur la surface de l'eau, parvint à mes oreilles.

— Rends-toi au temple.

La voix se faufila à travers les ruines, tournoyant autour des pierres brisées et s'infiltrant dans les crevasses de la terre elle-même.

Je me retournai pour en chercher la source. Les ombres aux formes tortueuses et anguleuses s'allongeaient anormalement et rampaient sur le sol. Je sentis le poids de regards invisibles qui me firent frissonner.

Il n'y avait personne en ce lieu.

Et pourtant...

Une silhouette apparut dans le coin de mon champ de vision.

Mais quand je tournai vivement la tête dans sa direction, l'espace était vide.

Le vent changea.

Une blonde – juste une apparition, rien de plus qu'un reflet –, franchit l'arcade en ruine.

Le cœur battant, j'inspirai brusquement. Je l'avais déjà vue. Là, en ce même lieu, quand Idris m'avait trouvée dans le Royaume des Rêves. Un éclat de cheveux dorés, un visage pâle disparaissant derrière les ruines, un mouvement trop rapide pour que je puisse le distinguer.

Était-ce Nyrah ?

Je fis un pas en avant. Puis un autre. Mes bottes raclèrent la pierre, le son étrangement fort dans ce vaste espace en ruine. Une odeur ancienne et persistante de cendre froide embaumait l'air.

Un autre murmure, partout et nulle part à la fois.

— Trouve-moi. Vite.

Je trébuchai, ce qui me coupa le souffle alors que l'air lui-même semblait changer. La lueur dorée au-dessus de moi vacilla et s'assombrit, en se fondant dans le ciel comme un soupir qui se disperserait dans l'essence du vent.

Et puis je la sentis.

Cette pulsation de source ténébreuse. En observation. En suspens.

Les ombres rampèrent et s'étendirent dans ma direction comme des mains prêtes à s'emparer de moi.

Non.

Je reculai en titubant, mais le monde autour de moi se mit à tanguer. Alors que les murs du temple tremblaient, la pierre gémit sous la pression d'un poids invisible. Sous mes pieds, le sol se déroba, se déforma, se distordit...

Je me faisais happer.

Un froid saisissant et cuisant m'enveloppa la gorge, me tirant de mon sommeil.

Je me redressai en sursaut sans comprendre ce

qui se produisait. Le cœur battant, le souffle court, un cri bloquée dans ma gorge, que l'air froid irritait.

De la neige ? Des arbres ? Dans ma poitrine, mon cœur battait à la chamade.

J'étais toujours dans la forêt. Pas dans le temple. *Pas dans le Royaume des Rêves.*

Je baissai les yeux vers le livre ouvert sur mes genoux.

Ouvert sur un dessin du temple. Un schéma, détaillé et précis, de ce que j'avais vu dans le Royaume des Rêves. Un violent frisson me secoua alors que je passais mes doigts tremblants sur le parchemin vieilli.

Le Royaume des Rêves, dont le murmure résonnait encore dans ma tête, s'attardait telle une incrustation dans ma peau.

Rends-toi au temple.

Ce n'était pas une coïncidence. Ce n'était pas mon imagination qui transposait un cauchemar dans la réalité. Lirael m'avait conduite en ce lieu.

Mais pourquoi ?

Avant que je n'aie le temps de réfléchir à cette question, des bruits de sabots se firent entendre sur le sol gelé, leurs échos me glaçant le sang. Puis vint le bruit feutré de voix.

Un bruit qui ne provenait pas du Royaume des

Rêves, ni de mon imagination exacerbée par l'épuisement. C'était bien réel.

À côté de moi, la jument se raidit, dressant les oreilles vers le son. Je me retournai, osant à peine respirer. Entre les arbres, quatre silhouettes de cavaliers émergèrent entre les troncs tels des spectres. En retard par rapport à mon corps, mon esprit fatigué, engourdi et lent finit par prendre conscience du danger.

Une patrouille girovienne.

Mon cœur s'emballa.

Elle était trop près.

Alors que la panique m'envahissait, je me plaquai au sol, me réfugiant dans les ombres épaisses. La jument bougea à peine. Dans l'air, son souffle se condensait tandis que ses flancs se soulevaient d'épuisement, mais elle ne décampa pas. Elle ne renâcla pas et ne bougea pas.

Bonne fille !

Les hommes, trop loin pour que je puisse les comprendre, parlaient à voix basse. L'un d'eux éclata de rire avant de se calmer rapidement. Le plus bruyant s'arrêta en scrutant les arbres.

— Qu'est-ce que tu fais ? On gèle, se plaignit l'un d'eux, son cheval frissonnant comme pour confirmer ses dires.

— J'ai cru entendre quelque chose.

À nouveau, je sentis mon sang se glacer dans mes veines. Je me pressai encore plus contre la terre, où mes doigts s'enfoncèrent. S'il vous plaît, continuez votre chemin. S'il vous plaît...

— Probablement un cerf ou un truc dans le genre. Continue à avancer. Plus vite on terminera cette patrouille, plus vite je pourrai dormir.

— Ouais, tu as sûrement raison.

Cette dernière voix ne semblait pas très convaincue. Les sabots avancèrent péniblement, s'arrêtèrent et changèrent de direction. Tous les muscles de mon corps se raidirent. Je comptai les battements de mon cœur en m'efforçant à retenir mon souffle.

Un.

Les sabots repartirent, mais je refusai de souffler.

Deux.

Les voix plus faibles s'éloignèrent dans l'autre direction.

Trois.

La patrouille, dont les voix furent étouffées par les arbres, reprit sa ronde, et j'expirai.

Enfin.

Le soulagement fut rapide. Brutal. Alors que je m'affaissais dans la neige, mes muscles se détendirent. Doucement, lentement, je refermai le livre et le rangeai dans ma sacoche. Sans faire le moindre bruit, je passai mes bras dans les sangles.

Bon, j'allais attendre une minute de plus, puis...

Je sentis des doigts froids, fermes et inflexibles, se refermer sur mon poignet. Un hurlement monta dans ma gorge, mais la poigne de l'étranger se resserra au point de me broyer les os. Je faillis crier de douleur, mais je ne pouvais pas révéler ma position.

— Tu t'es crue maligne, n'est-ce pas ? dit une voix sifflante dans mon oreille.

Tentant de me dégager, je pivotai, prête à me battre. Il sortit de l'ombre, ses lèvres recourbées en un rictus. Ses yeux violets, empreints d'une lueur à la fois calculatrice et amusée, me scrutèrent. Lorsque je réalisai la situation critique dans laquelle je me trouvais, je sentis mon sang se glacer. Le cinquième patrouilleur, celui que je n'avais pas vu, n'était pas du tout un soldat.

Non, c'était un mage girovien.

Je m'étais cachée aux yeux de la mauvaise unité de patrouille.

— Qu'y a-t-il, petite reine ? Tu as perdu ton royaume ?

La magie crépita au bout de ses doigts au moment où il me lança une flèche.

Bouge. Bouge. Bouge.

Je me jetai sur le côté tandis que la jument se relevait dans un sursaut. L'éclair ardent frôla ma joue avant de s'écraser dans l'arbre, juste à côté de l'animal. *Trop près.*

Je retombai en roulant sur le sol gelé. Il me restait quelques secondes, voire moins.

Lents et dénués d'énergie, mes membres me donnaient l'impression d'être en plomb, mais je baissai tout de même la main vers ma ceinture...

Où je ne trouvai rien.

Pas d'acier, pas d'arme. Mais je pouvais m'en passer. Mon pouvoir répondit avant même que je ne pense à l'appeler. Une lame de lumière pulsatile se forma dans ma main.

Bouge. Tout de suite.

Le mage se déporta pour échapper à l'éclair lumineux qui lui érafla l'épaule au lieu de la gorge. Avec un sifflement, il recula en titubant alors que sa magie jaillissait furieusement. Il agita le bras et des débris sur le sol de la forêt s'élevèrent dans les airs. Des rochers, des branches et d'autres éléments de ce genre déferlèrent sur moi, mais je ne le laissai pas agir.

Je me précipitai vers lui et le percutai de plein fouet, ce qui le déséquilibra. Nous heurtâmes violemment le sol et nous mîmes à rouler, mais je réussis à prendre le dessus. Tout en poussant un juron, le mage tenta de me saisir la gorge et ses doigts noircis m'entaillèrent la peau quand j'esquivai en me déportant sur la gauche.

Puis je plongeai ma dague sous ses côtes.

Du sang coula sur mes mains tandis qu'il écarquillait les yeux, sans doute sous l'effet du choc. Après quoi je fis tourner la lame en lui.

Les oreilles bourdonnantes, je me relevai péniblement en haletant. Mes mains tremblaient, ma peau me brûlait, les bords de ma vision se brouillaient.

Soudain, j'entendis des voix malgré ma respiration sifflante et mon cœur affolé.

D'autres soldats qui avaient entendu le combat. À présent, j'étais bel et bien foutue.

Alors que la panique m'oppressait la poitrine, j'attrapai les rênes et sautai sur le dos de la jument.

Puis je lui donnai un brusque coup de talon et m'enfuis entre les arbres.

Je devais trouver ce temple, oui.

Mais avant tout, je devais survivre.

CHAPITRE 4
XAVIER

Cela faisait des heures que nous suivions Vale.

Le vent hurlait entre les arbres, dont les branches s'agitaient, faisant tomber la neige qui s'y était accumulée. La nuit semblait interminable, immuable et austère, tandis que le monde croulait sous le poids d'un hiver qui se prolongeait à l'infini. Pâle et insondable, la lune était perchée haut dans le ciel, projetant des ombres fantomatiques à travers la forêt dense.

Mais Vale était introuvable, malgré les traces à moitié effacées, vestiges de ses mouvements dans la neige. Une empreinte de sabot d'un côté, une marque de botte de l'autre. Les signes de sa présence s'estompaient à vue d'œil, la piste disparaissant sous la couche neigeuse et devenant de plus en plus difficile à suivre au fil des kilomètres.

La mâchoire crispée, le corps tendu comme un ressort prêt à bondir, Kian chevauchait devant moi et Idris suivait derrière, silencieux comme une tombe.

Et moi...

J'étouffais sous le poids qui m'oppressait la poitrine.

Elle était seule. Trop loin devant nous. Et nous perdions encore du temps.

Nous avions laissé le royaume dans une situation critique.

Freya, vampire millénaire au tempérament explosif, avait été la seule personne à laquelle confier les rênes. Elle n'avait aucune patience pour la politique, mais elle était plus loyale que la quasi-totalité des nobles réunis. Si quelqu'un pouvait empêcher le conseil de se déchirer pendant notre absence, c'était elle.

Cependant, le royaume était à deux doigts de la guerre civile.

La moitié des familles nobles souhaitaient entamer un conflit, afin de riposter contre Girovia et de faire une démonstration de force, tellement effroyable que personne n'oserait plus jamais nous défier. L'autre moitié voulait la mort d'Idris, qui avait permis à Vale d'accéder au trône.

Peu importait que la malédiction ait été levée. Peu importait qu'ils aient enfin retrouvé leur magie. Ils avaient soif de vengeance, et nous n'étions qu'à un pas de l'anéantissement.

Et pourtant nous nous retrouvions, nous qui comptions parmi les personnes les plus puissantes du royaume, à chevaucher dans le froid après avoir tout quitté.

Pour elle.

Je me passai une main sur le visage pour lutter contre l'envie irrépressible de me transformer. De cette façon, nous serions plus rapides. Beaucoup plus.

Mais la vitesse ne servait à rien si nous perdions sa trace parmi les arbres. Les forêts de Girovia étaient vastes : trop denses, trop sombres, trop énigmatiques. Si nous empruntions la voie aérienne, nous ne la retrouverions jamais. À un kilomètre ou à dix de nous, elle serait indétectable depuis les airs.

Et pire encore, Girovia nous surveillait. Malvor et ses sbires avaient beau avoir agi seuls, Girovia et Festia étaient en guerre depuis le début de la malédiction. Des mages étaient postés à toutes les frontières, guettant le moindre prétexte pour renverser Idris.

Si nous nous métamorphosions, nous serions vus, et si nous étions vus, on nous pourchasserait.

La spécialité des mages giroviens était de clouer les dragons au sol. Nous étions puissants, mais pas invincibles. S'ils nous surprenaient en plein vol, ils nous expédieraient au sol, nous abattant comme des oiseaux d'une flèche divine.

Nous traquions donc Vale de la seule façon possible, à cheval, et le temps nous manquait.

Une rafale de vent souffla dans les arbres, faisant tomber la neige des branches. Le froid rongeait ma peau exposée, mais je le sentais à peine. Je ne quittais pas le sol des yeux, à la recherche d'un signe quelconque : une piste, une branche cassée, n'importe quoi.

Et puis je tombai sur quelque chose.

La mince empreinte de sabots qui se dirigeait vers un ruisseau gelé.

Afin d'arrêter mon étalon, je tirai sur les rênes, imité par Kian. Nous balayâmes tous les deux la clairière du regard, l'air se chargeant d'une forte tension.

La nature s'était tue.

En sentinelles vigilantes, les arbres se dressaient, leurs branches gelées alourdies par la neige. Le seul son provenait du cours d'eau : un ruisseau gelé, morcelé et discontinu. Une fois que Kian se fut arrêté à côté de moi, les yeux plissés, nous descendîmes tous deux de cheval d'un seul mouvement fluide.

Aussitôt que mes bottes touchèrent le sol, je sus.

Elle était venue ici.

L'air contenait encore une infime trace de son odeur : un mélange de braises ardentes, de roses écloses et un autre élément propre à Vale. L'odeur s'estompait, mais elle était là.

En s'accroupissant, Kian passa ses doigts gantés sur les empreintes dans la neige.

— Ça ne remonte pas à plus d'une demi-journée.

Sa voix, dont le désespoir me planta un couteau en plein cœur, donnait l'impression qu'il avait avalé des charbons ardents.

— Elle s'est arrêtée ici, murmurai-je. Pour se reposer.

Je tentai de ne pas songer à l'état d'épuisement dans lequel elle avait dû se trouver. Au peu de temps qu'elle avait eu pour souffler depuis son départ. Je n'avais pas réussi à dormir depuis notre séparation, et étant donné la distance qu'elle avait parcourue, elle avait à peine eu le temps de faire une pause, et encore moins de se reposer.

— Alors, pourquoi est-elle partie si vite ? Bon sang ! s'exclama Kian en se levant et en scrutant la ligne d'arbres.

Le mince filet d'eau devant nous avait commencé à geler mais, près du bord, la glace avait été brisée. Comme si Vale était partie précipitamment, sans avoir eu le temps de couvrir ses traces.

Cette idée me retourna les tripes.

C'était terrible. C'était franchement mauvais, putain.

— Merde, lâcha Kian en se raidissant.

En me retournant, je découvris le corps. À moitié congelé, dur comme de la glace, la toge sombre à peine visible sous la couche de neige. Et si je ne devins pas fou de rage sur le coup, c'est seulement parce que la personne était bien trop grande pour être Vale. Kian s'accroupit le premier pour presser deux doigts sur la gorge de l'homme.

— Mort ? demandai-je d'une voix grave.

Ma magie recouvrait lentement ma peau, cherchant à s'infiltrer dans la glace qui m'entourait.

— Pas encore, répondit Kian en faisant non de la tête avant d'attraper l'épée à sa ceinture.

Je me rapprochai et vit les veines noires qui remontaient le long de son cou. Ainsi que le regard vide de ses yeux violets à moitié fermés. Ce n'était pas n'importe quel soldat. Non, c'était un mage. Vale avait presque tué un mage girovien.

Une lueur de fierté apparut en moi malgré l'inquiétude amère qui m'étreignait la gorge. Bien.

Après m'être agenouillé à côté de lui, je saisis le devant de sa tunique et lui injectai un peu de magie réparatrice pour l'interroger.

— Qu'est-ce qui s'est passé ?

Les lèvres ensanglantées du mage dessinèrent un vague sourire.

— Elle est déjà... commença-t-il d'une voix rauque pour contrer le vent. C'est... trop tard.

Kian et moi échangeâmes un regard.

Les dents serrées, je secouai le mage, presque submergé par l'envie de lui arracher les membres un par un.

— Trop tard pour quoi ?

Bien que sa bouche s'ouvrît, aucun son n'en sortit.

— Réponds-moi ! ordonnai-je en lui insufflant davantage de magie pour qu'il continue à parler.

Un frisson secoua son corps et ses yeux se révulsèrent.

— Vous pensez pouvoir la sauver ? dit-il en laissant échapper un petit rire. Elle a beau avoir mis fin à mes jours, mais elle est elle-même condamnée. C'est juste qu'elle ne le sait pas encore.

Alors, il se convulsa, son souffle ébranlant sa poitrine. Ses doigts se crispèrent une fois, deux fois, avant de s'immobiliser. Et lorsqu'une nouvelle rafale de vent secoua les arbres, je le sentis. Un bruissement d'une force invisible. Une impulsion de magie.

Pas celle de Vale.

Pas même celle d'Idris.

Quelque chose d'autre. Quelque chose de sombre.

La sensation s'infiltra dans mes os, épiant, patientant, affleurant aux limites de la clairière, puis elle disparut au moment où le mage mourut.

Un long silence tomba sur nous, tandis que j'essayais, en vain, d'atteindre Vale à travers le lien. Toutefois, je ne sentis rien d'autre que la faible lueur de sa peur qui s'enroulait autour de mes entrailles à la manière d'un serpent.

Elle était terrifiée.

Et elle était seule.

Le vent hurlait entre les arbres, chassant les derniers flocons encore accrochés aux branches. La forêt semblait étrangement calme, aux aguets, comme si la nature savait que quelque chose était sur le point de se briser.

Puis la voix d'Idris trancha le voile tendu qui s'était formé autour de nous.

— Elle n'aurait pas fait ça sans y avoir été obligée.

Ses mots étaient calmes. Trop. Aucun chagrin. Aucun regret. Il s'était contenté de les prononcer comme s'il s'agissait d'un fait, comme si cela améliorait la situation.

Après avoir lâché le mage, je regardai avec indifférence son corps s'effondrer dans la neige. Les mains serrées, je laissai le froid me dévorer alors que je fulminais de rage.

— C'est tout ce que tu as à dire ?

Idris releva enfin la tête. Son regard doré et indéchiffrable rencontra le mien, mais quelque chose dans son expression me hérissa le poil.

— Tu veux que je te dise qu'elle s'est enfuie ? demanda-t-il d'une voix posée avec une inflexion tranchante sous son aplomb d'acier. Qu'elle a peur ? Qu'elle regrette d'être partie ?

Il expira lentement, puis sa mâchoire se crispa.

— Tu sais déjà tout ça, mais elle, je ne crois pas qu'elle en soit consciente. Si elle regrettait son choix, elle reviendrait vers nous, elle ne continuerait pas à s'enfuir.

Ces mots brisèrent quelque chose en moi.

La façon froide et détachée dont il les prononçait, comme si ça ne lui faisait pas mal de l'admettre. Comme si cela ne le faisait pas agoniser à l'intérieur. Comme s'il n'avait pas l'impression que tout son corps était pris au piège de ronces parce que le lien entre compagnons était si distendu.

Il n'était même pas en colère. Il n'était pas désespéré comme Kian et moi. Il ne ressentait *rien*. Comme s'il avait déjà accepté l'éventualité d'une vie sans elle. Comme s'il avait déjà abandonné.

Ce fut la goutte d'eau qui fit déborder le vase.

Sans même réfléchir, je me déplaçai, parcourant la distance qui nous séparait en un instant. Mon poing entra en contact avec sa mâchoire et envoya valser sa tête sur le côté.

Kian ne leva pas le petit doigt pour m'arrêter. Il ne broncha même pas.

Parce qu'il comprenait.

Idris recula en titubant, mais ne tomba pas. L'impact lui coupa brutalement le souffle alors que sa magie montait en lui. Son regard se porta à nouveau sur le mien, et l'espace d'une demi-seconde, une lueur y brilla.

Quelque chose de brut. Quelque chose de très proche de la rupture. Mais ensuite...

Il le fit taire. Comme toujours. C'était précisément pour cette raison qu'elle était partie.

N'y tenant plus, je l'attrapai par le col et le plaquai contre l'arbre le plus proche. L'écorce se fendit derrière lui, fragilisée par le froid, se fissurant sous son poids. Dans la foulée, la neige tomba des branches, s'en détachant comme des étoiles mourantes.

— Si c'est à cause de toi qu'elle ne veut pas nous reprendre, je n'hésiterai pas à te tuer, grognai-je d'un ton incisif comme un rasoir.

Retenant sa respiration, Kian ne bougea pas. Idris non plus. La mâchoire crispée, il semblait chercher des mots qui ne vinrent jamais.

Je me collai à lui et pris une voix aux accents meurtriers. Sans appel.

— Je jure devant tous les dieux et toutes les déesses, sur ma vie, sur le putain d'air que je respire, que je t'arracherai les membres un par un si elle ne revient pas à cause de tes conneries. Tu m'entends ?

Son souffle se transforma en râle.

Pendant une fraction de seconde, il faillit détourner le regard, s'autorisant presque à ressentir l'émotion.

Puis, il ouvrit la bouche.

— Je...

— *Non*, l'interrompis-je sèchement.

Ma poigne se raffermit sur son col, mes griffes s'enfonçant dans le tissu. Si je me retenais de le mettre en pièces, c'est uniquement parce que j'avais besoin de lui en vie pour la retrouver.

— Si je la perds parce que tu ne peux pas te sortir

la tête du cul assez longtemps pour réaliser qu'elle s'est sacrifiée afin de nous sauver tous, qu'elle t'aimait assez pour donner sa vie afin de sauver la tienne, tu n'auras pas à t'inquiéter de Zamarra ou d'Arden.

Les mots suivants franchirent mes lèvres comme si je prononçais une condamnation à mort.

— Je te tuerai moi-même.

Quelque chose en lui sembla se briser. Son expression révéla son sentiment de trahison, sa peine, sa fureur, tandis que ses yeux dorés flamboyaient. Le jour où Vale avait débarqué dans le royaume, j'avais prévenu Idris que je ne la regarderais pas mourir. Ce qui s'était déjà révélé être un mensonge une fois, par sa faute. Cela n'arriverait pas une deuxième fois.

Idris ne protesta pas, ne riposta pas.

Parce qu'il savait que j'avais raison. Nous le savions tous les deux.

Sur ce, je le lâchai et reculai. Le silence était tendu entre nous. Palpable. Étouffant. Toxique.

Il resta planté là, les poings serrés le long de son corps, tremblant légèrement.

Sa mâchoire était toujours crispée, sa respiration lente et contrôlée, mais sa magie s'embrasa, jaillissant de son corps pour former un grand arc doré.

Pour la première fois, des fissures apparaissaient

sous son armure. Était-il aussi proche de la rupture que nous ?

Mais comme d'habitude, il absorba son pouvoir. Après avoir expiré brusquement, il se frotta la mâchoire et remua les épaules comme pour se débarrasser d'une partie de son énergie.

— On perd du temps.

Pour une fois, je m'abstins de le contredire.

Je me tournai vers mon cheval.

Montant le premier, Kian ne quittait pas Idris des yeux, comme s'il attendait à le voir exploser.

Je me hissai sur la selle, mes articulations encore endolories par le coup que j'avais porté et ma poitrine encore si oppressée qu'il m'était difficile de respirer.

Sans oublier que j'étais hanté par les derniers mots du mage.

C'est trop tard.

Toujours toute seule, Vale conservait son avance.

Je ne savais pas ce qu'elle avait trouvé ni si elle était en sécurité, mais je savais une chose.

Si nous ne la rejoignions pas à temps, il ne nous resterait plus aucun royaume à sauver.

CHAPITRE 5
VALE

J'incitai la jument à avancer en resserrant mes cuisses autour de ses flancs gonflés. L'air glacial me brûlait la gorge chaque fois que je prenais une petite bouffée d'air, alors que chacun de mes souffles se perdait le vent.

Derrière moi, la patrouille girovienne se rapprochait. Les sabots martelaient le sol gelé, et le bruit se mêlait au craquement des branches écrasées par les soldats à mesure qu'ils avançaient dans les sous-bois.

Trop proches. Trop rapides.

Les dents serrées, je me penchai sur l'encolure de la jument en agrippant les rênes. Les arbres défilaient, leurs branches pleines de roseaux me griffant tels des doigts squelettiques. Quand l'une d'elles me fouetta le visage, je sentis la chaleur prodiguée par le sang ruisseler sur ma joue.

Je n'avais aucun plan, à part avancer et fuir.

Mais la forêt était trop dense avec ses arbres qui se multipliaient de tous les côtés. Plus nous nous enfoncions, plus l'enchevêtrement des ombres nous empêchait de voir à plus de quelques mètres.

La jument dérapa lorsque ses sabots glissèrent sur une plaque de verglas. Son corps bascula sur le côté et je faillis être éjectée de son dos. Mon cœur tambourinant contre mes côtes, je m'agrippai à la crinière pour la remettre sur la bonne voie.

Il s'en était fallu de peu. De très peu.

Si elle tombait, nous étions foutus.

Je serrai les dents. *Nous ne pouvons pas continuer à fuir ainsi. Ils vont nous acculer.*

Je devais trouver un autre moyen. Mais à travers les arbres imbriqués les uns dans les autres devant nous, je vis soudain la terre disparaître, ce qui me donna des sueurs froides. Le sol descendait en une pente abrupte et accidentée, à la lisière de laquelle les arbres se clairsemaient. Le dénivelé n'était pas abrupt, mais pas loin. Trop raide pour qu'un cheval puisse galoper sans se casser une jambe.

Alors que mon esprit s'emballait, j'arrêtai brusquement ma jument, la respiration haletante. Il était impossible d'avancer ou de faire demi-tour. Un cri retentit, cinglant et impérieux, à glacer le sang. Ils étaient juste derrière moi.

Je n'hésitai pas.

— Là ! Elle s'est arrêtée !

Dès que j'entendis l'ordre aboyé du soldat, je poussai ma monture à avancer. Elle n'hésita qu'un instant, puis elle bondit. Nous dévalâmes le talus en glissant dans la neige et sur la glace. Les doigts crispés dans sa crinière, je m'accrochai.

Ses sabots cherchaient un appui, forçant son corps à s'incliner vers la gauche.

Ne tombe pas, ne tombe pas...

Et nous finîmes par arriver en bas.

Sans ménagement.

L'impact me désarçonna et mon flanc fut déchiré par une douleur au moment où je m'écrasai sur le sol gelé. Mon épaule percuta la glace avec une telle force qu'une atroce sensation d'agonie me transperça tout le côté droit. Les bords de ma vision se brouillèrent et mes oreilles cessèrent de percevoir les pulsations de mon cœur. Un cri étouffé s'échappa de ma gorge lorsque je m'arrêtai après avoir glissé, et le froid qui s'infiltra dans mes os me priva de mon souffle.

Je restai un moment allongée là. La terre sous moi semblait trop dure et immobile, alors que le monde dans ma tête tournait comme une toupie. Tout mon corps me faisait mal. Mon pouls battait à tout rompre, mes membres tremblaient, mon être entier était en proie à l'épuisement. Au-dessus de moi, j'entendis la patrouille s'arrêter. Ils m'avaient vu tomber.

— Elle a chuté, annonça un soldat depuis le haut du ravin. Faites le tour. Nous lui couperons la route au prochain embranchement.

Les muscles douloureux, le souffle court et rapide, je réussis de justesse à me mettre sur le côté tandis qu'une haleine chaude venait me caresser le visage.

La jument. Elle était restée.

Curieusement, par pur instinct ou par une loyauté que je ne méritais pas, elle était restée.

Une boule se forma dans ma gorge, et j'appuyai mon front contre l'épaule de l'animal.

— Tu es une idiote têtue, dis-je, le souffle tremblant.

Après avoir frissonné et expiré, je me forçai à me redresser. Mon épaule me lança quand je saisis les rênes de mes doigts presque engourdis. Je devais me remettre en route et continuer à avancer.

Titubant dans les broussailles, je guidai le cheval et m'enfonçai plus profondément dans le ravin où les ombres se multipliaient, masquant la lumière pâle de la lune. Même le vent semblait plus silencieux dans cette zone. Je m'efforçai de me concentrer et de prendre une inspiration après l'autre. Malgré ma poitrine douloureuse et ma peau brûlée par le froid, je ne pouvais pas m'arrêter.

Puis, à travers les branches entrelacées, je la vis. Une cabane de chasse, à moitié ensevelie par la neige. Petite, isolée, et surtout, cachée.

Sans réfléchir, je menai la jument vers la porte, dont les gonds gémirent de protestation et le bois se fendit sous la pression que j'exerçai pour l'ouvrir.

À l'intérieur, l'air était rance, chargé de poussière et de l'odeur du vieux bois.

C'était spartiate.

Mais c'était un abri.

J'entraînai la jument à l'intérieur derrière moi avant de refermer la porte, devant laquelle je calai une vieille chaise. Puis je pris la couverture délabrée dans ma sacoche et la fourrai le long de la base de la porte pour empêcher le vent de rentrer. Ce qui n'empêcha pas mes mains de trembler.

Tout comme la jument, j'étais extrêmement fatiguée. Aussitôt que la porte fut refermée, elle se coucha sur le sol en repliant ses jambes sous elle, posant sa tête sur le bois brut du plancher. Elle était la seule chose qui m'aidait à tenir, à ne pas péter un plomb.

Elle n'était plus un quelconque cheval volé. Elle m'appartenait.

Un souffle tremblant m'échappa et mes genoux cédèrent. L'épuisement que j'avais déjoué finissait par me rattraper.

Je m'effondrai au moment où les ténèbres que j'avais combattues m'engloutirent tout entière.

La première chose que je ressentis fut la chaleur.

Elle m'enveloppa de ses volutes qui firent disparaître la profonde douleur qui s'était installée dans mes membres. Pour la première fois depuis des jours, je ne tremblais et ne me pressais pas. J'étais en sécurité.

J'inspirai brusquement, l'air se bloquant dans ma gorge à cause d'un sanglot étouffé. Puis l'odeur du feu emplit mes poumons : de la fumée piquante, de la pierre calcinée par le soleil, de l'or en fusion et de la terre roussie.

Une odeur familière.

Celle de mon foyer.

Non...

Mon cœur défaillit, ma poitrine se serra et que mes doigts se crispèrent lorsque je perçus la chaleur sous mes pieds.

Ce n'était pas possible...

Un grondement rauque et tonitruant résonna dans l'air. Un son que je connaissais par cœur.

Au-delà des murs du temple en ruine, une ombre bougea.

J'eus le souffle coupé.

Lentement, très lentement, je me retournai.

Il était là.

Une créature de feu et de fureur, dont le corps massif s'étendait sur le sol du temple. Ses écailles brillaient d'un intense rouge carmin, comme les ultimes flammes d'une étoile mourante, et ondulaient à chaque inspiration et expiration. La forme hérissée de sa colonne vertébrale, la courbe dévastatrice de ses serres, la grande voûte de ses ailes... il était trop grand pour ce monde, trop ancien, trop monstrueux pour se trouver autre part que dans le ciel.

Ma vision se brouilla et mon corps soulagé s'affaissa. J'avais cru l'avoir perdu pour toujours. Malvor m'avait dit qu'il était mort.

Ravalant mes larmes, je m'étouffai en prononçant son nom.

— Rune...

Il tourna vivement sa tête géante vers moi, et soudain, je ressentis une vague de froid. Parce que ses yeux en fusion, où la couleur du sang et du feu se mêlait, étaient furieux.

— Qu'est-ce qui t'a pris tant de temps ? Je t'attendais.

Les mots me firent l'effet d'une bombe, chassant l'air de mes poumons. J'étouffai tandis que mon soulagement se transformait en confusion.

— Quoi ?

Rune se déplaça d'un mouvement énergique et prédateur, sa forme massive pivotant entièrement vers moi.

— J'ai attendu pendant des jours, continua-t-il d'une voix sonore qui fit frémir la terre sous nos pieds. Et tu n'es pas venue.

Les mains tremblantes, je me relevai.

— Ce n'est pas... Rune, j'ai essayé. Je...

Sa queue s'abattit, brisant le peu qu'il restait de l'autel du temple.

— Tu aurais dû aller jusqu'au bout.

Aller jusqu'au bout ?

Mon estomac se crispa. D'un pas chancelant, je reculai en secouant la tête.

— Je... je l'ai fait. J'ai brisé la malédiction. Idris peut se métamorphoser. Il...

— Non, grogna Rune, dont la voix déchira le ciel.

Ses ailes se déployèrent en projetant de longues ombres flamboyantes sur les ruines en pierre. Sa voix n'était ni cruelle ni froide, mais elle était empreinte d'un sentiment plus profond. D'un sentiment pur et fragile.

— *Tu n'as pas fusionné mon âme avec la sienne.*

À ces mots, je me tétanisai.

Alors que la poitrine de Rune se soulevait, de la fumée s'échappa de ses narines.

— *Tu m'as laissé comme ça.*

Mon cœur rata un battement. Ma respiration devint saccadée.

— *Je... Je ne...*

— *Tu es morte avant de pouvoir achever le processus, grogna Rune. Tu as déjoué la malédiction, tu l'as libéré, mais tu m'as oublié.*

La poitrine douloureuse, je chancelai sur mes jambes qui se dérobèrent sous moi.

Oh, mon Dieu...

Je ne l'avais pas sauvé.

Un sanglot étranglé me griffa la gorge. Les mains tremblantes, j'avançai vers lui d'un pas traînant, car j'avais besoin de le sentir, de le toucher. J'avais besoin de savoir qu'il était réel. Rune me laissa approcher. Il me laissa presser mes mains contre la chaleur brûlante de son museau. Sous mes paumes, ses écailles étaient robustes, réelles, incandescentes.

Puis je posai mon front sur lui, mes doigts se crispant sur les arêtes lisses de son visage. Quand je m'affalai contre lui, un souffle brisé me secoua.

— *J'ai échoué. Je suis tellement désolée, dis-je d'une*

voix brisée teintée de tristesse, et d'un sentiment de culpabilité si aigu qu'il me transperçait les entrailles.

Rune ne parla pas. Il déplaça son corps massif tandis qu'un son grave ébranlait sa poitrine. Ce n'était pas de la colère ou de la rage. Mais cela traduisait un sentiment intense. Quelque chose de presque... doux. Pendant un instant... juste une fraction de seconde... il se pencha vers moi.

Juste un peu.

Juste assez.

Puis le sol se mit à trembler.

Le corps tendu, Rune leva vivement ses yeux en fusion, où toute tendresse s'évanouit. Lorsque le monde s'assombrit, je pris une vive inspiration.

— Vale, dit Rune, les ailes déployées, d'une voix grave et pressante.

D'une voix protectrice et enveloppante.

Une ombre rampa sur les murs du temple, puis se dirigea vers nous comme une main surgissant d'un abîme. Je sentis mon sang se glacer. Quelque chose arrivait.

Le Royaume des Rêves trembla.

Alors que le temple s'écroulait autour de nous, le feu de Rune illumina le ciel.

— Tu dois me trouver, dit-il, sa voix rauque et brute retentissant dans ma tête. Retrouve-moi et finis ce que *tu as commencé. Mais d'abord, tu dois te réveiller. Tout de suite.*

Le monde réel réapparut, en me faisant l'effet d'un coup de poignard dans le cœur.

Je me réveillai en sursaut et me redressai brusquement, mes poumons se contractant comme si je venais de remonter à la surface après être passée à deux doigts de la noyade. Aussi tranchant qu'un rasoir, l'air glacé me brûla la gorge, et mon corps fut parcouru d'un violent frisson.

Mon cœur tonnait dans ma poitrine, car la voix de Rune résonnait encore dans ma tête.

Tu aurais dû aller jusqu'au bout.

Mon corps fut secoué d'un nouveau tremblement, et je me plaquai une main sur la poitrine, comme si cela pouvait m'aider à me ressaisir. Comme si cela pouvait m'éviter de m'effondrer sous le poids de cette révélation. Je voulais repartir. Bon sang, je voulais y retourner.

Rester dans ce rêve où j'avais senti la chaleur de Rune. Me laisser aller à croire, ne serait-ce qu'un instant, qu'il existait encore.

Mais il avait disparu.

En quelque sorte.

J'avais levé la malédiction, déchiré les chaînes qui retenaient la moitié de l'âme d'Idris et libéré son pouvoir qui avait été entravé pendant des siècles. Idris pouvait se métamorphoser, alors Rune aurait dû être entier. Il aurait dû demeurer avec Idris.

Et pourtant...

Alors qu'un murmure étouffé me grattait la gorge, je portai ma main à mon front pour retenir les larmes brûlantes qui me piquaient les yeux. Je n'étais pas allée jusqu'au bout.

Non pas parce que je n'avais pas voulu terminer le processus, mais parce que j'en avais été physiquement *incapable*. Mon corps avait lâché avant que la fusion des deux parties de l'âme ne soit achevée. Avant que je puisse réunir Rune et Idris. Et à présent, Rune était prisonnier du Royaume des Rêves. Cet énorme dragon rouge restait enchaîné au monde des dieux et des esprits.

Je n'étais pas assez puissante.

En m'efforçant de retenir mes larmes, j'essayai d'ignorer les battements de mon cœur.

Je devais continuer à avancer.

À côté de moi, l'haleine de la jument blanchit dans le froid lorsqu'elle souffla. Les oreilles dressées, elle me regardait avec ses yeux noirs et intelligents parce qu'elle sentait mon agitation intérieure qui me faisait l'effet d'une plaie à vif. Pour avoir un point d'ancrage, je touchai son encolure chaude et ferme.

J'étais toujours là, je respirais toujours, et je n'étais pas seule.

Pas tout à fait.

— Je suppose que je devrais te donner un nom, hein ? dis-je d'une voix enrouée par le sommeil et les cris trop souvent réprimés.

La jument remua une oreille, mais ne s'éloigna pas.

Je fermai les yeux pour réfléchir à un nom.

Je n'avais même pas réalisé la retenue dont j'avais fait preuve, effrayée à l'idée que quelque chose puisse m'appartenir. Effrayée à l'idée de la perdre. Mais j'avais déjà perdu Rune. J'avais perdu mes compagnons. Et ma sœur. J'avais tout perdu.

Pourtant, la jument était restée à mes côtés.

Le souffle tremblant, j'hésitai un instant. Lui donner un nom semblait si définitif, si immuable.

— Que penses-tu de Vetra ? murmurai-je.

En clignant des yeux, elle expira longuement et calmement.

Ce nom provenait de vieux mythes, ceux que Rune m'avait racontés pour que j'oublie mon sentiment de solitude lors de ma première nuit au château. Vetra était une jument légendaire, rapide comme le vent et sacrément têtue.

Tout en caressant l'encolure de Vetra, je hochai la

tête. Cela lui allait bien. Soudain, le vent changea de direction, et une violente bourrasque qui semblait n'avoir rien de naturel secoua la cabane. Sur le toit, les branches couvertes de neige s'agitèrent.

Je me figeai.

Ce n'était pas le vent, mais autre chose.

Au fond de moi, je sentis un bourdonnement, une tension électrique dans l'air, une présence qui se profilait aux confins de mon esprit. Pas Rune, pas le Royaume des Rêves.

Une présence plus ancienne.

Une présence avide.

Zamarra.

Ce n'était pas une voix. Ce n'était ni une ombre ni un corps. Mais elle m'observait.

Le cœur battant, j'agrippai la crinière de Vetra de toutes mes forces. Après quoi je me forçai à faire un pas, à sortir la jument de la cabane et à me mettre en selle, même si tous mes muscles me faisaient souffrir, même si l'épuisement me tenaillait.

Après avoir incité Vetra à avancer, je raffermis ma prise sur les rênes tandis que nous nous enfoncions dans les sous-bois touffus.

Et puis, à travers le dédale d'arbres, je l'aperçus.

Le temple.

Une ruine massive et croulante, à moitié enterrée

sous des siècles de glace et de végétation. Ses colonnes en pierre, autrefois majestueuses, étaient fissurées, étouffées par des plantes grimpantes, et les marches ancestrales étaient à moitié affaissées.

J'expirai vivement en soufflant dans l'air glacial.

C'était la réplique même de celui que j'avais vu dans le Royaume des Rêves.

Une impression de déjà-vu m'envahit tel un refrain qui me poussa à avancer. Je ne savais pas pourquoi, mais je savais que je devais m'y rendre.

C'était un havre de paix, un vestige du passé. Un endroit où je pourrais enfin, peut-être, trouver des réponses. Ayant poussé Vetra au galop, je fus envahie d'une sensation de soulagement à l'idée d'être si proche.

Puis j'entendis un bruit.

Le cri d'un homme, accompagné d'un tintement métallique.

Mon estomac se serra d'un coup et je tirai sur les rênes avant de me retourner sur la selle, le souffle coupé.

Ils étaient derrière moi. Cette fois, je ne parlais pas des chuchotements ni des ombres, mais de vraies voix. Appartenant à des hommes réels.

Ils savent où je vais.

Ils savent que je suis ici.

Si je n'atteins pas le temple avant eux, je ne pourrais jamais le rejoindre.

Les dents serrées, je donnai des coups de talon plus forts et plus rapides à Vetra. Nous filâmes à toute allure entre les arbres, tandis que mes muscles hurlaient et que mon souffle m'irritait la gorge. Le temple était si proche, mais eux aussi.

La corde d'un arc claqua quelques secondes avant qu'un trait flamboyant de lumière bleue ne passe à quelques centimètres de mon épaule et ne se plante dans la terre, à deux pas des sabots de Vetra. Elle fit un bond de côté, me faisant presque tomber de la selle.

Il ne s'agissait pas d'une patrouille de gardes ordinaires, mais de mages.

Avec un juron, je serrai les cuisses et encourageai Vetra à avancer.

Allez, allez, allez...

Au pied des marches du temple, je stoppai net Vetra en haletant fortement. J'ignorais quelle sécurité j'avais cru y trouver, mais il n'y avait rien.

Lorsqu'ils émergèrent des arbres avec leurs armes dégainées, en me coupant toute possibilité d'évasion, je me retournai.

Trois. Quatre. Six. Dix.

Leurs visages étaient cachés sous leurs capuches,

mais leurs yeux violacés et incandescents me donnaient raison. Je déglutis quand je vis leur magie crépiter au bout de leurs doigts.

Les oreilles plaquées en arrière et les narines dilatées, Vetra frappa le sol du sabot.

Le temple se dressait derrière moi, avec son énorme entrée sombre qui attendait ma venue. Je n'avais nulle part où fuir, aucun autre choix ne s'offrait à moi. Les mains crispées, je lâchai les rênes.

Ma magie s'embrasa, aussi brillante qu'une étoile incandescente. Je refusais d'abandonner ou de fuir.

Pas cette fois.

Un homme s'avança, le visage caché par sa capuche, mais le rictus qu'il avait et sa façon d'incliner la tête me firent encore plus fulminer.

— Abandonne, petite reine, dit-il en m'observant, sa magie crépitant au bout de ses doigts. Tu ne peux pas tous nous combattre en même temps.

— Regarde bien, rétorquai-je avec un sourire narquois et impitoyable.

Ils voulaient se battre ? Eh bien, je n'allais pas les décevoir.

Et si je mourais, je les emmènerais tous avec moi.

CHAPITRE 6
VALE

Les mages se rapprochèrent, avec leurs yeux violets qui brillaient sous leurs capuches, d'étranges halos de lumière dansant sur la neige.

Leur pouvoir, surnaturel et putride, ondulait dans l'air, m'enveloppant avidement tel un nuage de fumée.

J'avais à peine survécu face à un seul mage, et à présent, je me retrouvais confronté à toute une armée. Leur magie s'embrasait, mais ne ressemblait en rien à la mienne. Ni au feu ravageur de Rune, ni aux flammes incisives de Xavier. Elle était différente, maléfique, prédatrice, vorace.

Mon cœur battait si fort dans ma poitrine que les mages pouvaient probablement l'entendre. Les mains crispées sur les rênes, je respirai en petites bouffées saccadées alors que ma magie bouillonnait sous ma peau. Enrobant le bout de mes doigts, elle cherchait désespérément à s'échapper. Je n'avais plus la patience d'attendre. Si j'hésitais, c'était la mort assurée.

Et si je devais mourir, je n'allais pas les laisser s'en tirer comme ça.

La première décharge de magie, une flèche violette aux bords déchiquetés, fondit sur moi. Après m'être retournée sur ma selle et avoir érigé un bouclier, je sentis l'impact entre les deux forces opposées, qui m'ébranla jusqu'au plus profond de mon être.

Puis un deuxième mage bondit.

Alors qu'un pouvoir incendiaire jaillissait de ma paume, un arc de lumière cingla l'air glacial pour aller percuter la poitrine du mage le plus proche. Le choc le propulsa en arrière, sa cape s'enflamma, et il s'écrasa dans la neige, son corps raide et immobile.

J'eus à peine le temps de vérifier s'il était mort que deux autres se ruèrent sur moi. Sans la moindre hésitation ni crainte.

Vetra se cabra, ses sabots frappant l'air, et un craquement écœurant retentit dans la nuit. Un mage s'effondra, ses os brisés sur le coup. Tenant les rênes, je me retournai tout en envoyant une seconde salve de magie de ma main libre.

L'un des mages tomba en hurlant, tandis que l'autre, plus rapide que je ne l'imaginais, esquiva et riposta d'un mouvement du poignet. Après quoi un objet fin et noir, aussi pointu qu'une aiguille, fendit l'air nocturne en sifflant, droit vers ma poitrine. Une flèche de magie incandescente transperça ma chair avant qu'une douleur atroce ne me déchire le bras.

Vetra hennit de rage et se dressa plus haut sur ses pattes arrière, me forçant à serrer les cuisses et à m'agripper de toutes mes forces. La douleur me paralysait. Cette plaie, où la magie s'était incrustée dans ma chair, n'avait rien d'ordinaire et forçait mes muscles à se contracter.

Merde.

Je serrai les dents pendant que je luttais contre cette force agressive en la repoussant et la chassant tout en invoquant la mienne. Je ne pouvais pas lui permettre de s'installer, mais comme mon bras était devenu inutilisable, les rênes glissèrent de mes doigts engourdis. J'envoyai un timide jet de lumière, mais un autre me répondit.

Puis un deuxième.

Et un troisième.

J'esquivai le premier jet de lumière, déviai le

deuxième grâce au peu de magie qui me restait, mais le troisième me frappa de plein fouet. J'eus le souffle coupé à cause de la douleur qui me déchira les côtes et me fit tomber de selle. Je heurtai violemment les marches du temple, l'impact se réverbérant dans tout mon corps, tandis que j'essayais en vain de reprendre mon souffle.

Non. Non. Pas comme ça.

Hennissant furieusement, Vetra se cabra et se déchaîna dans le but de me protéger, mais je sentais les mages se rapprocher.

Une vague répugnante de magie violette s'enroula autour de mes poignets et m'entailla la peau à la manière de ronces. Leur pouvoir me brûlait la peau, me comprimait, m'enserrait...

Les doigts crispés, je regardais la magie s'enrouler autour de mes bras, de mes épaules et de mon buste. Lorsque je constatai que mes pouvoirs ne me répondaient plus, un hurlement me déchira la gorge, mais avant de pouvoir sortir, il fut étouffé par la botte qui me frappa les côtes.

Respire. Par tous les dieux, respire.

Dans la nuit, le hennissement de Vetra fut assourdissant. La jument rua et abattit ses sabots sur le mage le plus proche. Des os craquèrent. Un homme s'écroula au sol en hurlant, la jambe tordue à un angle inhabituel.

Elle ne fuyait pas.

Elle me défendait.

— Retenez ce fichu cheval ! aboya quelqu'un.

Alors qu'un autre mage levait les mains, un lasso de magie violette jaillit et s'enroula autour de l'encolure de Vetra. Elle se cabra sauvagement, cherchant à lutter contre son entrave, ses muscles saillants sous sa robe.

Elle poussa un hennissement de rage et de peur.

— Du calme, l'animal, ricana le mage en renforçant son sort. On va te capturer aussi. Un petit cadeau pour le roi.

Non, non, non.

Un mage, plus grand que les autres, se dressa au-dessus de moi en ricanant d'un air satisfait, des volutes d'énergie putride s'écoulant de ses mains.

— Voilà, murmura-t-il d'une voix suave et mielleuse qui me donna la chair de poule.

Il pencha la tête pour m'observer comme un chat aurait observé un oiseau blessé.

— Vous vous êtes bien battues toutes les deux. Je vous l'accorde.

Lâchant un hennissement étranglé, Vetra se débattit contre l'emprise du sort. Ses muscles tremblaient et ses sabots raclaient le sol en un élan désespéré pour se libérer.

Mais la magie se resserra autour de son encolure.

La lasso la fit s'écrouler.

Haletante, elle posa ses genoux au sol alors que les lanières violettes s'enfonçaient dans sa chair.

Le mage s'accroupit, la lueur dans ses yeux se détachant dans l'obscurité.

— Mais franchement... pensais-tu vraiment pouvoir l'emporter ?

Je montrai les dents et me débattis contre la magie qui me retenait au sol.

— Ne t'embête pas, petite reine, dit le mage, dont le sourire s'élargit.

Sur ce, il tira brusquement sur le cordon magique qui s'enfonça dans ma chair pour m'immobiliser.

— Tu n'as plus de tour de passe-passe. Et ton temps est compté.

— Tout ce mal que tu t'es donné pour venir ici, ricana un autre soldat en s'avançant. Juste pour être ramenée à la case départ.

Mon estomac se noua, car je compris qu'ils n'allaient pas me tuer mais me capturer.

Le premier mage passa sur ma joue un doigt qui laissa une traînée d'électricité statique dans son sillage.

— Notre Roi sera satisfait. Il pensait que tu nous compliquerais la tâche, mais en fin de compte... reprit-il en refermant sa main sur ma mâchoire pour me forcer à lever la tête. Tu n'es qu'une stupide gamine qui s'est prise pour une reine.

Alors que la rage me dévorait la poitrine, je fis la seule chose qui me restait à faire. Quand je lui crachai au visage, ses yeux s'enflammèrent et la magie violette jaillit autour de lui, comme si elle avait une volonté propre, avant que ce salaud me gifle d'un revers de la main.

Ma tête fut projetée sur le côté sous la force du coup, dont la douleur irradia dans ma joue.

— J'avais l'intention d'y aller doucement, dit-il, sa voix teintée d'une déception feinte. Je pensais que tu n'étais peut-être pas aussi stupide qu'on le disait.

Ses doigts s'enfoncèrent dans ma gorge.

— Mais maintenant ?

Il sourit d'un air cruel et sanguinaire.

— Je pense que je vais commencer par te briser.

Sa magie remonta le long de ma gorge et s'enroula telles des lianes autour de mon cou, m'étouffant du manque d'air.

Ma vision se brouilla, mes poumons me brûlèrent, tandis que la lumière violette raffermissait son emprise sur moi...

Puis je perçus un changement dans l'air.

Le vent se calma et la neige s'immobilisa en plein vol. Les oreilles dressées vers l'avant, Vetra se raidit. De leur côté, les mages aux narines dilatées se figèrent et levèrent leurs yeux lumineux. L'un d'eux lança un avertissement, mais à peine les mots eurent-ils quitté sa bouche qu'une ombre se dessina sur la terre.

Pas une ombre, une vision cauchemardesque.

Le premier mage disparut. Il n'y eut ni cri ni corps. Il *se volatilisa* tout simplement.

Une vague de magie déferla dans la clairière, tel un raz-de-marée, et la température chuta. Le givre rampa sur la pierre et la glace rendit l'air accablant, avant que le feu ne s'abatte sur les alentours.

Mais pas du feu rouge.

Pas du feu orange.

Du feu bleu.

Xavier.

À la manière d'une tempête, sa magie se déchaîna et jaillit de ses mains en un véritable déluge de givre. Le feu bleu engloutit la première vague de soldats, en gelant leurs armures et en les immobilisant. Des éclats de glace se fichèrent dans leur chair comme des poignards.

L'un d'eux trébucha, mais Xavier fut sur lui en un

instant. Sa lame fendit l'air, puis de la glace se cristallisa au niveau de sa plaie avant même que l'homme entre en contact avec le sol, où son corps se brisa en mille morceaux.

La magie de Xavier était différente – elle avait l'air différente. Plus percutante. Plus puissante. Avec la disparition de la malédiction, son pouvoir était bien supérieur à ce qu'il avait été auparavant.

Le mage qui se trouvait près de lui se retourna en écarquillant les yeux lorsqu'il vit quelque chose que je ne pouvais pas voir. Il se figea avant de reculer en secouant la tête et de trébucher. Ce ne fut que lorsque je vis Kian sortir de l'ombre que je compris.

Sous l'emprise d'une de ses illusions, le mage se retrouvait piégé par Kian dans un cauchemar éveillé.

Sa respiration devint saccadée et il se griffa la gorge. Puis Kian fondit sur lui.

Un rapide coup d'épée final envoya la tête du mage par terre.

Puis Idris apparut.

Je ne le vis pas, mais je le sentis grâce à la magie, aussi épaisse que de la fumée, qui s'échappait de lui, comme si les vannes avaient été ouvertes, lourde au point de rendre l'air difficile à respirer. Lorsqu'il s'éloigna des arbres, la terre se fissura sous ses pieds, la glace se brisa, les troncs d'arbres se fendirent, ce fut comme si les portes de l'enfer s'étaient ouvertes en grand pour libérer le diable en personne.

Les mages restants chancelèrent en se serrant la poitrine, alors que leur magie était extraite de leur corps.

Alors que l'un d'eux était vidé de sa magie, il tomba à genoux. Puis un autre tomba et un autre encore, la présence d'Idris affaiblissant leur pouvoir. Progressivement, l'étau autour de mon cou se desserra et je compris enfin ce qui se passait.

Idris ne manipulait pas la magie.

Il l'incarnait.

L'éclat doré, tout en pureté et en intensité, jaillissait de ses mains, de sa peau, de sa bouche. Je n'avais jamais rien vu de tel. Les Giroviens non plus. Mais, contrairement aux autres, le dernier mage ne s'affaissa pas. Il résista et s'arc-bouta contre les vagues de lumière dorée qui se déversaient du corps d'Idris.

— Tu te prends pour un dieu ? dit-il d'une voix moqueuse.

À peine les mots eurent-ils quitté ses lèvres qu'Idris leva une main.

Une pression. Un soupir.

Le corps du mage hurlant s'en retrouva paralysé tandis que la magie violette s'échappait de ses pores et dégoulinait de sa poitrine.

Je n'avais pas bougé d'un millimètre, mais mon corps tremblait encore. J'aspirai l'air avec délectation, avant que la douleur et l'épuisement me frappent violemment au moment où l'adrénaline quitta mon corps.

L'épaisse magie crépitante flottait encore dans l'air.

Elle s'accrochait à moi, s'insinuait dans mes veines, s'infiltrait dans mes os comme des chaînes invisibles. Pas la magie de l'ennemi. La leur.

Celle d'Idris, de Kian et de Xavier.

Je pouvais les sentir.

Leur pouvoir, vif et affamé, déferlait en moi comme une tempête prête à éclater. Il envahissait la clairière, neutralisant l'air, alors qu'il pénétrait mon être et mon esprit. Le lien entre compagnons palpitait d'une énergie trop forte, trop vive, trop intense.

Mon estomac se noua parce que j'essayais de les repousser, de les empêcher de s'approcher, mais le lien n'était pas d'accord. Mes défenses s'en retrouvèrent ébranlées alors que leur présence consumait mes côtes, mon cœur et mon esprit.

Ils étaient là. Ils étaient furieux. Et ils essayaient d'entrer.

— *Vale*, dit Idris, dont la voix grave et rauque,

avec une inflexion tranchante, retentit puissamment sur le lien. *Vale, regarde-moi.*

— *Non*, répondis-je entre mes dents serrées, en combattant le haut-le-cœur qui montait.

Je refusais de le regarder ou de le sentir.

Je ne voulais toucher aucun d'entre eux.

La magie de Xavier continuait à grouiller sur ma peau pour soigner mes blessures, alors même que mon corps hurlait de protestation. Ma joue était douloureuse, mes côtes me faisaient mal, mais c'était le lien… cette connexion qui me faisait le plus souffrir.

Mes poings se crispèrent sur le sol gelé parce qu'ils étaient trop proches de moi. Bien trop.

Quand la main chaude de Xavier effleura ma joue, je m'en écartai vivement, haletante, en roulant sur le flanc.

— Vale… dit-il d'une sur un ton doux, mais peiné.

— Ne fais pas ça, répondis-je d'une voix enrouée.

Serrant mes genoux contre ma poitrine, le temps de trouver le courage de me lever, je laissai le silence s'étirer entre nous.

— On doit te sortir d'ici, petite sorcière, murmura Kian en prenant mon menton dans sa main rugueuse et calleuse pour me forcer à le regarder.

Les yeux ambrés de Kian, dont les pupilles étaient

dilatées par l'adrénaline, me scrutèrent. Son expression exprimait une certaine colère. Mais il ne me touchait pas, comme s'il pensait que j'étais fragile. Il n'était pas aussi bête.

Je me forçai à me relever, malgré mes côtes qui protestaient. Mes membres tremblèrent à cause de l'épuisement qui gagnait tous mes muscles.

Puis je sentis sa présence.

Idris.

Toujours debout, il continuait de me regarder et d'attendre.

Cherchant désespérément à combler le gouffre entre Idris et moi, le lien se déchaîna à l'intérieur de moi. Il s'étendit vers mon compagnon, au mépris de ma permission et de ma volonté, et je luttai pour l'en empêcher avec suffisamment de force pour que la douleur se répercute dans mon crâne.

Non.

Je ne le laisserais pas entrer. Alors qu'Idris se rapprochait, sa magie palpita, rappelant la pression exercée par un océan contre un barrage au bord de la rupture.

— Arrête, dis-je, le souffle coupé.

Cet unique mot chuchoté d'une voix désespérée m'écorcha la gorge.

Idris se figea. Pendant un instant, personne ne

bougea. Derrière nous, le temple se dressait, ses murs croulants sous le poids de l'histoire, de la magie et des esprits.

— Tu es blessée, dit Kian, dont la poigne se resserra sur mon menton, tandis qu'il effleurait distraitement ma joue de son pouce.

— Je vais bien.

— C'est faux, rétorqua Xavier d'une voix calme, mais inflexible.

— Vale… souffla brusquement Idris.

Je tressaillis.

Ma réaction était infime, à peine visible, mais il la vit. Comme eux tous. Quelque chose passa sur le visage d'Idris, une expression dangereuse et bouleversante, avant de disparaître. Hélas, je le connaissais assez bien pour remarquer lorsqu'il refoulait ses émotions.

— Vous n'étiez pas censé venir, déclarai-je, la gorge en feu.

— Tu crois vraiment qu'on te laisserait nous quitter ? dit Xavier d'une voix pleine d'ironie.

Je levai vers eux des yeux pleins de fureur, malgré l'épuisement.

— Je n'ai pas besoin de votre permission.

— Non, en effet, répondit Kian entre ses dents serrées. Tu es partie, tout simplement.

Le poids de leur colère s'abattit sur moi, mais ce fut celle d'Idris qui prit le dessus. Sa magie s'enroulait lentement et délibérément autour de moi, et je réalisai qu'il essayait toujours de m'atteindre et de me toucher par le biais du lien. Les dents serrées, je le repoussai.

Sans ménagement.

Je vis un muscle se contracter dans sa mâchoire, mais il ne s'arrêta pas pour autant.

— Vale.

Je laissai échapper un rire dur, amer et peiné. Et puis je prononçai les mots qui, je le savais, le blesseraient le plus.

— J'arrange le bazar que j'ai mis, tu te souviens ?

Sa mâchoire se crispa, mais il ne dit rien. L'air crépita, comme animé de vie, alors que la magie flottait entre nous, oppressante et étouffante.

Une mise en garde.

Par pur réflexe, le pouvoir d'Idris s'embrasa, mais il le maîtrisa.

Les mots avaient fait mouche. Je le savais.

Je vis le moment précis où ses yeux dorés s'assombrirent et où ses mains se crispèrent le long de son corps. Et ce parce que c'était précisément ce qu'il m'avait dit dans la salle du conseil de guerre, à l'époque où j'étais encore assez naïve pour croire que nous étions en harmonie.

J'étais alors trop fatiguée pour relever et trop blessée pour m'en soucier.

Pendant un instant, juste une fraction de seconde, Idris resta immobile, puis il bougea.

Des mouvements lents, contrôlés et maîtrisés.

Il s'accroupit à côté de moi, suffisamment près pour faire vibrer le lien qui cherchait à tout prix à réparer ce que je voulais maintenir dans le même état.

— C'est ça que tu penses faire ? demanda-t-il d'une voix trop calme et prévenante.

Je restai muette.

— Si tu arranges le bazar que tu as mis, pourquoi as-tu encore l'air prête à t'effondrer ? ajouta-t-il en soutenant mon regard sans ciller.

Ses mots me coupèrent le souffle. Quelque chose se fissura en moi. Une fracture trop petite pour être vue, mais assez profonde pour être perçue. Je lui en voulais de me connaître si bien et d'avoir parlé tout haut.

Kian se rapprocha de moi et me saisit le poignet, non pas pour me retenir, mais pour m'offrir un point d'ancrage.

La magie réparatrice de Xavier caressait douce-ment ma peau, toujours présente.

Et Idris...

Il ne força pas le contact. Il ne bougea même pas, se contentant d'attendre.

Parce qu'il avait raison.

Je détestais avoir l'impression qu'une partie de moi se faisait encore désirer. Et cela, plus que tout, me dévorait de l'intérieur.

CHAPITRE 7
IDRIS

Au moment où Vale se releva, je sus que j'avais perdu le contrôle de la situation.

Du sang coulait sur sa joue, ses cheveux étaient en bataille, et ses vêtements déchirés par le combat. La blessure sur son bras, celle que Xavier avait à peine fini de soigner, brillait encore de la magie résiduelle. Malgré sa respiration laborieuse, elle ne se calma pas et ne s'arrêta pas, sauf pour effleurer brièvement le flanc de la jument, comme pour s'assurer de sa présence et s'en servir d'ancrage.

Puis elle se remit en mouvement.

Comme si elle n'était pas passée à deux doigts de la mort quelques minutes plus tôt.

Comme si elle avait cessé de trembler.

Comme si elle n'allait pas craquer sous mes yeux.

Le temple se dressait devant nous, sombre et silencieux. Il semblait différent. Ses pierres effritées étaient là depuis des siècles, mais elles semblaient dotées de vie, comme si elles retenaient leur souffle. Quelque chose attirait Vale en ce lieu, une force invisible qui la reliait à ce temple. Dès que Vale se tourna vers lui, l'atmosphère changea.

Une puissante magie ancienne enveloppa les ruines en réponse à son appel… à *notre* appel.

Un sursaut d'énergie irradia des fondations, presque imperceptible, comme si le temple venait de reconnaître sa reine.

Vale ne sembla pas s'en apercevoir. Ou alors elle n'y prêta pas attention. Elle trébucha une fois, son corps trahissant son épuisement, mais elle se rattrapa avant que je puisse tendre la main vers elle. Puis elle continua d'avancer, marchant droit vers l'entrée, avec la prestance d'une femme ayant une guerre à remporter.

Les dents serrées, je me forçai à la suivre, mais Kian m'attrapa par le bras et me retint brusquement.

— Laisse-lui une seconde, murmura-t-il.

Son étreinte était ferme, un ordre tacite plus qu'une suggestion.

Je me retournai pour le fusiller du regard. Je n'étais plus d'humeur à ce qu'on me dicte ma conduite. Je l'avais laissé me frapper dans la salle du conseil de guerre parce que je l'avais mérité. Mais je n'allais pas le laisser m'empêcher de la rejoindre.

Les épaules raides, Kian soupira, ses yeux ambrés reflétant la tension sous-jacente.

— Elle vient de défendre sa vie. Elle est en colère. Accepte-le.

— Elle est blessée, répondis-je en expirant par le nez et en libérant mon bras.

Xavier se tenait juste derrière Kian, les yeux rivés sur le dos de Vale qui s'éloignait. Le long de son corps, ses doigts remuaient comme s'il voulait l'attraper, sans le faire pour autant.

— Au moins, elle est en vie, dit-il.

Je comprenais le message qu'ils me faisaient passer.

Nous l'avions tous vue mourir une fois.

Une fois, c'était suffisant.

Malgré moi, j'étouffai ma magie et me contraignis à rester là alors que Vale atteignait les marches du temple. Elle leva une main vers les pierres croulantes, s'immobilisa, puis renonça en laissant retomber sa main crispée le long de son corps.

Et pour la première fois depuis notre arrivée, elle sembla hésiter.

Je fis un pas en avant, mais avant que Kian ou

Xavier ne se mettent à me suivre, je me retournai vers eux.

— Restez ici.

— Quoi ? lâcha Xavier, les sourcils froncés.

— Nous ne savons pas ce qu'il y a d'autre dans ces bois, expliquai-je d'une voix grave et ferme en soutenant son regard. Si quelque chose nous attaque, je veux que vous gardiez tous les deux l'entrée.

Ce n'était pas mon unique motivation.

Cette confrontation s'annonçait depuis le moment où Vale m'avait quitté. S'ils me suivaient à l'intérieur, elle ne se défoulerait pas comme elle voulait le faire, j'en étais sûr. Et il fallait que je l'entende, même si cela devait me détruire.

Kian s'apprêta à parler, comme pour me contredire, mais quelque chose dans mon expression dut l'en dissuader. La mâchoire serrée, il expira vivement. Xavier donnait l'impression de vouloir m'étrangler, mais au final, aucun d'eux ne protesta.

Pas à voix haute, en tout cas.

Après leur avoir jeté un dernier coup d'œil, je m'élançai à la suite de Vale.

Les épaules raides, elle ne se retourna pas, mais je savais qu'elle me sentait à ses côtés.

Le lien entre compagnons palpitait entre nous à un rythme lent et douloureux, alors qu'une guerre

silencieuse, qu'aucun de nous deux ne voulait reconnaître, faisait rage.

— Que représente cet endroit pour toi ? demanda-
t-elle d'une voix calme, cinglante, exténuée, qui perça
la tension à couper au couteau.

Pas « Quel est ce lieu ? » ou « Quel est ce
temple ? »

Mais « Que représente cet endroit pour toi ? »

Elle avait raison de poser cette question parce que
je l'avais déjà fait venir ici auparavant, dans le
Royaume des Rêves. Ce n'était pas une simple ruine.
Ce n'était pas un simple temple abandonné, enseveli
sous la neige. Ce lieu symbolisait quelque chose.

Mais je ne savais pas quoi.

Ma mémoire flanchait, oscillant entre des images
de couloirs en pierre dévorés par le temps, des
chuchotements dans l'obscurité et le souvenir d'un
pouvoir qui me faisait vibrer, mais ne m'appartenait
pas.

J'expirai lentement, les mains crispées. Le froid
me glaçait le corps, mais ce n'était pas ça qui me
comprimait la poitrine.

— Je ne sais pas.

C'était la vérité, mais à en juger par l'inspiration
brutale que prit Vale, ma réponse lui déplut.

— Arrête tes conneries, dit-elle en tournant vivement la tête vers moi, ses yeux d'un vert flamboyant dans la lumière tamisée.

— Vale... commençai-je en soutenant son regard.

— Non. Non, tu n'as pas le droit de faire ça. Tu n'as pas le droit de rester là et de prétendre que cet endroit ne t'est pas familier, rétorqua-t-elle en élevant la voix, avant de s'approcher d'un pas. Tu m'as amenée ici, Idris. Tu m'as montré cet endroit avant même que je sache qu'il existait. Ne me dis pas que tu ne sais pas ce que c'est.

Le temple *frémit* autour de nous, comme s'il avait attendu ces paroles. Les tremblements des murs détachèrent la poussière des sculptures, comme si l'édifice avait expiré. Je résistai difficilement à l'envie de l'attraper pour la soutenir et garder *mon* équilibre. Je l'avais déjà conduite ici, mais j'ignorais pourquoi. Et à présent que nous étions tous les deux là, je n'étais pas plus avancé.

— Alors soit tu mentais à l'époque, soit tu mens maintenant, lâcha-t-elle, les mains crispées le long de son corps.

Bon sang !

Je connaissais ce regard, où se mêlaient épuisement, colère et désespoir. Elle n'exigeait pas seulement des réponses, elle en avait *besoin*.

Mais je n'en avais aucune à lui donner, pour le moment, et c'était bien là le problème.

Je pris une lente inspiration pour tenter de me calmer.

— Si je le savais, je te le dirais.

À sa mâchoire serrée, à la façon dont ses épaules se raidirent, comme pour se préparer à une dispute, je vis qu'elle ne me croyait pas.

— Je ne te fais pas confiance, déclara-t-elle d'une voix grave et rauque.

Cela n'aurait pas dû me faire souffrir, mais je me sentis blessé.

Je contraignis ma magie à s'enfouir plus profondément. Tout en la jugulant, j'essayai d'ignorer la souffrance générée par le lien qui se resserrait autour de mon cœur.

— Alors ne me crois pas.

Je vis l'expression de Vale se décomposer. Elle ne trahissait pas seulement de la colère ou de la peine, il y avait quelque chose de pire. Sans me laisser le temps de mettre un mot dessus, Vale tourna les talons et pénétra dans le temple.

Et tout à coup, je perçus un nouveau changement dans l'air.

Le temple la *reconnut*.

Un léger bourdonnement se répercuta sur les

murs tandis qu'une magie ancienne s'éveillait. L'air devint lourd et fit pression sur ma peau qui sembla se tendre comme un tambour. Dans la lumière tamisée, les ombres s'épaissirent, et une violente rafale de vent secoua le temple, faisant trembler les sculptures anciennes, comme si une porte venait de s'ouvrir.

Alors, l'écho infime d'une voix ancestrale résonna dans l'air. Une voix que je reconnus.

Sans hésiter, je suivis Vale à l'intérieur.

Qu'elle me fasse confiance ou non, je ne la laisserais pas entreprendre quoi que ce soit seule.

Aussitôt que je franchis le seuil, je perçus la magie. Elle ne frémissait pas sous la pierre, elle la constituait. Elle était tissée dedans, elle chargeait l'air et me collait à la peau. Tout comme *Vale*, elle me reconnaissait.

Et nous observait.

Vale hésita à peine avant de fouler le sol poussiéreux avec ses bottes et de souffler des volutes fantomatiques dans l'air. Elle ne broncha pas lorsque les ombres bougèrent et que l'air se mit à vrombir d'une puissance ancienne.

Elle avait déjà vu cet endroit, dans ses rêves, dans les fragments de mon âme qui avaient fuité à travers notre lien pour lui montrer des souvenirs que j'ignorais avoir.

Et que les dieux me viennent en aide, car j'étais terrifié à l'idée de ce que nous allions découvrir.

Vale effleura la colonne la plus proche et parcourus du regard les marques finement gravées dans la pierre. Il ne s'agissait pas de mots, mais de symboles.

Soudain, elle se figea.

Grâce à son expression, je perçus le moment précis où elle le reconnut, ses doigts se crispant et sa respiration accélérant.

— Vale ? dis-je d'une voix grave en m'approchant.

Sans même me regarder, elle se remit à toucher quelque chose, un petit symbole à la base de la colonne. Une rune gravée dans la pierre, des lignes dentelées traversant son centre.

— Ce n'est pas la première fois que je vois ça, murmura-t-elle.

Le silence se prolongea et érigea entre nous un mur presque palpable.

— Dans le livre, ajouta-t-elle en se retournant pour chercher mes yeux.

Ces mots me nouèrent l'estomac.

Elle parlait du livre concernant l'histoire des Luxas, que ses parents avaient volé plusieurs dizaines d'années auparavant. Ce n'était pas un simple livre. Cela ne l'avait jamais été.

J'avançai pour m'approcher de la marque que j'effleurai en plaçant mes doigts juste en dessous de ceux de Vale. Et le contact de ma peau avec la pierre fit fluctuer la magie dans la salle.

Une secousse. Un frémissement d'un pouvoir ancien et insatiable.

— Qu'est-ce que c'était que ce bordel ? s'exclama Vale avec un brusque mouvement de recul.

Je ne répondis pas parce que je ne savais pas.

La lourdeur du temple me comprimait les poumons. Les murs écoutaient, attendaient, désirant quelque chose, ce qui ne me disait rien qui vaille.

Vale expira brusquement et se passa une main sur le visage.

— Elle n'est jamais parvenue jusqu'ici, marmonna-t-elle d'une voix rauque, comme si elle ravalait un sanglot. Bien sûr que ce rêve ne voulait rien dire. Bien sûr que toutes les réponses sont hors de portée. Bien sûr que ce n'était qu'une perte de temps.

L'épuisement dans sa voix, la frustration palpable, tout cela réveilla quelque chose en moi.

Parce qu'elle n'avait pas tort.

Elle s'était démenée pour arriver jusque-là et avait vécu un véritable enfer. Pourtant, rien n'était facile. Et que les dieux me viennent en aide, je voulais lui simplifier la tâche.

Juste une fois.

Sans réfléchir, sans me retenir, je fis un pas vers elle.

— Vale...

— Arrête, dit-elle d'une voix tranchante, qui me fit l'effet d'un poignard.

Elle leva ses yeux d'un vert flamboyant tandis que sa poitrine se soulevait sous l'effet d'une colère à peine contenue. Pas contre le temple ni même contre le livre.

Contre moi.

Mais je ne m'arrêtai pas pour autant. Je ne pouvais pas.

— Vale, essayai-je une nouvelle fois d'une voix plus douce.

— Je ne veux pas de ta pitié, Idris, répondit-elle en secouant la tête et passant une main dans ses cheveux emmêlés.

De ma pitié ?

Un rire acerbe et amer s'échappa de ma gorge avant que je ne puisse l'arrêter.

— De la pitié ? répétai-je d'une voix qui se brisa. Tu crois que c'est ça ?

— Qu'est-ce que ça pourrait être d'autre ? s'emporta-t-elle, avec une respiration saccadée. Tu ne voulais pas que je reste, mais t'es quand même parti à ma recherche. Et maintenant ? Tu veux me sauver ? Me mettre sur mon joli petit trône et prétendre que je ne suis pas morte pour toi ?

— Vale... dis-je, le cœur battant.

— Tu m'as abandonnée.

Ces mots francs et incisifs me firent l'effet d'un coup de poignard. J'inspirai profondément, mais ne réussis pas à gonfler mes poumons. J'expirai brutalement en secouant la tête.

— Je ne t'ai pas...

— *Si !* insista-t-elle d'une voix brisée. Tu m'as exclue, Idris. Tu m'as exclue alors que c'est moi qui suis morte pour toi.

Vale vit les frissons qui me parcoururent, et cela ne fit qu'attiser sa colère.

— J'ai tout donné pour toi, continua-t-elle d'une voix tremblante. Et tu m'as laissée partir.

Je serrai les dents alors que ma poitrine était submergée d'une vive et intense vague de chaleur.

— Tu es partie.

— Parce que tu m'as fait comprendre que ça ne servait plus à rien que je reste, rétorqua-t-elle en riant d'une manière acerbe, son ton dénué de toute trace d'humour.

— Je t'ai supplié, Vale, ne pus-je m'empêcher de répondre. Je t'ai supplié de ne pas le faire et tu ne m'as pas écouté.

— Tu crois que je ne sais pas ce que j'ai fait ? dit-elle d'une voix brisée, les larmes inondant ses yeux.

Et il n'en fallut pas plus pour que mon cœur vole en éclats. Parce que j'avais passé des jours à prétendre qu'elle ne m'avait pas détruit, et voilà qu'elle se décomposait sous mes yeux.

— Je l'ai tué, chuchota-t-elle d'une voix tremblante. Il m'a supplié de te sauver en disant qu'il n'y avait pas d'autre moyen. Alors je l'ai tué. Je savais qu'au moment où je le ferais, je serais incapable d'absorber autant de pouvoir, mais je vous aimais tous tellement que je devais vous sauver... que je devais *les* sauver. Avec ce simple geste, je pensais pouvoir tout arranger, et au lieu de ça, j'ai tout foutu en l'air. J'ai tout gâché. Et je suis partie parce que je pensais...

Elle prit une grande inspiration avant de secouer la tête.

— Si je réussissais à réparer ce putain de truc, je pensais que...

Elle s'interrompit, comme si les mots restaient coincés au fond d'elle. Comme si elle risquait de les rendre réels en les prononçant.

Je fis un pas de plus vers elle.

— Je ne... reprit-elle en fermant les yeux.

Cette fois, je ne m'arrêtai pas. Je tendis la main vers elle, ce qui la fit à nouveau tressaillir. Et que les dieux me viennent en aide, cela me blessa plus que tout.

Elle sembla ensuite se forcer à rester immobile, et sa gorge se contracta au moment où elle prit une grande inspiration, mais j'avais déjà remarqué sa réaction. J'avais déjà senti le doute m'envahir. Elle ne me faisait pas assez confiance pour la toucher. Je déglutis pour ravaler la peine brute qui me rongeait la poitrine.

— Tu crois que je n'ai rien ressenti ? demandai-je d'une voix plus grave et rude. En te regardant mourir ? En sachant que tu l'avais fait pour moi ?

Le cœur de Vale se mit à battre la chamade.

— Tu crois que je n'ai rien ressenti en te tenant dans mes bras et en te voyant partir ? continuai-je en m'approchant, ma magie amassée au bout de mes doigts.

Vale tremblait, mais je ne m'arrêtais pas. Je devais le faire.

— Tu crois que tu as échoué ? murmurai-je presque sur un ton froid et tranchant comme une lame de rasoir. Tu crois que tu as tout détruit ? Bon sang, Vale ! J'aurais incendié le monde si cela avait pu éviter que tu sacrifies ta vie pour moi.

Parcourue de frissons, elle fit mine de dire quelque chose, mais aucun son ne sortit de sa bouche. Ma magie crépitait au bout de mes doigts et un désir brûlant s'élevait en moi. Pas de lui faire du mal ou de la séquestrer, mais de réussir à la toucher.

— Je t'ai exclue parce que je pensais t'avoir perdue, murmurai-je. Je t'ai exclue parce que je me suis effondré moi aussi quand tu es morte.

Les mains de Vale se crispèrent, tandis que le temple vibrait autour de nous. Plus la magie s'agitait, patientait, guettait, plus les murs semblaient se rapprocher.

— Je ne peux pas... dit Vale en reculant d'un pas mal assuré, les épaules raides.

Je me retins de la suivre.

— Très bien, murmurai-je. Alors découvrons ce que cet endroit nous veut.

En ravalant sa salive, elle acquiesça une fois.

Après quoi je me retournai vers le mur où se trouvait la gravure.

Le symbole semblait pulser, et lorsque Vale chercha à le toucher du bout des doigts, le temple réagit.

Un murmure d'une voix ancestrale.

Et puis la pierre bougea.

CHAPITRE 8
VALE

Une pulsation, semblable aux battements d'un cœur, irradia de la gravure, ébranlant les fondations du temple. Des runes se mirent à briller sur les murs, les colonnes, le sol... Des symboles incandescents apparurent, ardents comme des braises, avant de clignoter à un rythme lent et régulier.

Avec un petit cri, je retirai brusquement ma main.

Mais quand mon talon se prit dans une pierre cassée au sol, je perdis l'équilibre et m'écrasai contre un corps ferme : Idris.

Par réflexe, il m'enlaça, et la chaleur de son corps m'enveloppa tel un bouclier. Des écailles recouvrirent sa peau alors que son dragon s'éveillait, l'air se chargeant d'une odeur de fumée. Positionné entre le temple et moi, il me tenait avec force, d'une poigne possessive.

— Qu'est-ce que tu as fait, bordel ? grogna-t-il dans mon dos.

— Je... commençai-je, le cœur battant. Je ne sais pas.

Les runes brillaient toujours, vivantes. Tout le temple semblait prendre vie. Une lente prise de conscience m'envahit, comme si une force invisible nous observait, à l'affût. Je déglutis et cherchai fébrilement les sangles de mon sac avant d'en extraire le livre sur les Luxas.

— Vale, m'avertis Idris d'une voix grave. Il faut qu'on se tire d'ici.

Mais je me mis à feuilleter les pages friables, cherchant frénétiquement le symbole désormais gravé dans mon esprit.

— Je n'ai pas frôlé la mort pour partir maintenant. On m'a conduite ici, bon sang ! Je...

Puis je trouvai ce que je cherchais.

À peine visible, petit et effacé, dessiné dans un coin en bas de page, presque comme un commentaire ajouté après coup. Mais le texte explicatif me coupa le souffle.

Une forteresse Luxa. Un sanctuaire caché même aux Éveillés, scellé grâce au sang des Éclairées.

Les « Éclairées » devaient désigner les Luxas. Le symbole servait de sceau créé avec notre sang, ce qui signifiait que pour le briser…

Derrière moi, Idris se raidit. Sa respiration s'accéléra alors que son corps se tendait comme la corde d'un arc. Je le sentis lire les mots par-dessus mon épaule et je perçus le moment exact où il rejeta mon idée de tout son être.

— Non, grogna-t-il.

Je me retournai, mon souffle se condensant dans le froid.

— Idris…

— *Non*, répéta-t-il d'une voix tranchante et implacable. On ne sait pas ce que c'est, ni ce que tu vas déclencher.

Mais je savais que j'étais censée découvrir cet endroit. *Je le savais* parce qu'il m'avait appelée.

— Il n'y a qu'un seul moyen de le découvrir, déclarai-je après avoir dégluti et jeté un nouveau coup d'œil au symbole.

— Vale…

Avant qu'il ne puisse m'arrêter, je m'avançai. Une vive douleur irradia dans ma main après que j'eus passé le bout de mon doigt sur une écharde pointue, et je pressai contre la pierre la goutte de sang qui perla.

À l'inspiration du temple, une vague d'énergie silencieuse comprima mes poumons tandis que la pression dans mon crâne augmentait. Un *craquement* tonitruant déchira l'air, puis une gerbe de lumière jaillit des runes. Une onde de choc nous frappa, Idris et moi, nous projetant en arrière, avant que les murs se mettent à trembler, que l'air se raréfie et que la gravité s'en retrouve altérée.

Les runes se mirent à briller plus intensément d'une lueur qui devint incandescente, et pendant une seconde, j'eus la nette impression que le temple avait ouvert les yeux et me fixait du regard. Un courant d'air tournoya autour de mes chevilles, l'aspiration d'une force ancienne et invisible, comme des doigts qui auraient attrapé ma cage thoracique. Cette force n'était pas seulement éveillée, elle était consciente.

Et puis...

Je tombai.

La transition ne fut pas douce et la descente ne fut pas progressive. Ce fut une chute violente et brutale dans l'abîme. Je fus arrachée au temple dont la pierre se dissolut dans l'obscurité.

— *Vale !* rugit Idris, dont la voix rauque et désespérée déchira le néant.

Mais j'avais déjà disparu.

J'essayai de crier, mais aucun son ne sortit de ma bouche.

Après m'être écrasée sur une surface molle, je sentis un froid glacial me transpercer tandis que mes mains s'enfonçaient dans une épaisse poudreuse. Mais dès que je la touchai, je compris.

Rien de tout cela n'était réel.

Je me relevai en chancelant, mon souffle formant des volutes dans l'air glacial. Le temple se dressait devant moi, intact. Il n'y avait ni fissures ni ruines, seulement de la pierre blanche immaculée et des tours élancées qui s'élevaient vers un ciel trop sombre.

Tout semblait... étrange.

L'air était trop immobile. Le silence trop profond. Puis j'entendis les murmures.

Pas de mots, mais des sons semblables à des soupirs glacés dans ma nuque. Le ventre noué, je me retournai pour en chercher la source...

Et le temple se remit en mouvement.

Des silhouettes vêtues de robes dorées et de voiles blancs apparurent puis disparurent. Elles se déplaçaient dans les couloirs, leurs voix résonnant à distance.

Des sorcières Luxa.

Leurs visages étaient flous et difformes. Je tendis la main vers l'une d'elles, mais mes doigts la traversèrent.

Peut-être s'agissait-il d'une vision ou d'un souvenir du passé.

Ou même d'un présage.

Un rire sourd et mélodieux résonna dans le temple et se répercuta sur les murs.

— Regarde-toi.

Le cœur battant à tout rompre, je me retournai brusquement, car je reconnaissais cette voix. Zamarra était introuvable, mais elle était bien là.

— Une fois de plus, tu t'aventures dans des lieux qui ne t'appartiennent pas.

— Montre-toi, dis-je, les poings serrés, alors que mon être se consumait de rage.

— Oh, petite reine, je ne pense pas que ce soit vraiment ce que tu souhaites, dit-elle en riant à nouveau.

L'air changea, un vent sombre s'engouffra dans la salle, et je trébuchai après qu'il m'eut percutée.

— Tes parents étaient de pitoyables imbéciles, murmura Zamarra d'un ton narquois.

Je retins mon souffle. Que savait-elle donc de mes parents ?

— Ils ont supplié le Royaume des Rêves de les sauver, continua-t-elle d'une voix sifflante qui résonnait dans l'obscurité, toute proche, mais partout et nulle part à la fois. Ils ont demandé de l'aide à la force même qu'ils auraient dû craindre. Qu'ils auraient dû laisser

tranquille. Et maintenant, où sont-ils ? Morts et enterrés, parce qu'ils sont tombés dans mon piège.

— Tu racontes n'importe quoi, dis-je en m'efforçant de garder une voix assurée.

— Ah bon ? gloussa Zamarra.

Sa voix semblait plus proche, mais je ne la voyais toujours pas.

— Et maintenant ?

Les ombres se refermèrent sur moi avant que le monde qui m'entourait change.

Ligotée par des cordes qui lui entaillaient la peau, Nyrah était assise sur une chaise à haut dossier, inconsciente. Un poignard flottait dans les airs près de son cœur, tenu par une main invisible.

Le souffle court, je me retrouvai paralysée à la vue de cette image.

Zamarra fit claquer sa langue.

— Tu crois que c'est toi que je veux ?

Je ravalai ma salive, désemparée.

— Je ne te veux pas, dit-elle d'une voix douce et haineuse. J'ai déjà un réceptacle prêt à m'accueillir.

Lorsque je vis la lame s'enfoncer dans la tunique sale de Nyrah, cela me glaça le sang.

— Elle est jeune, dit Zamarra d'un air songeur, sa silhouette vacillant devant mes yeux. Elle n'est pas aussi puissante que toi... pas encore. Mais elle le deviendra.

Le poignard remonta en découpant le tissu au fur et à mesure, comme s'il cherchait à atteindre sa gorge.

— Et si tu ne te plies pas à ma volonté, peut-être te plieras-tu à la sienne, soupira Zamarra.

Je sentis un déclic en moi. Je me mis à hurler, ma magie se déchaîna, et la vision se brisa.

Cependant, les rires ne cessèrent pas.

— Tu craqueras avant la fin, murmura Zamarra, dont la silhouette se matérialisa un instant. Tu capituleras.

Puis ses ombres m'engloutirent et le sol se mit à trembler. Un rugissement assourdissant parut déchirer le voile du Royaume des Rêves. Dans mon dos, je sentis une boule de chaleur incandescente que je connaissais aussi bien que mon âme. Mon cœur s'emballa lorsqu'un mur d'écailles rouges me barra le chemin.

Rune.

Il se dressa devant moi, imposant, furieux, avec des yeux d'un doré flamboyant, des ailes déployées, et des narines d'où sortaient des flammes pour repousser les ombres. Son feu creva l'obscurité et dissipa le cauchemar.

— Lève-toi, ma reine, ordonna-t-il d'une voix retentissante dont je perçus les vibrations dans ma poitrine.

Sa voix n'était pas tendre, elle ne l'avait jamais été.

Elle était fougueuse, empreinte de rage, primitive et ancienne.

— Tu ne peux pas rester ici. Je ne pourrai pas la retenir éternellement, dit-il en serrant les mâchoires, ses crocs dénudés. Tu dois te réveiller.

J'eus brusquement l'impression qu'un crochet m'arrachait des profondeurs et me ramenait violemment dans mon corps. La pierre froide m'écorcha le dos tandis que je reprenais mon souffle. Idris était penché sur moi et me secouait par les épaules.

— Vale, dit-il d'une voix rauque, suppliante, où l'inquiétude était perceptible.

Les poumons en feu, je pris une grande inspiration. Les liens entre compagnons embrasaient tout mon corps. Curieusement, j'étais toujours dans le temple, sur le sol, mais sous ma main, le symbole n'était plus le même.

Une nouvelle inscription, tracée dans mon propre sang, semblait incrustée dans la pierre. Je clignai des yeux pour me débarrasser clarifier ma vision tandis que j'essayais de me concentrer. Les symboles clignotaient, se modifiaient, se réarrangeaient...

Pour révéler des mots :

Le Sang de la Première indiquera la voie à suivre. Cherche celle qui s'est égarée dans le Royaume des Rêves.

Idris se raidit à mes côtés.

— Qu'est-ce que ça veut dire, bordel ? grogna-t-il d'une voix calme, mais sinistre, qui me donna des frissons.

Je pris une inspiration et essayai de retrouver mes repères. Je n'avais aucune idée de ce que ces mots signifiaient, mais je savais une chose. Quelque part, au plus profond du Royaume des Rêves, « la Première » attendait.

Mais je ne savais pas de qui il était question.

Et j'avais peur de le découvrir.

Au moment où je me levai, le sol vibra d'un tremblement profond et inquiétant, comparable aux battements d'un cœur.

Puis les portes du temple s'ouvrirent brusquement, claquant contre la pierre avec une force qui souffla de la poussière dans toute la salle. La lumière du soleil perça la pénombre et se déversa sur les runes éclatantes, tandis que deux silhouettes massives entraient précipitamment à l'intérieur.

Kian et Xavier.

Armes à la main, respiration haletante, yeux sauvages et inquisiteurs.

— Qu'est-ce qui se passe, bordel ? demanda Kian d'une voix rauque en posant son regard sur moi.

— On t'a entendu crier, ajouta Xavier.

Il balaya la salle comme s'il s'attendait à voir surgir quelque chose de l'ombre.

J'ouvris la bouche pour m'expliquer et les rassurer, mais Idris réagit avant moi.

Il s'interposa entre nous, son attitude tendue et protectrice, son expression crispée et inflexible. Je sentis la chaleur de sa magie l'envelopper, la puissance brutale de son pouvoir à peine contenue.

Puis le temple trembla. Pas le sol ni les murs, mais les entrailles du lieu.

Ma cage thoracique subit d'un coup une pression glaciale, la sensation s'insinuant dans mes os. L'air devint plus lourd, étouffant, puis je vis des spectres surgir des murs.

Pas tout à fait des fantômes.

Pas tout à fait des êtres vivants.

Vêtues de robes dorées typiques des Luxas, elles se déplaçaient comme un nuage de fumée, leurs visages flous et creusés. Dans la salle, j'entendis des chuchotements, pas vraiment des mots compréhensibles, juste des sons qui dérivaient, comme portés par le vent.

Lorsque l'une d'entre elles s'avança vers moi, j'en eus le souffle coupé. Les autres s'immobilisèrent et attendirent qu'elle arrive à mon niveau. Elle leva sa main fantomatique, mais ne me toucha pas, car c'était inutile. Son regard vide se planta dans le mien et, d'une voix aussi douce que la brise, elle prononça des mots qui se gravèrent dans mon esprit.

— *Le sang s'éveille. Le Royaume des Rêves appelle.*

Un frisson d'inquiétude se propagea dans mon dos.

Idris grogna.

Sa magie explosa, embrasant sa peau, tandis qu'il s'avançait légèrement pour se placer entre la silhouette et moi. Afin de me protéger. Mais loin de vouloir attaquer, les Luxas se contentèrent d'observer la scène.

Un moment tendu s'écoula. Puis, une à une, les silhouettes se mirent à vaciller, leurs formes aux robes ondoyantes s'estompèrent, comme des ombres qui se seraient éloignées de la lumière.

Toutes sauf une.

Contrairement aux autres, elle s'attarda et m'observa. Celle-là me connaissait.

Une pression monta dans ma poitrine, pesante et ancienne, comme si j'étais coincée dans un étau. Elle ne faisait pas que me regarder, elle me voyait.

— *Le sang de la Première...*

Une violente décharge de magie me transperça et me brûla les entrailles. Hébétée, je trébuchai en arrière tandis que mon pouvoir s'éveillait et bouillonnait au rythme d'un cœur. À l'aide de sa magie qui s'enflamma aussitôt, Idris passa à l'action. Des flammes léchèrent le ciel, sa peau rayonna de chaleur, et il m'attrapa le poignet.

— Vale ! dit-il d'une voix tranchante et ferme.

Mais je l'entendis à peine.

— *Tu es la clé...*

Les mots me firent l'effet d'une claque, et pourtant la phrase n'était pas complète, comme si elle n'était que l'écho d'une histoire inachevée. Les contours de la silhouette faiblissaient, vacillant comme une bougie qui s'éteint. Et puis le temple gémit et les murs tremblèrent. Après que les colonnes frémirent, une pluie de poussière tomba, les runes se transformèrent, se réarrangèrent, comme si elles réagissaient aux mots qui venaient d'être prononcés.

— Qu'est-ce qui se passe, bordel ? s'énerva Kian, qui cherchait à fendre l'air étouffant avec son épée.

Xavier et lui étaient toujours sur leurs gardes, les armes à la main, s'apprêtant à combattre des silhouettes qui ne semblaient pas plus solides que des fantômes. Mais je ne faisais pas attention à eux. La pression qui m'enserrait les côtes s'accentua au moment où autre chose, quelque chose qui patientait, changea.

Le spectre n'avait pas disparu. Pas encore.

Ses yeux creux soutenaient toujours mon regard et, d'une voix proche d'un chuchotement brisé, elle me délivra un avertissement funeste.

— *Trouve l'égarée... avant que la rêveuse ne s'éveille.*

Je fus prise de frissons juste avant que la silhouette disparaisse. Le silence retomba alors dans le temple, où l'air s'immobilisa.

Ma paume me brûlait à l'endroit où j'avais touché le symbole gravé, et quand je baissai les yeux vers elle, je vis une lueur sous ma peau.

— Vale ? fit Kian d'un ton sombre et indéchiffrable, brisant le silence.

— Ouais ?

La mâchoire crispée, il promena son regard sur les runes du mur, les spectres ternes, et enfin, sur ma main incandescente.

— Qu'est-ce que ça veut dire, bordel ?

Malgré ma tête qui me tournait toujours et mon cœur battant, j'expirai lentement. Je n'avais pas de réponse, mais je savais une chose. Quelque part, au plus profond du Royaume des Rêves, « l'égarée » attendait.

Et j'avais l'impression que le temps nous était déjà compté.

CHAPITRE 9

KIAN

Vale était debout.

Elle respirait.

Elle était indemne.

Mais mon corps n'avait pas encore intégré cette réalité.

Car l'espace d'un instant, rien qu'un d'un putain d'instant, j'avais goûté à la douleur de la perdre. *Encore une fois*. Et cela m'était insupportable.

Sans pouvoir m'en empêcher, je me précipitai à sa rencontre. Puis je lui agrippai les épaules, doucement, sans serrer, juste pour m'assurer qu'elle était bien là, qu'elle n'était pas en train de me filer à nouveau entre les doigts.

— Encore une fois, c'était quoi ce bordel ? demandai-je d'une voix rauque et tremblante.

Elle grimaça, non pas à cause de ma poigne, mais à cause de tout le reste. Dans ses yeux verts écarquillés, je discernai une lueur qui me déplut, une sorte de terreur.

— Je... Je ne sais pas.

Mon cul, ouais !

— Tu étais figée, immobile, dit Xavier d'une voix grave et tranchante, où la tension était perceptible. La tempe d'Idris palpitait, on aurait dit qu'il allait ouvrir une brèche entre deux mondes dans le seul but de te faire réagir.

— Je n'étais pas... commença Vale après avoir dégluti.

Elle s'interrompit et secoua la tête.

— J'étais éveillée.

— Ah ouais ? dis-je en laissant échapper un rire amer. Eh bien, tu ne disais pas un foutu mot.

Elle ouvrit la bouche, mais je n'avais pas fini. Je fis glisser mes mains le long de ses bras, tâtai ses poignets à la recherche de blessures, à la recherche de quoi que ce soit.

Je ne pouvais pas m'en empêcher.

Parce que la dernière fois que je l'avais tenue ainsi, elle avait cessé de respirer dans mes bras. La dernière fois, j'avais dû la regarder m'échapper, impuissant, incapable de faire autre chose que crier son nom et prier les dieux qui ne m'avaient pas répondu.

— Arrête, marmonnai-je, une fois ma peur ravalée.

— Arrête quoi ? demanda-t-elle en fronçant les sourcils.

— Ne refais plus jamais ça, putain, répondis-je en relevant la tête pour la regarder dans les yeux.

L'espace d'une seconde, son regard se teinta d'un mélange de culpabilité et de révolte, des émotions aussi violentes qu'un coup de couteau.

— J'y étais obligée, murmura-t-elle.

Je la lâchai et reculai comme si le contact avec sa peau m'avait brûlé.

Elle y avait été obligée ? Elle avait encore failli mourir ?

Je m'étranglai d'un rire amer.

— Bien sûr que tu y étais obligée, dis-je en me passant une main dans les cheveux, le cœur toujours battant. Bien sûr que tu devais y aller seule, que tu devais de battre seule. Pourquoi est-ce que tu prendrais une seule seconde pour penser à nous ?

À ces mots, elle tressaillit.

Bien.

Je n'avais pas l'intention de la blesser, mais bon sang, elle devait comprendre. Elle devait savoir quel impact cela avait sur moi. Sur Xavier. Sur Idris. Quel impact cela avait sur nous tous, chaque fois qu'elle se précipitait ainsi vers le danger.

— On s'est plongés en pleine zone de guerre pour te retrouver, Vale, souffla bruyamment Xavier à côté de moi.

La mâchoire crispée, il continua en baissant la voix.

— Tu n'as pas à faire ça toute seule. Plus maintenant.

Je la vis déglutir, mais elle releva le menton d'un air obstiné, comme à son habitude.

— Je vous suis reconnaissante de m'avoir sauvée, mais je ne vous ai pas demandé de le faire. Vous avez votre royaume à gouverner et votre guerre à mener, et j'ai la mienne. C'est quelque chose que je dois faire.

Je me remis à rire. Un rire creux, rauque et légèrement hystérique.

— Tu dois ? répétai-je. Tu dois entrer dans un temple où règne une magie inconnue ? Tu dois risquer de te faire tuer par des mages ? Tu t'entends parler ?

— Je n'avais pas prévu que ça se passerait comme ça ! s'écria-t-elle d'une voix brisée. Je ne savais pas...

— Non, c'est un problème *récurrent*. Tu te jettes à

corps perdu dans le feu en espérant ne pas te brûler les ailes.

Sa magie s'embrasa. Je la sentis crépiter dans l'air alors et une lumière dorée se mit à danser au bout de ses doigts. Mon propre feu lui répondit, ma peau dégageant une chaleur intense, car je refusais d'en rester là.

Vale prit une inspiration, comme pour se calmer.

— Tout ce que j'ai fait, c'était pour les gens que j'aime. Je ne m'excuserai pas de me soucier de la seule famille qui me reste, déclara-t-elle, des larmes se mettant à couler de ses yeux, tandis que ses épaules s'affaissaient. Je ne veux pas me disputer avec toi.

— Moi non plus, dis-je en secouant la tête. Je veux juste que tu *vives*, bordel !

Mes mots la touchèrent, et pendant une seconde, je fis l'erreur de croire qu'elle allait m'écouter.

Mais, les mains crispées, elle continua d'une voix ferme.

— Ce n'est pas un caprice. Ma sœur est en danger, et je ne partirai pas sans elle.

Ma rage fulminante embrasa ma vision périphérique, mais je me forçai à respirer.

Bien qu'en vie, Vale ne m'écoutait pas. Elle restait plantée là, préférant se disputer avec moi plutôt qu'accepter la réalité.

— On doit continuer, reprit-elle d'un ton sec et inflexible. Nyrah est quelque part, et si Zamarra l'a attrapée...

— Si tu te précipites comme une idiote, tu vas te faire tuer, rétorquai-je tout aussi sévèrement.

Elle pinça les lèvres, mais je ne battis pas en retraite. Nous avions parcouru tout le continent pour la retrouver. Je n'allais pas la laisser s'enfuir à nouveau.

— Écoute, intervint Xavier après avoir soufflé par le nez et s'être avancé. On va s'en sortir ensemble. Plus question de t'échapper.

Il fixa Vale du regard.

— Plus de secrets. Plus de mensonges.

— *D'accord*, acquiesça Vale après avoir hésité.

Ce n'était pas suffisant, pas pour moi. Je me frottai le visage d'une main pour essayer de calmer mon cœur qui palpitait. Xavier avait raison. Nous ne pouvions pas continuer ainsi, à nous diviser chaque fois que les choses se compliquaient.

Mais j'avais du mal à suivre cette logique quand chaque fibre de mon être me criait de la sortir de là.

— Sevilava, dit enfin Idris.

— Quoi ? fit Vale d'un air surpris en clignant des yeux et en se tournant vers lui.

Les dents serrées, il ajusta la sangle de son épée.

— C'est l'endroit le plus proche où nous pourrions trouver des informations, *des choses*, concernant les Luxa. D'anciennes forteresses, des archives, des traces de leur histoire. Et de plus, c'est le seul endroit où nous pourrons trouver refuge sans être en territoire hostile.

— Pourquoi Sevilava abriterait-elle des forteresses de Luxas ? demanda Vale d'une voix hésitante, les sourcils froncés.

— Parce que les Luxas n'étaient pas seulement des sorcières, soupira Idris. C'étaient un peuple qui avait besoin d'abris et d'espace pour s'entraîner. Elles ont construit des temples, des sanctuaires, tout ça caché aux yeux des Éveillés. Je ne sais pas si ces bâtiments existent encore, mais s'il y a la moindre chance qu'elles aient laissé quelque chose, c'est probable à Sevilava.

— Et s'il n'y a rien ?

— Alors on décidera de la marche à suivre une fois que tu auras dormi un peu, putain, rétorqua Idris, dont les yeux s'assombrirent.

Vale ouvrit la bouche pour protester, mais j'avais assez attendu.

Je m'interposai devant elle en baissant la tête.

— Tu ne peux pas foncer tête baissée comme ça,

quelle que soit la situation, grognai-je d'une voix sévère et rauque.

— Je n'étais pas seule, dit-elle en croisant les bras. Même quand j'ai été entraînée dans le Royaume des Rêves, Rune était là.

Je me figeai.

— Rune ? dis-je d'une voix dure et tranchante. Comment ça, Rune était là ? Il est mort.

— Encore un échec de ma part, Kian, répondit-elle avec un sourire forcé. Il a réussi à me sortir de là avant que Zamarra ne puisse...

Zamarra.

Ce nom me donna l'impression qu'on me plantait un couteau entre les omoplates, et l'atmosphère de la pièce se tendit d'un coup. Xavier jura et Idris se raidit.

— Zamarra était dans le Royaume des Rêves avec toi ? demandai-je, d'un ton grave et sec, en lui attrapant le poignet.

Vale ne broncha pas, mais je vis quelque chose dans son regard, un éclat douloureux.

— Je crois qu'elle a capturé Nyrah. Elle a dit qu'elle avait des projets pour elle. Elle veut faire d'elle un réceptacle, je ne sais pas ce qu'elle entend par là.

Un grognement s'échappa de ma poitrine et mes flammes s'emballèrent. Nous n'allions pas laisser Zamarra faire du mal à sa sœur. Vale le voyait sur mon visage, je le savais. Mais elle restait immobile, prête à me résister plutôt qu'à m'écouter.

Passant une main dans mes cheveux, j'essayai de respirer et de réfléchir, mais c'était chose presque impossible quand mon instinct me hurlait de la sortir de là.

J'avais besoin de la mettre en sécurité.

Mais elle ne l'était nulle part, même pas avec nous. Pas tant que de la magie parcourait ses veines ni tant qu'elle était déterminée à se sacrifier.

Ce fut alors qu'elle rendit les choses encore plus difficiles.

— Je dois aller chercher Vetra, dit-elle comme si c'était la chose la plus normale au monde.

— Hein ? lâchai-je en la regardant.

— Vetra, répéta-t-elle. La jument. Elle m'a sauvé la vie. Je ne peux pas l'abandonner.

Putain, bien sûr.

Vale ne se détournerait jamais de quelque chose qu'elle aimait, même si cela nous aurait grandement facilité la vie à tous. J'expirai bruyamment et m'efforçai de réfléchir. Le temple se trouvait à la frontière entre Sevilava et Girovia. Nous étions tout près.

Vale voulait son cheval de guerre, je voulais qu'elle reste en vie, et Idris voulait établir un putain de plan.

Bon.

C'était faisable.

— Les chevaux ? demandai-je à Xavier.

— Ils doivent être là où nous les avons laissés, répondit-il en regardant vers la lisière de la forêt. Leur faire traverser les ruines ne sera pas aisé, mais on peut y arriver.

Il jeta un coup d'œil à Vale.

— Tu es sûre qu'elle peut endurer le voyage ?

La remarque lui hérissa les poils, son regard passant de son cheval à moi.

— Bien sûr que oui.

— Il parlait de *toi*, Vale, dis-je dans un petit rire amer.

Elle me lança un regard noir, les yeux brillants de colère, mais je m'en fichais complètement. Parce qu'elle était épuisée. Parce qu'elle était encore pâle et tremblante. Parce que je venais de la voir frôler la mort une nouvelle fois, et que je n'étais pas d'humeur à supporter ses conneries.

— Tu as besoin de repos, dis-je en m'approchant d'elle. Et tu dois trouver un plan. Ça vaut pour nous tous.

Les mâchoires crispées, Vale continuait de me refuser l'accès à son esprit, m'empêchant d'entrer dans ses pensées. Mais, enfin… *enfin*, elle acquiesça.

Elle voulait garder son fichu cheval de guerre ? Très bien. Mais elle ne partirait pas sans protection.

Quelques minutes plus tard, une fois les chevaux récupérés, je me hissai sur ma monture, encore sur le qui-vive. Tous les muscles de mon corps étaient tendus. Je serrai les rênes dans mes mains et jetai un dernier regard à Vale.

Elle était toujours au même endroit, comme si elle envisageait de revenir à la charge, comme si elle préparait un autre plan qui m'exclurait, qui nous exclurait tous.

Que les dieux me viennent en aide.

Expirant brusquement, je descendis de selle pour l'attraper par la taille et la hisser sur le cheval qu'elle avait réussi à voler quelque part.

Elle poussa un cri de surprise lorsque je parvins à la mettre en selle, sans la lâcher pour autant.

Après quoi je m'accroupis pour resserrer les sangles, ajuster les étriers et m'assurer que la selle était bien en place. Elle avait dû la fixer à la hâte avant de prendre précipitamment le chemin du temple, car la sangle était trop lâche et légèrement décalée.

Elle ne dit pas un mot de tout ce temps.

Peut-être était-elle trop fatiguée pour me résister ou peut-être savait-elle que j'avais besoin de faire quelque chose, n'importe quoi, pour garder mon sang-froid.

Une fois la selle réglée, je tirai dessus avec force avant de m'éloigner, puis je croisai le regard de Vale que je soutins.

Et c'est à ce moment-là que cela me frappa.

Nous avions traversé ce putain de continent à sa recherche. Nous l'avions traquée en territoire hostile, entourés de sang, de fumée et de combats. Nous avions *tout* traversé.

Et pourtant, elle était partie.

Elle avait quand même fui.

Et je l'avais laissée faire.

Mon cœur tambourina contre ma cage thoracique, les bords de ma vision se brouillèrent tandis que je bouillonnais de l'intérieur, submergé par tous les moments terrifiants et angoissants que nous avions vécus durant notre recherche.

Elle avait failli mourir sous mes yeux. *Encore une fois*.

Je ne pouvais pas.

Je ne pouvais pas la perdre à nouveau.

N'y tenant plus, j'agrippai sa cape et la pris dans mes bras pour la faire descendre de selle.

Elle eut à peine le temps de respirer que ma bouche s'écrasa sur la sienne.

Dans un baiser brutal et désespéré.

Je ne fus ni doux ni prudent, parce que rien de tout cela n'était intentionnel. C'était juste un moment de faiblesse après avoir passé des heures à imaginer son corps froid, sans vie, son âme *envolée*.

Et à présent, elle était là. Avec son corps chaud. Vivante. *À moi.*

Je sentis la seconde où elle se laissa aller, serrant ma veste tout aussi fort en retour. Tandis que son corps, soumis à la même tempête, au même brasier intérieur, se pressait contre le mien, son souffle caressa mes lèvres.

Lorsque sa magie s'embrasa, j'en sentis le goût sur ma langue : lumineux, intense et vif.

Mais je finis par m'écarter, haletant, frémissant, avec la sensation d'être sur le point de me désintégrer de l'intérieur. Je posai alors mon front contre le sien.

Que les dieux me viennent en aide !

— Ne refais pas ça, putain, murmurai-je.

— Kian... répondit-elle, ses doigts se contractant contre mon torse.

Je l'embrassai à nouveau. Un baiser soit doux cette fois, mais toujours aussi pressant et passionné.

Parce que j'en avais besoin. J'avais besoin d'elle. Mais je devais la libérer.

Je me forçai à reculer, à la soulever et à la replacer

sur ce putain de cheval, là où il fallait qu'elle soit. Là où je pouvais la voir, putain.

Elle ne m'opposa aucune résistance.

Peut-être avait-elle enfin compris.

Accroupi, je réglai la sangle une dernière fois, ajustai les lanières et m'assurai que la selle était bien positionnée.

Puis je levai les yeux vers Vale, ma compagne, l'amour de ma vie, la femme qui me mènerait à ma perte un jour, putain.

— Parce que je jure devant les dieux que si tu me fais encore peur comme ça, Vale, dis-je d'un ton sincère en plissant les yeux pour qu'elle soit attentive, je t'attacherai moi-même à ce putain de cheval.

CHAPITRE 10
XAVIER

Les mains crispées sur les rênes, je grinçai des dents, le souffle court, à mesure que nous progressions au milieu des ruines.

J'aurais dû me sentir soulagé que Vale soit saine et sauve, mais pour cela, il aurait fallu que je fasse confiance à ma compagne, ce qui n'était pas le cas. Pas après la promesse qu'elle avait rompue.

Pas après avoir senti notre lien se fragiliser jusqu'à un point critique. Pas après avoir passé des heures à poursuivre la trace de sa magie, à serrer mes rênes au point d'avoir les mains engourdies, redoutant le moment où elle s'évaporerait complètement.

Le moment où *Vale* disparaîtrait complètement.

D'un clignement des yeux, je me débarrassai de

cette pensée, mais mes mains me faisaient encore mal, comme si je courais toujours après un fantôme.

Vale était derrière moi, assez près pour que j'entende le rythme régulier des sabots de son cheval, mais pas assez pour que je puisse la regarder. Si je me tournais vers elle, j'aurais soit envie de l'embrasser soit envie de lui crier dessus. Et je ne savais pas laquelle de ces options serait la pire.

Elle m'avait quitté. Elle avait *choisi* de partir.

J'expirai brusquement, sous le coup de la rage qui bouillonnait en moi. J'avais passé des heures à la traquer, à me demander si elle était encore en vie ou si j'allais arriver trop tard. Et à présent, elle était là, chevauchant derrière moi comme si de rien n'était. Comme si elle ne m'avait pas arraché le cœur pour l'emporter avec elle.

J'étais incapable de prononcer un mot, incapable même de la regarder.

Si j'ouvrais la bouche, je savais qu'il serait impossible de m'arrêter. Et je n'étais pas certain qu'elle puisse entendre ce que j'avais à lui dire.

L'air changea lorsque nous passâmes sur le territoire de Sevilava, toujours au milieu des ruines du temple. L'édifice délabré se dressait à la frontière, mais ce n'était pas un lieu de culte isolé au milieu de nulle part. Autrefois, il se trouvait au cœur d'une ville, un endroit où les Luxas vivaient et respiraient sans craindre le monde des Éveillés.

Mais c'était avant la malédiction d'Idris et la fureur de Zamarra.

Nous avançâmes prudemment au travers des bâtiments démolis qui gisaient telle des carcasses calcinées derrière la frontière. Nous progressions lentement, mais la jument de Vale se montrait à la hauteur, la transportant au milieu des décombres comme si elle avait été dressée pour cette tâche.

Entourés des hurlements du vent, nous chevauchions sur le sol noirci, les ruines du temple s'éloignant derrière nous. Désormais, Vale avançait à côté de Kian, juste assez près de moi pour que je puisse voir la tension dans ses épaules, les regards furtifs qu'elle me jetait quand elle croyait que je ne la regardais pas.

Le lien qui nous unissait était toujours douloureux, à vif et tendu après toutes ces heures de silence. Elle m'avait exclu. Pas seulement Idris ou Kian.

Moi.

Et bon sang, ça faisait mal.

J'avais cru enfin faire partie de quelque chose, être l'un des leurs. Mais au moment décisif, elle était partie.

Je n'avais pas beaucoup parlé depuis que nous

l'avions retrouvée, non pas parce que ma colère s'était dissipée, mais parce que je ne savais pas si je pouvais dire ce que j'avais besoin de sortir sans compromettre notre relation de manière irréparable.

À mesure que nous avancions vers le nord, l'air devenait de plus en plus étouffant, la température n'était ni chaude ni froide, mais simplement écrasante.

Ce n'était pas le soleil, mais le sol.

Des roches volcaniques noires et escarpées, certaines encore rougeoyantes de la lave qui refroidissait dedans depuis des siècles, s'étendaient à perte de vue. Le vent charriait une odeur de cendres et de métal, mais ce qui retenait le plus mon attention, c'était le ciel.

Couvert d'épais nuages striés de flammes écarlates provenant d'éruptions lointaines, il donnait l'impression que le monde était plongé dans une pénombre éternelle.

Et à l'approche de Shavrik, la plus grande ville de Sevilava, le rouge éclatant des rivières de lave qui parcouraient les rues projetait une lueur sinistre sur les bâtiments d'obsidienne. Les habitants ne semblaient pas craindre ce spectacle. Ils marchaient d'un pas décidé, avec des armes sanglées dans le dos, leurs regards semblant guetter les menaces avant qu'elles ne les atteignent.

L'endroit était sillonné de crêtes acérées et de roches en fusion qui se fendaient au moindre faux pas. C'était une terre qui testait les limites de chacun, et si vous n'étiez pas assez fort, elle vous emportait sans pitié.

Les habitants n'étaient pas différents.

Leurs visages étaient marqués de tatouages striés de cendres, leurs vêtements tissés de fils ignifugés. Certains portaient des armes aux lames d'obsidienne attachées dans le dos, d'autres étaient enveloppés dans d'épais tissus pour se protéger de la chaleur qui émanait encore du sol.

Et chacun d'entre eux semblait capable de tuer un homme sans sourciller.

Ce n'était pas un endroit accueillant. Mais Idris... Idris était chez lui ici. Il n'était pas seulement à l'aise, il imposait le respect. Comme si le feu de cette terre n'obéissait qu'à lui et à lui seul. Chevauchant en première position, il jetait à peine un regard sur la ville.

Nous le suivîmes dans les ruelles sinueuses, la lueur de la lave dessinant de longues ombres sur les bâtiments en pierre noire. Plus nous avancions, moins je me sentais en sécurité. Pas à cause de la ville, mais à cause des regards. Les gens nous observaient.

Ils nous jaugeaient.

Ils évaluaient.

Cela faisait des années qu'Idris n'était pas venu, et pourtant, la ville semblait le connaître. Même la chaleur des pierres semblait attirée par lui. Les gens ne s'inclinaient pas, ne le saluaient pas comme le souverain qu'il était, mais ils s'écartaient de son chemin sans poser de questions.

Kian chevauchait près de Vale, la main posée sur le pommeau de son épée. Je gardais la mienne au même endroit, tout en scrutant chaque recoin sombre, chaque étal, chaque fenêtre ouverte.

Idris tourna brusquement dans un passage encore plus étroit qui nous conduisit à une cour qui semblait sans issue. Mais grâce à un simple mouvement du poignet qui fit gémir la roche, il écarta une partie du mur, révélant une entrée cachée.

Lorsque la porte s'ouvrit en dévoilant une écurie caverneuse creusée dans la roche volcanique refroidie, un souffle d'air chaud balaya l'espace. Celui-ci n'était pas grand, mais il était fortifié. Dès que nous y pénétrâmes, je compris pourquoi.

Des armes étaient alignées contre les murs et une

forge usée se trouvait au fond de cet espace rempli de l'odeur de la cendre et des chevaux.

C'était non seulement une écurie, mais aussi une armurerie cachée.

Idris mit pied à terre le premier et caressa l'encolure de son cheval avant de le conduire vers un box libre.

— Tu as ta propre écurie ici ? demandai-je, surpris.

— J'ai beaucoup de choses ici, répondit-il, sans me regarder.

Vale se laissa glisser de sa selle et se rattrapa de justesse avant de trébucher. Kian intervint avant que je puisse réagir, la saisissant par le coude pour lui permettre de retrouver l'équilibre.

Elle marmonna quelque chose à voix basse et laissa sa main s'attarder une seconde de trop sur le bras de Kian avant de la retirer vivement. Pas parce qu'elle ne voulait pas se tenir à lui, mais parce qu'elle n'était pas sûre d'en avoir encore le droit.

À cette idée, la gorge serrée, je me retournai vers mon cheval dont je tenais les rênes d'une main ferme. Ce n'était ni le moment ni l'endroit. Mais j'avais l'impression qu'une partie de moi venait de se détendre.

Aussitôt que le dernier cheval fut installé, Idris se mit en route. Il ne vérifia pas si la rue était déserte et ne se retourna pas vers nous. Il se dirigea simplement vers le fond de l'écurie et ouvrit la lourde porte métallique encastrée dans le mur de pierre.

En posant une main contre celle-ci, il imprégna le fer de sa magie.

Un faible bourdonnement se propagea dans la pièce au moment où les runes de la porte s'animèrent, se déplaçant et se réorganisant comme si le métal était vivant.

À côté de moi, Vale se raidit, car elle reconnaissait cette magie.

Tout comme moi.

Le métal grinça lorsque les serrures se déverrouillèrent avant que la porte s'ouvre toute seule.

— À l'intérieur, dit Idris en nous jetant un regard. Tout de suite.

Une fois qu'il eut refermé la porte derrière nous, l'épuisement nous accabla tous. Personne n'avait prononcé un mot depuis que nous avions franchi le seuil, mais je pouvais sentir la tension dans l'air, trop vive, trop présente pour être ignorée.

Vale se tenait près du centre de la pièce, les bras enveloppés autour d'elle comme pour se protéger. Elle était bien trop pâle, bien trop petite.

Appuyé contre le mur du fond, Kian avait les bras croisés et le visage sombre. Il n'avait pas dit un mot depuis que nous étions entrés, ce qui ne lui ressemblait pas. Son humour habituel, ses sarcasmes, tout cela avait disparu. Un muscle de sa mâchoire se contractait, mais il ne bougeait pas et restait silencieux, se contentant d'observer.

— Mange, dit Idris qui finit par briser le silence. Immédiatement. Et quand tu auras fini, je veux que tu nous dises tout ce que tu nous caches.

Prise de frissons, Vale ouvrit la bouche comme pour protester, mais Idris avait déjà sorti un ballot de nourriture de son sac et l'avait jeté sur la table.

Elle sembla hésiter.

Kian se décolla du mur, attrapa un couteau et se mit à couper le pain et la viande séchée avec plus de force que nécessaire. Ses mouvements étaient précis, contrôlés, comme s'il avait besoin de s'occuper les mains pour éviter de péter un plomb.

Lentement, comme si la fatigue l'avait enfin rattrapée, Vale s'assit en dernier. Elle tendit la main vers le pain, en prit une bouchée, puis s'arrêta.

Elle n'allait pas manger. Il allait falloir qu'on la force.

— Mange, Vale, insistai-je, la mâchoire crispée, en poussant ma ration vers elle.

— Xavier... commença-t-elle en fronçant les sourcils.

— Tu trembles, l'interrompis-je. Tu arrives à peine à tenir ta tête droite et ta magie jaillit comme la lumière d'un putain de phare.

Je poussai à nouveau, avec plus de force, le morceau de viande séchée.

— Mange. Sinon, je jure devant les dieux que je t'y obligerai.

Un silence s'installa entre nous, puis, finalement, elle déchira un autre morceau de pain, se força à mâcher et avala.

Le regard de Kian, où une lueur indéchiffrable apparut, se posa sur moi avant de se détourner. D'habitude, je pouvais deviner ses pensées, mais là, j'étais perdu.

Vale finit par repousser son repas à peine entamé. Elle ne dit rien, mais ses doigts se crispèrent sur ses genoux.

Il était clair qu'elle hésitait, car elle retenait une information. Je connaissais ce regard, je savais cette façon qu'elle avait de se refermer sur elle-même lorsqu'elle ne voulait pas parler, lorsqu'elle avait peur de prononcer certains mots.

Le silence s'éternisa.

— Vale... soupira Kian en repoussant sa propre portion.

Après s'être raidie, elle prit enfin la parole.

Lentement. Prudemment. Comme si prononcer ces mots à voix haute les rendait réels.

Elle nous parla de Rune, de son incapacité à fusionner son âme avec celle d'Idris parce que Vale était morte avant d'avoir pu mener à bien son projet. Elle nous parla de Zamarra, de sa recherche d'un réceptacle, de sa présence constante dans l'esprit de Vale.

Puis elle nous parla de Nyrah et des plans qu'avait Zamarra pour elle. Elle nous expliqua que le Royaume des Rêves l'attirait et l'emportait plus loin à chaque fois qu'elle fermait les yeux.

Sans savoir si elle réussirait à se réveiller.

Kian jura entre ses dents et Idris serra les mâchoires. Et moi ? Je me contentai d'écouter. Car malgré l'ampleur de ma colère, malgré la peine que je ressentais, je voyais ce qui lui faisait vraiment peur. Elle ne cherchait pas à nous exclure, mais était terrifiée par ses actes. Sa magie crépita au bout de ses doigts, émettant de faibles pulsations avant de se dissiper.

— Je ne veux pas m'endormir, admit-elle d'une voix à peine audible. Si je m'assoupis, je ne sais pas si je parviendrai à me réveiller.

Ces mots me transpercèrent le cœur, et le silence envahit la pièce.

— Alors je te garderai ici, déclara Idris en s'avançant, sans aucune trace d'hésitation pour une fois.

Vale leva les yeux, manifestement surprise.

Il croisa les bras et prit une posture assurée, inébranlable, déterminée.

— Tu oublies ce que je t'ai dit, ma petit téméraire, reprit-il d'une voix douce, mais ferme. Si tu ne peux pas contrôler tes rêves, le seul endroit où tu dormiras, c'est à mes côtés. Ce n'est qu'un royaume de plus où je peux te protéger.

Vale poussa un soupir tremblotant. Pour la première fois de la soirée, elle semblait soulagée. Et bon sang, je détestais l'idée qu'elle ait gardé cette peur au fond d'elle.

Le silence se prolongea, pesant, sans être pour autant inconfortable. Pour une fois, il n'y avait aucun danger immédiat ou dispute en cours. Seule la fatigue pesait sur nos muscles et nos nerfs à vif.

— Reposons-nous ici, finit par dire Idris. Demain, on décidera de la suite.

Personne ne protesta, car nous n'avions plus aucune raison de nous disputer.

Kian agita ses épaules toujours tendues. Il fouilla dans son sac et en sortit quelque chose : une dague. Celle de *Vale*.

Elle retint son souffle.

— J'ai pensé que tu voudrais la récupérer.

Alors que Kian faisait tourner la dague dans sa paume, la lueur vacillante du feu se refléta sur le tranchant de la lame. Puis, sans hésiter, il la tendit vers Vale, du côté du manche orné de pierres précieuses. Il ne prononça pas un mot, se contentant d'une promesse silencieuse.

Après avoir inspiré en tremblant, Vale s'en saisit et referma doucement ses doigts autour de la poignée, dans un geste lent et solennel.

— Merci, murmura-t-elle.

Elle l'avait laissée derrière elle lorsqu'elle s'était enfuie. À présent, Kian la lui rendait, pas comme un avertissement, mais comme une promesse.

— Pour toujours, dit Kian en acquiesçant, le regard fixe.

Idris n'attendit pas que Vale change d'avis. Il se dirigea vers le fond de l'abri, vers la porte la plus massive, celle qui était renforcée de métal. Sans hésiter, il plaqua sa paume contre le fer pour activer les serrures à l'aide de sa magie.

Un faible bourdonnement retentit dans l'air au moment où les runes du cadre de la porte s'illuminèrent, se déplaçant et se réorganisant pour déverrouiller quelque chose d'ancien et d'invisible. Au déclic de la serrure, la porte s'ouvrit en grand.

Les murs étaient en obsidienne, bordés d'étagères remplies de livres, d'armes et de provisions. Dans un coin, un feu brûlait dans l'unique cheminée, qui projetait une lumière vacillante sur le massif lit trônant au centre de la pièce, assez grand pour nous accueillir tous. Cette maison n'était pas destinée à recevoir des invités, seulement Idris.

Vale sembla hésiter sur le seuil.

— Je te l'ai dit, murmura Idris. Tu ne peux dormir qu'auprès de moi.

Un muscle se contracta au niveau de sa mâchoire, mais Vale ne répondit pas. Elle était épuisée, sa magie était affaiblie, et son pouls trop faible pour être perceptible à travers le lien.

Cela prit une éternité, mais elle finit par retirer son armure avec des gestes lents et délibérés. Kian lui tendit un chiffon humide, qu'elle utilisa pour se débarrasser de la saleté et du sang qui recouvraient ses bras et ses mains. Un rituel silencieux et vital.

Personne ne parlait. Même Kian, qui était d'habitude le premier à rompre le silence, restait debout à proximité, les yeux rivés sur elle.

Je détestais cette ambiance, je détestais la façon dont Vale se refermait sur elle-même, comme si elle portait encore un fardeau trop lourd à partager.

Elle fouilla dans un coffre au pied du lit et en

sortit une tunique trop grande, probablement une vieille chemise d'Idris. Elle toucha le tissu, semblant hésiter, ses mains crispées dessus.

— Tu ne me laisseras pas sombrer ? demanda-t-elle, d'une voix douce que je ne lui connaissais pas, en se tournant vers Idris.

Ce n'était pas une question, mais une supplication.

Idris, qui l'observait en silence d'un regard impassible, expira doucement.

— Jamais.

Vale acquiesça d'un signe de tête, puis s'éloigna pour se cacher derrière le paravent, pendant que les doux crépitements du feu résonnaient dans la pièce silencieuse.

Après s'être frotté le visage, Kian se retourna, tira une chaise près du lit et s'y affala.

— Je prendrai le premier quart.

Sans protester, Idris s'assit sur le bord du lit, un pied botté calé sur son genou, alors qu'il tapotait son épée dans un silence méditatif.

De mon côté, je faisais les cent pas, incapable de m'asseoir ou de dormir.

Parce que ce silence et cette immobilité me semblaient annonciateurs de la fin de quelque chose que je ne pouvais nommer.

Lorsque Vale réapparut enfin, son visage était propre, ses cheveux encore humides là où elle y avait passé ses doigts mouillés. La tunique d'Idris, dont l'ourlet lui frôlait les genoux, l'enveloppait tout entière.

Et que les dieux me viennent en aide, mais même ainsi... surtout ainsi, elle était toujours la plus belle femme que j'avais jamais vue.

Sans un mot, elle se glissa dans le lit, où son corps s'affaissa aussitôt qu'il toucha le matelas. Elle expira longuement et lentement, s'agrippant aux draps comme pour trouver un point d'ancrage.

Je n'aurais pas supporter de la regarder plus longtemps.

Me tournant vers le feu, je me passai la main dans les cheveux, ma respiration toujours saccadée et mes pensées éparpillées.

Au bout d'un certain temps, le feu faiblit. La chaise de Kian grinça lorsqu'il bougea.

Puis Vale gémit.

Un petit son déchirant, à peine audible.

En risquant un coup d'œil, je la vis s'agiter dans son sommeil. Sa respiration s'accéléra, ses doigts se crispèrent sur la couverture comme si elle cherchait à attraper quelque chose... quelqu'un qui n'était pas là.

Je me tournai vers Idris, qui était assis au bord du lit, les bras croisés et les yeux cernés par la fatigue.

— Elle est dans le Royaume des Rêves ? demandai-je d'une voix rauque.

— Non, répondit-il en secouant la tête.

Il se tourna vers Vale et la contempla un instant avant d'expirer.

— Juste un cauchemar ordinaire.

Cela aurait dû suffire à me rassurer.

Mais non.

Vale remua à nouveau, le souffle court, recroque-villée sur lui-même comme si elle essayait de se protéger de quelque chose.

Les dents serrées et les mains crispées, je luttai pour rester en place et la laisser tranquille. Mais elle gémit une nouvelle fois, d'une petite voix brisée, comme si elle sombrait dans un abîme dont elle ne pouvait s'échapper.

Putain. *Putain.*

N'y tenant plus, je traversai la pièce et m'assis sur le lit à côté d'elle. Sans réfléchir ni même hésiter, je me laissai guider par mon corps, comme s'il avait toujours su où était ma place.

Je me glissai derrière elle pour l'entourer de mes bras, passant l'un d'eux autour de sa taille. Contre moi, elle semblait si petite, si vulnérable, une fragilité que je ne m'étais jamais autorisé à voir.

Elle poussa un long soupir tremblant avant que son corps se fonde contre le mien, la tension quittant ses membres à mesure que sa respiration s'apaisait. Même dans son sommeil, elle me connaissait et me faisait confiance.

Comme si elle m'appartenait encore... comme si elle *nous* appartenait encore.

La gorge serrée, je posai mon front contre sa nuque et la serrai plus fort. Pas assez pour la réveiller, mais juste assez pour la maintenir contre moi.

Elle était partie, mais que les dieux me viennent en aide, j'étais incapable de la quitter. Même après cela.

Je soufflai mon haleine chaude sur ses cheveux et fermai les yeux. Je n'étais pas prêt à lui pardonner, pas encore.

Mais la laisser partir n'avait jamais été une option.

CHAPITRE 11

VALE

Une chaleur constante et implacable se pressait contre mon dos, tandis qu'une autre m'enveloppait la taille et m'ancrait au lit, ou plutôt à *eux*. Ma respiration était lente et profonde grâce à la place confortable que j'occupais entre eux, enveloppée de leurs odeurs semblables à un souvenir que je croyais perdu.

Le bras de Kian était sur ma hanche, ses doigts repliés sur les draps m'empêchant de m'éloigner de lui. Bien qu'il fût profondément endormi, sa présence me rassurait. L'étreinte de Xavier était plus ferme, plus protectrice et possessive. Sa main était posée sur mon ventre, son corps étendu derrière le mien, et son souffle lent et régulier caressait la courbe de mon épaule.

J'aurais dû me sentir piégée, mais au contraire, cela me conférait un sentiment de sécurité. Pour la première fois depuis des jours, mon corps ne me faisait pas souffrir. Pour la première fois depuis des jours, je ne saignais pas, ne souffrais pas et ne m'efforçais pas de rester en vie.

Mais mon esprit ?

Tel un cimetière, il était hanté par tous les fantômes que je n'avais pas réussi à enterrer.

J'inspirerai lentement, les lèvres crispées, alors que ma magie fourmillait sous ma peau. J'aurais dû rester là. J'aurais voulu rester. Mais dès que je fermais les yeux, je la sentais.

Zamarra.

Sa voix s'insinuait dans mon crâne, ses murmures se faufilaient dans les brèches de ma conscience et me donnaient l'impression d'être prise dans un étau.

« Tu ne peux pas m'échapper. »

Le souffle court, j'essayai de la repousser et de me concentrer sur la chaleur du corps de Kian, le poids rassurant du bras de Xavier, leurs respirations tranquilles. Mais le Royaume des Rêves, tenace et irrépressible, s'acharnait sur moi, telle une toile d'araignée dont je ne pouvais m'extirper.

En un instant, mon sentiment de sécurité s'envola

alors que sa présence m'étouffait comme si sa main se refermait sur ma gorge. J'avais besoin d'air.

Lentement, avec une extrême prudence, je me dégageai de l'étreinte de Xavier, m'éloignai de Kian et sortis du lit à petits pas. Aucun d'eux ne bougea. Xavier marmonna quelque chose dans son sommeil, mais ne se réveilla pas.

Au moment où mes pieds nus touchèrent le sol froid en obsidienne, un frisson me parcourut alors que la panique s'emparait de moi. J'avais besoin d'espace pour respirer. J'avais besoin de...

— Tu vas quelque part ? grogna une voix qui transperça la pénombre comme une lame.

Je sursautai, juste une seconde, mais cela suffit.

Les bras croisés sur sa poitrine, Idris était appuyé contre le mur du fond. Ses yeux dorés luisant de reproche étincelaient à la lueur du feu. Il était là depuis le début.

À observer.

À attendre.

Dans la pièce, sa présence était imposante, à la fois fiévreuse et immobile dans le silence, et pourtant, impénétrable.

— J'avais juste besoin d'une seconde, soufflai-je en me frottant le visage.

— Tu n'as jamais besoin juste d'une seconde, rétorqua Idris, sans bouger.

Il y avait quelque chose de trop calme dans son ton, alors que son regard était trop perçant.

— Je ne m'échappais pas, rétorquai-je, les mains tremblantes. J'avais juste besoin d'air.

— Tu sais, je t'aurais cru si je ne venais pas de traverser une zone de guerre à ta poursuite, dit-il, les yeux furieux. Essaie encore.

Ses mots me firent l'effet d'un coup de massue, et ils me blessèrent si profondément que je fus étonnée de ne pas saigner. Mais Idris n'avait pas fini.

— Tu es partie, continua-t-il d'une voix trop calme et définitive. Et tu ne t'es pas contentée de partir. Non, tu as coupé tout contact avec nous, tu nous as exclus de ta vie.

— Je devais... répondis-je, la gorge serrée.

— On a *toujours* le choix, Vale.

Mais ce n'était pas vrai pour moi, je n'avais pas une seule option qui m'empêchait de blesser quelqu'un. Tandis que Kian et Xavier s'agitaient, leur souffrance me déchira le cœur à travers notre lien, et ce fut la goutte de trop. Idris ne comprenait pas... aucun d'entre eux ne comprenait à quel point mes choix avaient été limités. Au bout de mes doigts, ma magie s'enflamma, une chaleur crépitante se propagea dans mes poumons et m'oppressa la poitrine.

— Tu n'étais pas là, dis-je d'une voix tremblante, submergée par le chagrin des derniers jours. Tu n'as rien vu. Tu n'as rien *ressenti*...

Les yeux flamboyants, Idris se rapprocha, la pièce saturée par sa rage au point que je pouvais à peine respirer.

— Alors, montre-moi. Montre-moi pourquoi.

L'ordre d'Idris lacéra mon cœur et emboutit les murs que j'avais désespérément tenté d'ériger. Ils ne comprenaient pas. Comment auraient-ils pu ? Ils n'avaient vu que des bribes et des fragments. Ils avaient ressenti la douleur, mais moi, je l'avais vécue.

Je devais leur faire comprendre. Pour la première fois depuis mon réveil sur le sol de la caverne, je renonçai aux défenses que j'avais maintenues à tout prix.

Et au moment où le lien entre nous s'anima, un flot de magie brute se déversa depuis mon esprit dans les leurs. Je ne me contentai pas de leur montrer mes souvenirs, je les entraînai carrément dedans, les immergeant dans tout ce que j'avais vu, ressenti et enduré.

Je sentis Kian haleter alors que le souvenir l'engloutissait. De son côté, Xavier jura, sa voix à peine plus haute qu'un murmure. Idris... Idris ne respirait plus du tout.

Ils ne se contentaient pas d'être spectateurs. Non, ils étaient acteurs, vivant la scène à travers mes yeux.

Les parois de la caverne scintillèrent dans la pénombre, tandis que le corps massif de Rune, dont la respiration était saccadée et les yeux dorés étaient résignés, s'effondrait sur la pierre.

Je leur montrai tout : le poids de son corps appuyé contre le mien quand je m'étais agenouillée à ses côtés, et l'atroce prise de conscience que je ne pouvais rien faire pour le sauver.

La voix de Rune résonna dans leur esprit, avec tout le désespoir et toute la fermeté dont il avait fait preuve cette nuit-là.

— Tu dois me tuer, Vale. Poignarde mon cœur. Ensuite, tu dois faire la même chose avec Idris. Nos âmes ne pourront fusionner que grâce à ton pouvoir, et la malédiction sera brisée.

Le silence de mes compagnons était insupportable. Ils sentaient le choix impossible qui s'était imposé à moi bien que j'eusse supplié Rune de trouver une autre solution.

— Je ne peux pas, Rune. Rune, je ne peux pas faire ça.

Le chagrin les enveloppa à la manière de chaînes en fer, mais je les laissai sentir les larmes brûlantes qui avaient dévalé mon visage, vivre le sentiment d'impuissance qui m'avait étranglée au moment de brandir mon épée lumineuse lorsque Rune m'avait confié sa vie et m'avait chargé de mettre fin à ses jours.

Ils virent le moment exact où l'épée transperça son cœur.

La douleur. Le rugissement de Rune. L'intense agonie de sa magie qui s'envolait et déferlait en moi tel un raz-de-marée, dont la puissance m'avait dévastée.

Puis le cri d'Idris.

Sa rage, sa détresse, sa souffrance.

Je les laissai ressentir ce que j'avais éprouvé en mourant pour lui.

Ensuite, mes souvenirs changèrent et se transformèrent. L'air devint plus lourd et malsain. Sous mes joues, le sol de la caverne était aussi gelé que de la glace au contact de mon corps vide, brisé, abandonné. Ils sentirent ce corps se briser lorsque je mourus. Le silence écrasant, le poids de l'âme de Rune arrachée à la mienne.

Et puis Zamarra.

Ils virent les ombres s'enrouler autour d'elle, sa beauté surnaturelle et son sourire cruel. Ils perçurent la terreur qui m'avait paralysée au moment où sa voix avait murmuré dans mon esprit.

— Tu l'as libéré, petite reine. Mais tu m'as délivrée aussi.

Ils sentirent mon impuissance et mon désespoir à mesure que les ombres m'engloutissaient, que les griffes de Zamarra s'enfonçaient dans mon âme.

Jusqu'au moment où la lumière de Lirael était apparue, sa chaleur me ramenant à la vie.

Ils virent la déesse constituée de lumière pure qui m'avait touché la joue et m'avait chuchoté la vérité.

— Le livre, ma fille. Tu dois retrouver le livre.

Et puis je m'étais réveillée, profondément changée. Jamais je ne serais la même.

Ils éprouvèrent la peine cuisante et amère du rejet lorsque j'étais entrée dans la salle du conseil de guerre, avec à peine un regard de la part d'Idris, avec la façon dont le lien entre nous était distendu, avec la façon dont nous nous étions éloignés, avant qu'il prononce ces mots :

— Tu l'as libérée de ses chaînes, Vale. Tu as brisé la malédiction, et maintenant, tout le royaume est en danger. Alors, dis-moi... qu'est-ce qu'on fait pour arranger ça ?

Ce moment d'extrême désolation qui m'avait noué l'estomac et avait crispé mes mains, me forçant à retenir mes larmes parce qu'il me reprochait ce qui s'était passé. Et parce qu'il n'avait pas tort.

Lorsqu'Idris parla de Nyrah et rejeta mon inquiétude, ils sentirent le sentiment de trahison se loger dans ma poitrine.

— Je t'ai déjà pleurée une fois. Rends-moi service en m'épargnant cette expérience une deuxième fois.

Je les laissai vivre le supplice de ce moment, où mon cœur s'était brisé devant son rejet. Je ne retins aucune émotion : mon abandon, mon désarroi, mon angoisse. Même à présent, cela me faisait tellement mal que j'avais envie de crier de douleur.

Haletante, les yeux baignés de larmes, je m'arrachai à l'emprise du lien en gémissant. Dans mes veines, la magie grésillait encore, à vif et dévorante, mais je m'en moquais. Ils avaient enfin tout vu à travers mes yeux.

La souffrance. Les choix impossibles. Le poids indescriptible de la mort de Rune et de la mienne. La cruauté de Zamarra, la vérité sur le Royaume des Rêves, le moment où Idris m'avait regardée dans les yeux et m'avait congédiée comme si je ne représentais rien.

Les jambes tremblantes, j'avais du mal à rester debout alors que je fixais le sol. Un silence épais et suffocant régnait dans la pièce. S'ils ne me croyaient pas après cela, il serait impossible de réparer ce qui avait été brisé entre nous.

L'inspiration brutale de Kian brisa le silence de cette tension qui pouvait être coupée au couteau. Il se frotta le visage d'une main, les épaules raides. Dans ses yeux écarquillés, l'ambre était vitreux. À travers le lien, ses émotions déferlèrent sur moi : l'horreur, le chagrin, l'incrédulité pure et simple face à ce que je venais de leur imposer. Un son s'échappa de sa gorge, quelque chose de brisé et teinté d'une émotion vive et douloureuse.

— Bon sang, Vale, dit-il, les mains crispées le long de son corps.

Le poids de mon nom sur ses lèvres faillit me détruire. Il ne cria, ne s'emporta pas.

Mais sa voix trembla, et ça, ça me fit plus mal que s'il avait haussé le ton.

— Tu as fait tout ça toute seule.

Les mains tremblantes, Xavier expira lentement, puis, soudain, il avança. Une seconde, j'étais là, encore submergée par la magie du lien, et l'instant d'après, Xavier m'étreignait pour me serrer contre lui avec force et détermination, tellement que cela me coupa presque le souffle.

— Vale, murmura-t-il d'une voix rauque et nerveuse.

Sa poitrine se soulevait et s'abaissait au rythme de ses halètements irréguliers, et lorsque je relevai la tête, je vis ses yeux bleus enflammés. Ils étaient cerclés de rouge et remplis d'une lueur désespérée. Tout en resserrant ses bras autour de moi, comme s'il craignait que je ne disparaisse à nouveau s'il me lâchait, il pressa son front contre ma chevelure.

— Tu étais en train de t'effondrer, chuchota-t-il, la voix brisée. J'aurais dû le savoir. J'aurais dû le sentir.

Je fermai les yeux, luttant contre l'envie soudaine de sangloter.

— Tu n'étais pas censé le sentir, murmurai-je d'une voix à peine audible. Je ne voulais pas que l'un d'entre vous le perçoive. Sur le moment, ça m'a semblé cruel de partager tout ça avec vous.

Après avoir soufflé longuement, Kian passa une main tremblante sur sa bouche, puis s'approcha un peu plus, les yeux rivés sur moi.

— Pourquoi ne pas nous l'avoir dit ? demanda-t-il d'une voix plus douce à présent, l'air plus affligé que fâché. Bon sang, Vale ! On aurait trouvé un autre moyen.

Vraiment ? Y aurait-il eu un autre moyen ? La réponse n'avait pas d'importance, car je ne leur avais pas donné cette chance.

— Je ne pouvais pas, admis-je, l'estomac noué et le cœur battant. Si je vous l'avais dit, vous auriez essayé de m'en empêcher, alors que le temps était compté. Nous étions attaqués et Rune ne m'aurait pas laissé le temps d'attendre. Il déclinait trop vite. Si je ne l'avais pas fait à ce moment-là, la malédiction aurait perduré.

Kian inspira brusquement et déglutit d'après le mouvement de sa gorge. Il tendit une main tremblante vers moi, mais il semblait hésitant.

Xavier, lui, n'hésitait pas. Il me tenait toujours fermement, son visage enfoui dans mes cheveux, son étreinte inflexible. Son corps était chaud, rassurant, mais je pouvais sentir le léger tremblement de ses mains.

D'habitude, Kian n'était pas silencieux. Mais il l'était à présent. Parce que ça... cette douleur n'était pas quelque chose à laquelle il savait remédier.

Et Idris...

Je sentis dans mon âme le moment où Idris craqua. Ses genoux heurtèrent le sol d'obsidienne dans un bruit *sourd* et violent. Je ne l'avais jamais vu dans cet état, même pas quand nous nous disputions. Même pas quand nous mourions. Il agrippa ses cheveux, sa mâchoire se contracta, et il inclina sa tête si bas que son front toucha presque la pierre.

Le roi de Crédour, la Bête, l'homme que j'avais craint toute ma vie, le compagnon qui avait juré de ne jamais se prosterner devant qui que ce soit, était à genoux pour moi.

Sous l'effet de sa respiration saccadée, sa large poitrine se soulevait et s'abaissait. Il enfonçait ses doigts dans ses cuisses, comme s'il cherchait à se contenir, au risque de se décomposer complètement. Ses yeux dorés, habituellement perçants et insondables, étaient anéantis. Ravagés. Ruinés.

— J'aurais dû le savoir, dit-il d'une voix rauque et dévastée, la gorge irritée par son chagrin. Bon sang, Vale ! J'aurais dû le savoir, putain.

J'avais vu Idris furieux, froid, impitoyable et terrifiant, mais je ne l'avais jamais vu brisé. Jusqu'à cet instant.

Alors que ses lèvres s'entrouvraient pour laisser passer un souffle muet et saccadé, son corps tout entier trembla comme si mes souvenirs avaient consumé son âme, le laissant vide et brisé.

Ma poitrine me faisait mal et ma gorge me brûlait.

J'aurais dû le haïr. Si j'avais eu un minimum de jugeote, je l'aurais détesté jusqu'à ma mort. Mais quand je plongeai mon regard dans ses yeux, où se lisait une culpabilité absolue et irrépressible, je sus qu'il se détestait déjà bien plus que je ne pourrais jamais le faire.

Quand il leva les yeux vers les miens, je me désagrégeai devant la douleur qu'ils contenaient. Je fus ravagée, détruite, désespérée. Les yeux baignés de larmes, je vis la lueur de ses iris dorés scintiller comme un soleil en fusion ou une étoile en train de s'éteindre.

Xavier serra plus fort ma taille tandis que Kian laissait échapper un souffle lent et tremblant. Idris fit mine de vouloir parler, mais ne le fit pas.

Il tendit la main vers moi avant de s'immobiliser, comme s'il ne méritait pas de me toucher. Comme s'il venait de réaliser à quel point il nous avait détruits. J'étais sa compagne, je portais sa marque… leurs marques à tous. Des yeux, il balaya les volutes lumineuses inscrites dans ma peau.

Ses lèvres s'entrouvrirent, sa mâchoire se contracta, sa respiration s'accéléra, mais il ne parla pas, ne bougea pas, se contentant de rester agenouillé devant moi.

Il attendait mon jugement. Il attendait que je lui dise qu'il avait échoué et qu'il m'avait perdue.

Il pensait qu'il avait tout gâché, et c'était peut-être le cas. Mais que Dieu me vienne en aide... je l'aimais encore. Je les aimais tous encore. Ils constituaient mon âme. J'avais beau vouloir faire souffrir Idris, une partie de moi n'arrivait pas à retourner le couteau dans la plaie pour lui faire encore plus mal.

J'effleurai sa joue du bout des doigts. Le lien, cette ancienne magie qui nous unissait si étroitement, se contracta au moment où il expira.

Mes doigts descendirent plus bas et parcoururent la ligne prononcée de sa mâchoire, sensibles au moindre frémissement de sa peau. Il pencha la tête vers ma main et ferma les yeux, comme s'il ne pouvait supporter de me regarder. Comme si le poids de sa culpabilité était trop lourd à porter.

— Je ne mérite pas ton pardon, murmura-t-il d'une voix brisée.

Les mots me serrèrent le cœur, où la plaie douloureuse saignait toujours. J'aurais dû lui dire qu'il avait raison. J'aurais dû lui dire qu'il m'avait brisée. Au lieu de cela, j'agrippai sa chemise pour l'attirer plus près de moi.

— Non, c'est vrai, répondis-je après avoir ravalé la boule dans ma gorge.

Il rouvrit ses yeux, où la peine et le désespoir s'affrontaient, et il se crispa en attendant le coup fatal.

J'expirai, la gorge en feu.

— Mais je t'aime toujours. Je n'ai jamais cessé de t'aimer. Même quand tu m'as rejetée dans la salle du conseil de guerre, même quand j'ai dû affronter tout ça toute seule et même quand tu m'as fait du mal.

Mes paroles lui coupèrent le souffle, son corps manquant de s'effondrer en avant comme si je l'avais complètement déstabilisé. Prenant son visage entre mes mains, je le forçai à me regarder.

— Mais je les aime aussi. Je vous aime tous. Et j'en ai assez d'essayer de le prouver. C'est à ton tour. J'ai besoin que tu te battes.

Dans son regard, une émotion brute et déchirante vola en éclats, puis il me serra contre lui en m'enveloppant de ses bras dans une étreinte désespérée. Ses lèvres s'écrasèrent sur les miennes comme s'il essayait d'insuffler de l'air dans mes poumons, comme s'il ne me lâcherait plus jamais.

Toutes les barrières entre nous s'écroulèrent lorsqu'il s'empara de ma bouche, et ses émotions vives et déchaînées inondèrent mes sens. Je succombai au baiser qui purifia mon sang de tout le poison tandis qu'Idris mettait son âme à nu.

Kian et Xavier se rapprochèrent, avec leur

chaleur enveloppante, immuable et rassurante, tandis que leurs propres barrières se levaient également. Dans ma poitrine, le soulagement et le désir s'affrontèrent lorsque les lèvres de Xavier effleurèrent ma tempe, caressée par son souffle chaud. Puis il déroba mes lèvres à Idris et les remplaça par les siennes.

Son baiser fut d'abord lent. Tendre et acharné. Une promesse, un appel, un vœu.

De son côté, Kian effleura ma colonne vertébrale pendant que son souffle chaud caressait mon cou dont il érafla la peau sensible de ses crocs.

— On ne te laissera plus tomber, petite sorcière, murmura-t-il d'une voix calme, mais féroce.

Après avoir quitté Xavier, je trouvai la bouche de Kian, sa chaleur, son goût. Avec un gémissement, il agrippa ma chevelure et me dévora plus intimement pour me revendiquer.

Tout ce qui avait été brisé entre nous – la douleur, la séparation, les traumatismes trop profonds pour être nommés –, commença à guérir à leur contact. Je sursautai lorsque je sentis les dents d'Idris effleurer mon cou et ses lèvres dessiner un chemin de baisers ardents sur ma peau.

Xavier agrippa ma tunique pour me replonger dans son baiser, tandis que Kian, dans mon dos, m'enveloppait de ses bras. Sa chaleur s'insinua dans tout mon corps et m'ancra dans la réalité.

Je sentis le souffle d'Idris, dont les mains tremblèrent lorsqu'il les fit descendre sur ma taille, puis mes côtes, comme s'il mémorisait mes courbes encore une fois, avant de lâcher un souffle nerveux contre ma gorge.

— Je t'aime.

Les mots murmurés contre ma peau, encore et encore, me firent prendre une attitude dont j'avais eu envie sans le savoir. Je me cambrai contre eux, en basculant la tête en arrière, tandis que mon désir s'enflammait et que ma magie explosait entre nous. Le lien crépita, se contracta et se remit en place, comme un os disloqué que l'on aurait replacé.

Cela guérissait quelque chose en moi, quelque chose de brisé sans que je m'en sois rendu compte. Leur envie et leur désir illuminèrent mon esprit et mon cœur.

Je m'étais battue seule et j'avais souffert seule. Mais dorénavant, je leur appartenais à nouveau.

En s'agenouillant à mes pieds, Idris écarta délicatement de ma peau la tunique lui appartenant, avec un regard révérencieux. Après être tombé lui aussi à genoux, Kian passa ses doigts dans l'élastique de ma culotte pour descendre le tissu léger le long de mes jambes, pendant que Xavier déposait un baiser affamé dans mon cou et me soutenait de ses bras puissants.

L'air était lourd, la tension à son maximum, comme une corde prête à se rompre. Le lien s'embrasa avec force, avec passion, dénouant lentement ce qui nous avait opposés jusqu'alors.

Ce fut alors qu'un coup, dont la force fit trembler les murs, fut frappé à la porte de la cachette.

Brusquement, le lien se tendit et la magie entre nous s'évanouit, affaiblie par la tension qui ressurgit en moi, aussi violemment qu'un coup de poignard.

Xavier marmonna un juron acerbe, alors que Kian, de son côté, se raidissait, les muscles tendus, et tournait vivement la tête vers la porte. Avec son regard doré incandescent, Idris était déjà debout, sa magie crépitant dans l'air comme une boule d'énergie.

Personne n'était censé savoir que nous étions là.

Et pourtant, quelqu'un nous avait trouvés.

Dans l'air devenu pesant et tendu, des ombres se pressèrent aux abords de la pièce et chuchotèrent des mises en garde dans une langue ancestrale.

Le cœur battant, je croisai le regard d'Idris et remontai mes cuirs pour les rattacher de mes doigts tremblants. La mâchoire d'Idris se crispa, il tourna ses yeux dorés vers la porte, puis me regarda à nouveau.

Un autre *coup* retentit, plus fort cette fois. Un signe d'impatience.

Une terreur glaciale envahit lentement mes tripes tandis que je remettais la tunique d'Idris, mon cœur tambourinant dans ma cage thoracique.

Les gens ne frappaient pas.

Ils essayaient de pénétrer à l'intérieur de force.

CHAPITRE 12

VALE

Les coups incessants frappés à un rythme régulier contre la porte se répercutèrent dans tout mon corps. À chaque coup, le bouclier magique protégeant le refuge s'illuminait alors qu'il encaissait les assauts.

Notre lien vibra de magie et Xavier s'interposa devant moi, une promesse silencieuse de me protéger. Déjà en mouvement, Kian projeta ses ombres vers la porte, de véritables tentacules qui se tortillèrent comme si elles étaient vivantes. De son côté, Idris n'avait pas bougé, pas encore, mais je sentais qu'il n'était pas loin de se métamorphoser. Patient, il observait de ses yeux dorés où brillait un pouvoir à peine contenu.

Soudain, les coups cessèrent, et le silence s'abattit sur la pièce comme un coup de tonnerre. L'absence de bruit était pire que les coups. Mon cœur battait à tout rompre dans ma poitrine, et j'inspirai brusquement, la magie crépitant au bout de mes doigts.

— Vous en avez mis du temps, dit une voix rauque et épuisée d'un ton traînant avant que je puisse me retourner.

Parcourue de frissons, je me tournai brusquement, le corps chargé de magie, mais je me retins dans mon élan à la vue de l'homme qui se trouvait au milieu de la pièce.

Talek se tenait là, haletant, vêtu d'une cape dont les pans étaient effilochés. D'ordinaire immaculée, sa tenue était striée de sang rouge vif. Sa manche gauche était déchirée, laissant apparaître une profonde entaille qui avait cessé de saigner, mais semblait encore fraîche. Même ses cheveux courts et foncés semblaient placés de manière anormale, soulevés par une brise que lui seul pouvait sentir. Honnêtement, il avait l'air sur le point de s'évanouir.

Je n'avais parlé à Talek qu'une seule fois auparavant, dans la salle du conseil, le jour où Idris m'avait présentée comme son épouse. À l'époque, il s'était montré calme, énigmatique, charmant, une attitude qui semblait plus calculée que sincère. La deuxième fois que je l'avais vu, lors de mon mariage, il avait été distant et calculateur. Mais à présent ?

Il était sous le choc.

La lame de Xavier était déjà plaquée sur la gorge de l'Élémentaire, tandis que l'épée de Kian était pointée sur son ventre qui saignait encore. Idris, quant à lui, ne bougeait pas d'un millimètre, mais son regard doré était incendiaire. Si Talek clignait des yeux, c'était la mort assurée.

— Tu as la mauvaise habitude d'apparaître quand ta présence n'est pas souhaitée, déclara Kian, dont les yeux ambrés brûlaient de colère.

Talek soupira et essuya la boue sur sa manche déchirée comme s'il prenait le thé au lieu de se vider de son sang.

— Ravi de vous voir aussi, répondit-il d'une voix rauque et éraillée par la fatigue, mais toujours empreinte de son arrogance habituelle.

Son regard se tourna alors vers moi.

— De rien, au fait. J'ai dû semer quelques types peu recommandables pour arriver jusqu'ici.

Idris n'avait pas l'air convaincu. Il croisa les bras, son pouvoir tourbillonnant autour de lui comme une tempête à la limite de l'explosion.

— Tu es un survivant, Talek. Je doute que tu aies agi par pure bonté d'âme.

— Comment as-tu réussi à entrer ? demandai-je en rappelant ma magie et expirant vivement.

L'expression de Talek ne changea pas, mais je vis quelque chose briller dans ses yeux, qui passèrent d'une couleur pâle à une couleur sombre, puis revinrent à leur teinte initiale.

— J'ai trouvé un autre moyen.

— Essaie encore, dit Xavier en enfonçant très légèrement la lame pour qu'elle lui entaille la peau.

Levant les yeux au ciel, Talek soupira.

— Vos protections sont robustes, mais rien n'est impénétrable. Et avant de me projeter contre le mur le plus proche, demandez-vous combien d'autres personnes sont capables de faire la même chose.

Idris crispa les mâchoires, et sa colère jaillit à travers le lien, ardente et explosive, car la réponse ne lui plaisait pas.

À moi non plus. Je m'efforçai de respirer calmement. Non seulement les protections de ce refuge étaient puissantes, mais elles étaient aussi pratiquement infranchissables, à en juger par la façon dont nous étions entrés. Or, Talek avait trouvé un moyen de les contourner.

Ma magie frémissait en moi, elle me murmurait

des mises en garde que je n'avais pas le temps d'écouter.

— Je propose de le tuer maintenant, lâcha Kian en serrant plus fort son épée. Ça nous évitera des ennuis plus tard.

Malgré son petit rire sec, Talek se défit légèrement de son arrogance habituelle.

— Toujours aussi charmant, Kian, dit-il avant de poser les yeux sur moi, son sourire s'estompant.

— Dis-nous pourquoi tu es ici, grogna Idris, dont la voix grave résonna dans la pièce.

Alors qu'il expirait lentement, Talek se départit juste assez de sa bravade coutumière pour laisser transparaître son épuisement. Son corps vacilla légèrement, et pour la première fois, je remarquai le sang qui imbibait sa cape.

À en juger par la teinte qui contrastait avec le rouge chatoyant de son sang, il ne s'agissait pas uniquement du sien.

— Nyrah, dit-il d'une voix rauque. Elle n'a plus beaucoup de temps.

À l'évocation de ma sœur, je me figeai, mon cœur battant si fort que j'eus l'impression qu'il allait sortir de ma poitrine. Le lien s'embrasa des émotions de Kian et de Xavier qui électrisèrent notre connexion, mais Idris...

Idris ressemblait à une tempête sur le point d'éclater avec sa rage qui consumait l'air de la pièce, une présence menaçante et bouillonnante.

Talek dut la ressentir aussi, car pour la première fois, son sourire narquois disparut complètement.

Je fis un pas en avant, repoussant Xavier et sa posture protectrice.

— Comment tu sais pour ma sœur, bordel ?

— J'ai observé et écouté, répondit Tarek, dont le regard scrutateur soutint le mien.

La pièce fut plongée dans le silence alors que toute notre magie s'embrasait.

— Tu as fait quoi ? tonna Idris d'une voix meurtrière, ses yeux dorés étincelant comme du feu en fusion.

L'air frémit sous l'effet de son pouvoir qu'il avait du mal à maîtriser.

Tout en soupirant, Talek passa une main ensanglantée dans ses cheveux.

— Pas comme ça, Votre Majesté, dit-il d'une voix traînante, mais dénuée d'humour.

Il changea de position en grimaçant, car ses blessures le rattrapaient.

— Je devais surveiller les bonnes personnes, et il se trouve que votre petite sœur est l'une d'entre elles.

Ces mots me glacèrent le sang.

— Et qui sont exactement ces « bonnes » personnes ? demanda Kian, dont la voix se teinta de méfiance, alors qu'il serrait les poings.

— Ceux que Zamarra traque, répondit Talek, la mâchoire tendue.

À ces mots, j'eus un haut-le-cœur.

Le Royaume des Rêves vrombissait aux confins de mon esprit, un bruissement d'ombres se faufilant trop près de la surface.

— Tu as dit qu'elle n'avait pas beaucoup de temps, balbutiai-je, la gorge serrée et sèche comme en plein désert. Qu'est-ce que tu entends par là ?

Talek sembla hésiter. Et ce fut la goutte de trop.

— Tu n'as pas le droit d'être vague maintenant, ajoutai-je sèchement, ma magie crépitant en guise d'avertissement. Tu as trouvé un moyen d'entrer ici, de franchir une muraille de protection, de passer par une porte qui ne devrait pas s'ouvrir pour toi, et tu détiens des informations que tu ne devrais pas avoir. Soit tu te lances dans des explications, soit je...

— Le Royaume des Rêves envahit la réalité, m'interrompit-il d'une voix tranchante et pressante. Vous pensez avoir le temps, mais ce n'est pas le cas. Zamarra a mis le grappin sur Nyrah. Si vous attendez, ce ne sera plus votre sœur, elle lui appartiendra.

Je manquai de m'étouffer.

Non.

Non, ce n'était pas possible.

D'une main sur ma taille, Xavier me soutint lorsque mon corps vacilla légèrement. De l'autre côté, la présence de Kian était rassurante, affectueuse et protectrice.

— Explique-toi, exigea Idris, d'une voix si grave et menaçante qu'elle aurait pu fendre de l'acier.

Talek planta sur lui ses yeux d'un gris orageux, indéchiffrables.

— Zamarra ne veut plus seulement Vale. Elle a besoin d'un second réceptacle, un qui puisse la transporter dans les deux royaumes. Nyrah appartient à la lignée de Vale, et elle est déjà entachée par l'influence du Royaume des Rêves.

Mes poumons se contractèrent au maximum, refusant de laisser entrer l'air.

Le visage rieur et taquin de ma sœur apparut dans mon esprit. Nous n'avions jamais été libres, pas vraiment, mais nous avions vécu une vie bien meilleure que le cauchemar que Talek venait de nous dépeindre.

Lentement, une sensation de brûlure m'envahit la poitrine, un phénomène ancien, puisant dans ma rage. Je ne m'étais pas battue si longtemps et je n'avais pas souffert autant juste pour la perdre à ce stade.

Malgré les bourdonnements du lien dans mon esprit, la stabilité de Kian, le soutien de Xavier, la présence tempétueuse d'Idris, rien ne soulageait ma poitrine de ce poids écrasant.

— Où est-elle ? demandai-je d'un air de défi.

Talek expira et ses épaules s'affaissèrent légèrement, comme si cette question ne le surprenait pas.

— Il y a un endroit, dit-il prudemment, un sanctuaire où elle est enfermée. Je peux vous y faire entrer.

Les mots flottaient dans la pièce, comme une provocation, une promesse, un piège.

Je dévisageai Talek pendant que mon cœur martelait mes côtes comme un tambour de guerre. Mon esprit s'emballa, non seulement à cause de sa révélation, mais aussi à cause de ses omissions.

La dernière fois que nous avions écouté Talek, nous nous étions retrouvés dans un véritable cauchemar dont nous avions failli ne pas ressortir.

— La dernière fois que nous avons suivi tes conseils, nous sommes tombés dans une embuscade, lui rappela Xavier en se tendant derrière moi, les poings serrés. Sélène a lâché un putain de kraken sur nous et un mage a failli me tuer. Et maintenant, tu te pointes sur le pas de notre porte, couvert de sang et à bout de souffle, en prétendant que tu es là pour nous aider ?

Xavier s'avança d'un pas lent et continua d'une voix grave.

— Essaie encore.

— Je savais que cet incident avec le kraken me retomberait dessus, soupira Talek, ses épaules s'affaissant.

— C'est tout ce que tu as à dire ? s'emporta Kian.

Talek répondit au regard noir de Kian par une attitude calme et neutre, mais il y avait quelque chose au fond de ses yeux, quelque chose de brisé.

— Sélène s'est compromise. Vous le savez maintenant.

— Tu aurais pu nous dire dans quoi nous nous embarquions, insista Xavier.

— Je ne le savais pas.

— Foutaises ! dit sèchement Kian. Tu savais quelque chose.

La mâchoire de Talek se crispa un instant et ses narines se dilatèrent avant qu'un souffle sorte lentement de sa bouche.

— Je n'en savais pas assez pour vous avertir. Je savais que Sélène pouvait jouer sur les deux tableaux, admit-il. Mais je ne savais pas que Malvor l'avait sous son emprise.

— Et tu as commodément oublié de mentionner ce petit détail ? s'offusqua Xavier en secouant la tête.

— Vous n'auriez pas écouté, pas à l'époque, répondit Talek en faisant une moue. Non seulement j'étais nouveau au conseil, mais mon prédécesseur avait participé à un coup d'État visant à tuer votre épouse. Je détenais des informations, mais incomplètes, et si j'étais venu vous voir avec des soupçons qui s'étaient révélés erronés, vous... ou plutôt elle... aurait pris ma tête.

— Et pourquoi devrions-nous t'écouter maintenant ? grogna Idris, la force de son pouvoir soufflant dans l'air comme avant une tempête.

— Parce que cette fois les enjeux sont bien plus importants, déclara Talek, son expression sérieuse, son regard plongé dans le mien. Zamarra refuse d'attendre plus longtemps. Elle va s'en prendre à Nyrah. Bientôt.

Mon cœur se serra.

— Vous n'aurez pas de seconde chance, ajouta Talek avant d'expirer brusquement. Si vous attendez, vous ne retrouverez pas Nyrah, mais son enveloppe uniquement.

Dans le silence de la pièce, je sentis la magie vibrer dans mes veines et s'élever comme un raz-de-marée. Je me forçai à expirer pour calmer mes nerfs, mais les mots résonnaient en boucle dans ma tête.

Nyrah. Ma sœur. La raison pour laquelle j'avais commencé ce combat.

La raison pour laquelle j'avais fui.

Talek passa une main dans ses cheveux ensanglantés. L'entaille séchée sur sa tempe contrastait avec sa peau.

— Je me soucie plus de vous que vous ne le pensez, finit-il par dire, avant de détourner les yeux avec un air légèrement coupable qui s'effaça cependant rapidement. Je ne serais pas ici sinon.

Au changement que je perçus dans l'air, le poids sur ma poitrine augmenta. Parce que, malgré tout, malgré ma méfiance, malgré le préjudice subi, il y avait une lueur dans ses yeux. Quelque chose d'indéchiffrable.

Quelque chose qui me parut dangereusement proche de la vérité.

— Si tu nous mens, si c'est un autre piège, tu n'auras pas à t'inquiéter de Zamarra ou de la Guilde, murmurai-je, ma magie s'enroulant comme de la fumée autour de mes doigts. Parce que je te tuerai moi-même.

Talek ne broncha pas.

— Compris, acquiesça-t-il avec un long regard indéchiffrable.

Le poids des mots de Talek flottait encore dans l'air, à l'image d'une malédiction.

Je sentis à peine la main de Kian dans mon dos, j'entendis à peine la longue expiration de Xavier, car j'essayai de maîtriser mes propres émotions. Malgré l'engourdissement de mon corps, ma magie rugissait, repoussant les limites de ma peau et s'acharnant sur ma poitrine.

Les poings serrés, j'inspirai par le nez, cherchant un point d'ancrage dans le lien, dans la présence de mes compagnons près de moi. Mais ce n'était pas suffisant pour endiguer la vague qui montait en moi. Nyrah n'avait plus beaucoup de temps.

Je voulais partir sur-le-champ. Je devais partir sur-le-champ.

À ce moment-là, je regardai Talek. Attentivement.

La plaie au milieu de son ventre saignait encore, bien que lentement, ses respirations étaient trop rapides et superficielles, et sa magie, habituellement constante et inébranlable, se manifestait à peine.

Et si Talek, celui qui était censé nous faire entrer, était si proche du point de rupture, nous n'irions pas bien loin.

— Nous partons maintenant, dis-je en m'efforçant de garder une voix ferme. Dès que...

— Nous devons attendre, au moins jusqu'à la tombée de la nuit, m'interrompit Idris en s'avançant, les yeux étincelants.

Le silence qui suivit sa déclaration incisive et inflexible fut retentissant.

— Nous n'avons pas le temps d'attendre, répondis-je, le corps raide, faisant de mon mieux pour ne pas crier.

— Nous n'avons pas non plus le temps de commettre des erreurs, rétorqua-t-il, son expression inchangée, avant que son regard doré se porte sur Talek. Et si tu nous conduis dans un autre piège, je t'arracherai personnellement les poumons de la poitrine.

Idris n'avait pas tort, mais ça me mettait quand même hors de moi.

— Nous sommes tous épuisés, Vale, souffla Kian en remuant les épaules. Surtout toi.

— Ça va aller, assurai-je, les dents serrées, pour essayer de nier ses dires.

— Tu as dit ça avant de frôler la mort, dit Xavier dans un petit rire amer. Deux fois.

Je serrai les poings. Tout semblant de calme avait disparu depuis longtemps.

— Et Nyrah n'a pas le temps d'attendre qu'on se repose.

— Si on part maintenant et qu'on fonce là-bas à moitié morts, on perdra, répliqua Idris d'une voix ferme en remuant nerveusement les mains. On donne à Zamarra exactement ce qu'elle veut. Crois-moi, tu ne peux pas t'y rendre mal préparée. On sera tous tués.

Ces mots me frappèrent en plein cœur, entamant mon entêtement. Parce qu'ils n'avaient pas tort. Si nous y allions sans attendre, sous le coup du désespoir et de la témérité, nous perdrions.

Tout en appuyant sur mes temps, j'expirai lentement.

— Bien, marmonnai-je avec un goût amer dans la bouche. On part à la tombée de la nuit.

— Bien, dit Idris avec un tic nerveux.

Talek ne résista pas lorsque je le poussai vers la chaise la plus proche. Il avait peut-être la langue bien pendue, mais son corps connaissait ses limites, contrairement à son orgueil.

Je m'efforçai rapidement de soigner l'entaille de son bras pendant que Xavier et Kian rassemblaient des provisions. Idris, penché sur la carte posée sur la table, repérait les itinéraires possibles, la mâchoire crispée par la tension.

Cette tension qui était palpable dans la pièce. Aucun de nous n'avait envie d'attendre, mais nous devions procéder intelligemment, autrement dit, prendre le temps de nous reposer. Le feu brûlait faiblement tandis que le crépuscule envahissait le ciel. Le poids des événements à venir oppressait ma poitrine et menaçait de me broyer.

Nous étions prêts. Les armes étaient aiguisées, les sacs bouclés. Talek était guéri dans la mesure du possible. Pourtant, je n'arrivais pas à me reposer. Je me tenais près de la fenêtre pour observer les étoiles à travers le verre déformé. Mon esprit était agité, mon cœur battait trop fort dans mes oreilles.

Sans un mot, Xavier posa une main chaude sur le bas de mon dos et la laissa, un geste rassurant et agréable. Sa chaleur s'infiltra dans ma peau, apaisant une douleur qui m'assaillait les côtes sans que je le réalise.

Kian s'appuya de l'autre côté de la fenêtre et se mit à m'observer à la lueur du feu.

— Tu envisages de renoncer ?

— Absolument pas, répondis-je faiblement en secouant la tête.

— C'est bien ce que je pensais, dit-il avec un sourire attendri.

Xavier fit glisser ses doigts sur ma taille pour me faire pivoter et m'attirer contre son torse.

— Tu portes trop de responsabilités toute seule.

— Je n'ai pas le choix, répondis-je après avoir dégluti.

— Si, murmura Xavier en me relevant la tête. Tu n'es pas obligée de faire ça.

Je sentis les bras de Kian m'entourer par-derrière, son souffle chaud contre ma tempe.

— Tu es à nous, Vale. Nous protégeons ce qui nous appartient.

Le lien entre nous vrombissait, grouillant de vie, et nous enveloppait, comme si nous étions pris d'une bouffée de chaleur.

Idris finit par nous rejoindre, le feu doré de son regard s'estompant au profit d'une lueur plus douce et pure.

Il ne me touchait pas, pas encore, mais sa présence se referma sur moi, au point d'en être palpable.

— Je t'ai laissé tomber une fois, dit-il à voix basse. Je ne recommencerai pas.

Les mots me prirent au dépourvu, me coupant le souffle. Lorsque je me retournai, je frôlai son poignet, et ce contact envoya une décharge électrique sur le lien, remettant quelque chose en place.

Il inspira brusquement, ses yeux dorés scintillèrent, puis il s'abandonna. Il posa la main sur le côté de mon visage et il effleura ma mâchoire avec son pouce, sans pour autant m'embrasser ou se rapprocher. Il resta simplement là, faisant de cette caresse une promesse.

La nuit tombait, noire et menaçante. Le feu dans l'âtre n'était plus que braises, la seule lumière provenait du clair de lune qui filtrait à travers le verre déformé. Elle projetait des ombres prononcées et transformait les coins de la pièce en des formes peu familières. Comme si le monde se muait déjà sous nos pieds.

Je me dégageai et ajustai mes lames, attachant la dernière lanière à ma hanche. Mes gestes me semblaient assurés, mais à l'intérieur, je ne l'étais pas.

Xavier m'attrapa le poignet d'une main ferme et rassurante avant que je ne puisse m'éloigner.

— On la trouvera, Vale, déclara-t-il d'une voix calme, mais l'intensité de son regard me disait ce qu'il passait sous silence.

Puis il parla haut et fort dans mon esprit.

— Je ne te laisserai pas la perdre.

— On va la ramener à la maison, affirma Kian, son regard ambré en fusion, en s'appuyant contre la fenêtre.

Idris resta silencieux un long moment, se contentant de m'observer attentivement. Puis, enfin, il prit mon poignet qu'il caressa avant de poser sa main au centre de ma poitrine.

Le lien s'anima comme par enchantement.

Je ne ressentis non seulement sa chaleur mais aussi une certaine pression, une sensation brutale et soudaine. Quand la connexion s'ouvrit brusquement entre nous, j'en eus le souffle coupé, le poids de tous nos non-dits se dévoilant.

— *Je vais tenir ma promesse, Vale.*

Sa voix et ses pensées me transpercèrent jusqu'à la moelle alors qu'une vague de chaleur, familière et dévastatrice, déferlait sur le lien. J'eus soudain l'impression de retrouver un foyer que je n'avais pas réalisé avoir perdu.

Cela faisait des jours que je ne l'avais pas senti de cette manière. Depuis ma mort, en fait. Depuis qu'il m'avait laissée partir.

L'intensité de cette sensation me fit fléchir les genoux, et j'attrapai son poignet par réflexe, enfonçant mes doigts dans sa chair. Et pour autant, il ne se dégagea pas.

— *Tu la retrouveras, quoi qu'il en coûte.*

La certitude dans sa voix fit voler en éclats quelque chose en moi alors que la chaleur du soulagement se répandait d'une manière brutale et dévastatrice dans mes veines. Ma poitrine se serra, et des mots, que je fus incapable de prononcer, s'accumulèrent dans ma gorge.

Il était là. Vraiment là.

Mes yeux s'emplirent de larmes et je clignai rapidement des paupières pour les empêcher de couler, mais je sentis qu'il percevait mon émotion, car sa main fit pression sur ma peau, dans un geste silencieux de réconfort.

Xavier me serra plus fort dans ses bras et Kian déposa un baiser sur ma tempe.

Nous n'étions pas encore réunis, mais nous étions sur le bon chemin. Et que les dieux viennent en aide à quiconque essaierait de nous séparer à nouveau.

La nuit était noire quand Idris se détacha enfin de moi.

— C'est l'heure, déclara-t-il d'une voix grave et assurée.

Les bras croisés, Talek s'avança vers la porte, son habituel sourire en coin absent.

— Si nous voulons partir, nous devons nous mettre en route. Plus nous attendons...

— Plus elle est susceptible de nous échapper, terminai-je à sa place d'une voix rauque, l'estomac noué.

Cette possibilité pesait lourdement sur ma poitrine. Nyrah, ma sœur et mon sang, était dans la nature. Et après tout ce que j'avais fait, après tout ce que j'avais sacrifié, si je ne pouvais pas l'atteindre à temps...

Non. Fini les suppositions. Fini l'attente.

Je me tournai vers mes compagnons avant de prendre une profonde inspiration pour me renforcer de leur présence.

— Ramenons-la à la maison.

Et ensemble, nous sortîmes dans la nuit.

CHAPITRE 13

IDRIS

Le froid était mordant, mais ce n'était pas ce qui me donnait des frissons.

Nous avancions entre les arbres, nos pas étouffés par le silence écrasant de la nuit, mais chaque foulée semblait plus pénible. Ce silence n'avait rien de naturel. Il m'oppressait, me tordait les entrailles, se faufilait à travers les mailles de mon armure, comme des mains cherchant à extraire un trésor enfoui.

Je serrai mon épée plus fort, mes doigts crispés sur le pommeau, comme si cela pouvait soulager le poids qui m'étouffait. Mais non, rien n'y faisait.

Parce que j'avais fait une promesse que je n'étais pas sûr de pouvoir tenir.

Vale marchait juste devant moi, sa magie dorée

pulsant faiblement sous sa peau, tel un phare dans l'obscurité. Elle semblait calme et sereine, mais je savais que les apparences étaient trompeuses. Je voyais sa mâchoire crispée, ses épaules trop raides, son pouvoir frémissant, comme si elle essayait de garder son sang-froid à la seule force de sa volonté.

Je l'avais déjà laissée tomber, je refusais de réitérer cette erreur.

Les dents serrées, je chassai cette pensée avant qu'elle ne prenne racine. Mais elle était là, tapie dans l'ombre, telle la gangrène. J'avais failli perdre Vale plus d'une fois, et si je laissais une telle chose se reproduire...

Non. Je ne le permettrais pas.

Devant nous, Talek ouvrait la marche en avançant d'un pas raide, mais déterminé. Il n'était pas encore complètement remis, mais il était trop tard pour faire demi-tour. Xavier et Kian encadraient Vale, suffisamment près d'elle pour que leur magie enveloppe la sienne. Elle n'était pas seule. Aucun d'entre nous ne l'était.

Alors pourquoi avais-je l'impression de l'être ?

Après avoir expiré lentement, je me forçai à regarder devant moi. Le sanctuaire était construit dans les falaises des montagnes du nord, un temple abandonné creusé dans la pierre. À cette altitude, l'air se raréfiait et le poids d'une magie ancestrale alourdissait mes membres en s'engouffrant dans les interstices de mon armure. Plus nous approchions, plus l'atmosphère devenait irrespirable. L'air était étouffant et vicié.

Vale ralentit, et ses pas devinrent plus hésitants. Une vague d'incertitude, qui ne provenait pas de moi, mais *d'elle*, se propagea à travers le lien qui nous unissait.

D'un mouvement d'épaules, je tentai de soulager ma poitrine du poids qui l'écrasait. Ma magie semblait apathique, presque lointaine, comme si quelque chose la tiraillait depuis les confins de mon être et rongeait les fragments de moi qui n'avaient pas encore cicatrisé.

C'était peut-être simplement la fatigue.

Ou quelque chose de pire.

Tout en déglutissant, je me concentrai à nouveau sur le chemin devant nous. Nous touchions au but.

— *Je ressens une présence*, dit-elle d'une voix à peine plus haute qu'un murmure dans mon esprit.

Pourtant, elle me fit l'effet d'un coup de massue.

Je croisai son regard et acquiesçai d'un signe de tête. Nous sentions tous cette présence, cette atmosphère étrange qui régnait. J'aurais dû y prêter attention plus tôt.

La première flèche surgit bien trop vite.

J'eus à peine le temps de plaquer Vale au sol avant que le projectile ne vienne s'écraser contre l'arbre devant lequel elle se tenait. Le bruit de l'écorce fendue résonna dans le silence.

— *Bouge !* aboya Xavier, qui était déjà en train de dégainer son épée pour combattre les silhouettes surgissant des arbres.

Lorsque je pivotai sur moi-même, ma lame frappa le métal d'une arme, et je repoussai le premier assaillant avant qu'il n'ait le temps de porter un coup. Ils se déplaçaient rapidement, trop rapidement, mais quelque chose ne tournait pas rond. Leurs mouvements étaient chaotiques et désordonnés.

À côté de moi, la magie de Kian jaillit, distordant l'air, faisant basculer le monde avant de s'enrouler autour de l'ennemi le plus proche et de le projeter en arrière. Xavier profita de l'ouverture pour enfoncer son épée dans la poitrine de l'attaquant.

L'homme ne cria et ne réagit pas.

Il se contenta de tourner la tête et de porter sur moi un regard vide et absent qui me fit frissonner. La magie de Vale s'embrasa et, ainsi, je réussis à voir les visages de nos ennemis.

Ce n'étaient pas des soldats. Ni des combattants entraînés.

— *Non*, chuchotai-je d'une voix rauque et incrédule qui m'écorcha la gorge.

L'homme devant moi portait un tablier de boucher en cuir, déchiré et taché de vieilles traces. Ses yeux vitreux et hagards étaient braqués sur moi, sans paraître me reconnaître. La femme que Vale avait repoussée serrait, au point de faire blanchir les articulations de ses mains, une paire de ciseaux ébréchés. C'était une couturière, pas une guerrière.

Pas une ennemie.

Mais ils continuaient d'affluer.

Kian dégaina ses illusions pour déformer la réalité qui les entourait, mais cela ne les ralentit pas. Xavier en abattit un d'un revers de lame en pleine poitrine, mais l'homme vacilla à peine avant de se redresser.

Leurs corps se contorsionnaient, leurs os craquaient, leurs blessures se refermaient avec une précision surnaturelle.

Talek poussa un juron quand son adversaire se releva, son bras pendant dans une position improbable.

— Ils ne sont pas vivants, murmura Vale, sa voix empreinte d'horreur.

Et je savais qu'elle avait raison. J'avais déjà été témoin d'un tel phénomène auparavant. Zamarra n'avait pas besoin de soldats, mais de corps.

Tout en avançant, ces créatures murmuraient et prononçaient des mots inaudibles : des prières, des supplications, des cris inachevés. Puis le froid s'abattit sur nous. Il ne provenait ni du vent ni de la nuit.

Il venait d'*elle*.

Une pression malsaine et lancinante envahit mon esprit, glissant à travers les failles de mes défenses comme du poison. Haletant, je titubai en arrière et pressai une main tremblante contre ma tempe. Non. *Non.*

Cette sensation... Je ne l'avais pas ressentie depuis des siècles, depuis le jour où elle m'avait maudit.

Un cri monta dans ma gorge. Je le ravalai avant d'ériger une barrière entre nous afin de la repousser de toutes mes forces. Ma magie riposta, une force brute et bouillonnante, luttant pour l'empêcher de m'engloutir.

— *Elle est là*, murmurai-je d'une voix rauque.

Zamarra ne se contentait pas d'envoyer ses marionnettes.

Elle nous observait.

La magie de Vale crépita, plus brillante à présent, tandis que sa peur transparaissait à travers le lien. Xavier la tira en arrière pour la protéger, et Kian déploya ses illusions en tissant un voile tortueux de fausses réalités.

Je repoussai Zamarra de mon esprit en grognant et dressai une barrière mentale pour nous séparer, ce contre quoi protesta ma magie dans un crépitement.

— Nous ne pouvons pas gagner, dit Vale d'une voix aiguë, sa magie brillant de mille feux.

— Il faut partir, lança Xavier en la serrant plus fort contre lui. Tout de suite.

Un bras autour de son torse, Talek tituba vers nous alors, du sang coulant le long de son flanc. Il était livide.

— On doit *partir*.

Le sanctuaire se dressait devant nous, avec sa porte massive et crénelée creusée dans la falaise, semblable à une gueule affamée. Cette vision me fit serrer les dents, mais nous n'avions pas le choix.

— À l'intérieur ! ordonnai-je en me forçant à avancer. Vite !

Vale sembla hésiter, mais Xavier l'entraîna à sa suite, pendant que Kian envoyait une nouvelle salve de magie derrière nous, obscurcissant le champ de bataille et nous accordant ainsi quelques secondes supplémentaires. C'était peu, mais cela suffirait. Nous atteignîmes l'entrée juste au moment où les premiers ennemis émergeaient des illusions de Kian, leurs yeux vitreux rivés sur nous.

Mais ils ne se ruèrent pas sur nous, ne nous poursuivirent pas. Ils attendirent. Toutefois, je n'avais pas le temps de comprendre pourquoi.

Dès que le dernier d'entre nous eut franchi le seuil du sanctuaire, une onde magique agita la pierre pour sceller l'entrée. Tout en expirant bruyamment, je rangeai mon épée dans son fourreau, le corps endolori, mes pouvoirs encore affaiblis par l'effort que j'avais fourni pour chasser Zamarra.

Un silence lourd et suffocant s'abattit sur nous.

— Tu l'as senti, n'est-ce pas ? demanda Vale en se tournant vers moi, hors d'haleine.

Je croisai son regard et sentis quelque chose me nouer la gorge.

— Elle nous observait, acquiesçai-je après avoir ravalé la boule.

— Elle n'a pas envoyé d'armée, dit Kian en se passant une main dans les cheveux, le corps tendu.

— Elle n'en avait pas besoin, répondit Xavier au travers de ses dents serrées.

On ne se retrouvait pas dans une situation de guerre. C'était un message de Zamarra. Et nous venions de tomber dans son piège.

Aussitôt que nous fûmes entrés, je me rendis compte que nous avions fait une erreur.

L'air devint oppressant, lourd et mauvais, me faisant l'effet de mains invisibles. Cette sensation ne venait pas seulement de la puanteur du sang, bien qu'elle fût déjà assez désagréable ; la pierre sous mes bottes était glissante et humide. Les symboles gravés sur le sol n'étaient pas de simples marques séchées, ils avaient été creusés profondément dans la roche, puis remplis de sang noirci qui s'écaillait.

Certains m'étaient familiers, ils servaient de sceau de protection, de rempart pour garder enfermé quelque chose. Mais les autres ? Les autres semblaient dénaturés, comme si la magie de l'endroit avait été corrompue par une force bien plus ancienne. Bien plus terrible.

Ce n'était pas seulement un sanctuaire abandonné.

C'était un cimetière.

Quelque chose ébranla les murs. La pierre ne bougea pas, c'était plus profond. C'était vivant.

Pour essayer de garder ma contenance, je pris une lente inspiration. Je serrai fort mes mains tremblantes, mais cela ne m'aida pas.

J'avais déjà déçu Vale une fois.

Si je permettais que nous perdions sa sœur, Vale ne me le pardonnerait jamais. Je ne me le pardonnerais jamais.

À côté de moi, Kian expira brusquement alors que son regard d'ambre passait en revue les murs.

— Ouais, sacrée bonne idée d'être venu ici ! dit-il d'une voix tranchante, dans laquelle je pouvais percevoir un certain malaise.

Il se méfiait de cet endroit, comme nous tous.

Les phalanges blanches, Xavier serrait toujours le pommeau de son épée.

— Ça ne me plaît pas du tout, murmura-t-il avant d'incliner légèrement la tête pour écouter une voix inaudible à nous autres. J'ai l'impression que l'air bourdonne.

Il avait raison. Les murs se gonflaient et se contractaient, comme si une entité vivant au cœur de la pierre inspirait et expirait à un rythme lent et régulier, presque comme si la pierre elle-même palpitait.

Les symboles clignotaient de façon erratique, en réaction à notre présence. Ils ne nous accueillaient pas, mais signalaient notre arrivée.

Je me sentais épié.

Non... pire.

Je me sentais attendu.

Vale souffla par le nez, les volutes dorées de sa magie s'enroulant autour de ses doigts.

— C'est le Royaume des Rêves, dit-elle tout bas, d'une voix tendue. Il se déverse dans la réalité.

Moi aussi je le sentais : la distension de l'irréalité. J'avais ce sentiment de pouvoir cligner des yeux et les rouvrir sur un monde différent. Ce poids reposait à la base de mon crâne, me murmurant des choses qui n'appartenaient pas à cet univers.

Talek restait silencieux alors qu'il parcourait de ses yeux gros orageux les symboles posés sur le sol, son regard insondable. Il était immobile, trop immobile.

Il se tenait juste devant moi, la tête légèrement inclinée, comme s'il écoutait. Ses yeux étaient perçants, mais son expression me semblait étrange. Comme s'il n'était pas tout à fait là.

Vale le remarqua aussi, car elle s'avança d'un pas lent.

— Talek ? l'appela-t-elle, sa magie illuminant le bout de ses doigts.

Les mains agitées de tics nerveux, l'Élémentaire inspira profondément et vigoureusement, comme s'il avalait de l'air.

— Elles sont plus bruyantes ici, murmura-t-il.

— Qui ? demandai-je, pris de frissons.

Son regard se porta sur moi, mais pendant une seconde, il me sembla qu'il ne me voyait pas.

— Les Luxas, déclara-t-il d'une voix rauque. Elles ne veulent pas se taire.

Un silence tomba.

Xavier et Kian se raidirent. Ils n'avaient jamais entendu un truc pareil auparavant.

Tout en expirant par le nez, Talek se frotta les tempes comme pour faire le vide dans sa tête.

— J'ai essayé de vous le dire, murmure-t-il d'un ton plus calme à présent. Au mariage. Mais comment j'étais censé aborder le sujet, putain ? « Au fait, le vent ne veut pas se taire et les voix des damnés m'empêchent de dormir » ? Ouais, je suis sûr que ça aurait été bien accueilli.

— Tu aurais dû dire quelque chose, grommela Xavier après avoir juré tout bas.

— Et qu'est-ce que vous auriez fait ? répliqua Talek dans un rire dénué d'humour.

Personne n'avait de réponse à cette question.

Il secoua la tête et balaya des yeux le sol ensanglanté, où les symboles étaient profondément gravés dans la pierre.

— Ça a commencé par un murmure, expliqua-t-il, presque distraitement. Des bribes. Des mots que je n'arrivais pas à identifier. Des noms que je ne reconnaissais pas.

Il serra les poings.

— Puis ça a empiré. Elles ont commencé à crier.

— Elles disaient quoi ? demanda Vale, la mâchoire crispée.

Les lèvres pincées, Talek tourna lentement la tête vers l'espace vide au fond de la pièce. Il plissa légèrement les yeux et fronça les sourcils, comme s'il regardait quelque chose bouger.

— Elles m'ont dit de vous trouver. Et de vous aider.

Vale inspira brusquement, des étincelles de magie jaillissant entre ses doigts.

Talek continua d'une voix plus grave, prononçant les mots plus lentement maintenant, comme s'ils sortaient automatiquement de sa bouche.

— Elles m'ont dit que vous n'aviez plus de temps à perdre.

Ces mots me donnèrent la chair de poule et me firent frissonner.

Xavier écarquilla légèrement les yeux tandis que sa main se contractait nerveusement.

— Et maintenant ? demanda-t-il. Qu'est-ce qu'elles disent maintenant ?

Les épaules crispées et la mâchoire tendue, Talek expira avant de porter son regard sur le mur du fond. Celui où les symboles avaient changé. Celui derrière lequel nous avions tous senti quelque chose nous observer.

— Elles disent que nous ne sommes pas seuls, déclara-t-il dans un souffle.

L'atmosphère changea lorsque la pièce sembla prendre une inspiration, conférant une lente sensation d'aspiration. Sur le sol, les symboles ensanglantés frémirent et les murs semblèrent se courber vers l'intérieur, réduisant l'espace qui parut soudain trop petit, trop étroit, trop inadapté. À cause de l'odeur métallique du sang qui s'intensifiait, l'air devenait humide et suffocant.

Un bourdonnement sourd et lointain fit vibrer la pierre sous nos pieds, comme si l'entité enfouie dans les profondeurs du sanctuaire venait de s'éveiller.

— Bon, dites-moi que je ne suis pas le seul à avoir ressenti ça, dit Kian, qui se retrouva à patauger dans le sang au sol lorsqu'il fit un pas en avant.

— Tu n'es pas le seul, marmonna Xavier, son épée toujours en main. L'air... vrombit.

Les épaules raides, Talek expira brusquement.

— Les voix... commença-t-il avant de grimacer et de se tenir la tête. Elles sont trop nombreuses. Trop bruyantes.

Puis quelque chose bougea. Un scintillement dans la pénombre, un flottement dans la lumière, suggérant une silhouette qui n'aurait pas dû être là. Je me figeai et raffermis ma prise sur la garde de mon épée. Ma magie me picotait et me murmurait des mises en garde inaudibles.

La lumière dorée de Vale – paralysée, sa respiration saccadée –, pulsait faiblement dans l'obscurité.

Et puis nous la vîmes. Une fille, immobile, se tenait à l'autre bout de la pièce. Elle ne clignait même pas des yeux.

Je ne connaissais pas la fille qui se tenait devant nous, mais Vale, si.

— Nyrah ? l'appela-t-elle alors que la magie se déchaînait au bout de ses doigts.

Ce nom m'atteignit en plein cœur.

Nyrah.

La petite sœur de Vale. La raison pour laquelle nous étions là. La raison pour laquelle elle s'était lancée dans ce combat.

Bien que parcourue d'un frisson, Vale fit un pas hésitant vers la fille.

— Nyrah, c'est moi. C'est Vale.

Les symboles sur les murs palpitaient, leur lueur scintillait faiblement telles des braises mourantes. Le sang s'infiltrait dans le sol, comme si une créature enfouie sous la roche le buvait.

Le poids de l'horreur me fut insupportable. Je ne la connaissais pas – je ne l'avais jamais vue avant les rêves de Vale, quelques semaines plus tôt –, mais le corps de la jeune fille était trop immobile, ses mains crispées, ses épaules raides. Elle ne respirait pas normalement.

Nyrah ne bougeait pas, même pas un battement de paupière.

Puis, lentement, trop lentement, elle pencha la tête, comme si elle écoutait quelque chose qu'aucun de nous ne pouvait entendre. Et ses yeux... Ce ne pouvait être les siens, car je n'y voyais pas le bleu pâle qu'avait décrit Vale. La fille ne ressemblait en rien à celle que Vale avait passé toute sa vie à protéger.

Son regard brillait, mais pas du même éclat que les Luxas. Sa couleur variait, oscillant entre le rouge sang et le noir absolu.

Et lorsqu'elle prit la parole, le son de sa voix me glaça le sang.

— Vale. Tu as bien fait de venir.

Ce que nous entendîmes n'était pas uniquement la voix de Nyrah. Il y avait autre chose derrière, une deuxième voix plus grave et plus froide... plus ancienne. Vale retint son souffle et ses doigts se crispèrent sur ses lames.

Les lèvres de Nyrah se courbèrent en un sourire, qui n'avait rien de normal. Impossible que ce soit le sien. Non, je connaissais ce sourire.

Nyrah n'hésita pas. Elle se rua droit sur Vale, sans se soucier de Xavier, de Kian ou de moi-même.

Ses mouvements n'étaient ni frénétiques ni désespérés ; au contraire, son attaque était calculée et précise. Le genre d'agressivité implacable qui me donnait la nausée. Ce n'était pas l'attaque précipitée d'une fille prise au piège, mais un coup mortel porté par une combattante aguerrie.

J'eus à peine le temps de pousser Vale avant que les doigts de Nyrah se plient à la manière de griffes et se plantent dans sa gorge.

Xavier était déjà passé à l'action. Il leva rapidement son épée pour parer le coup, mais Nyrah ne broncha même pas. Comme si de rien n'était, elle le contourna si rapidement que je ne vis qu'une image floue. Kian créa une illusion pour déformer l'espace autour d'elle et donner un aspect surréaliste au monde.

Elle s'en libéra sans difficulté.

— Elle voit à travers les illusions, indiqua Kian au travers de ses dents serrées.

Le souffle court, Vale recula précipitamment, sa magie dansant au bout de ses doigts.

— Nyrah, arrête…

Sans sourciller ou réagir, sa sœur poursuivit. Elle ne broncha même pas en entendant son prénom, gardant ses yeux brillants rivés sur Vale, comme s'il n'y avait personne d'autre dans la pièce.

Xavier parvint à bloquer le coup suivant, en réussissant de justesse à tordre le poignet de Nyrah avant qu'elle ne parvienne à griffer le visage de Vale. Elle était incroyablement forte. Xavier faisait deux fois sa taille, il était entraîné et expérimenté, mais elle arriva malgré tout à le repousser.

— Elle est trop rapide, Vale, recule, dit Xavier entre ses dents serrées, sous le coup de l'effort.

Talek s'avança pour aider, mais Nyrah se retourna et lui asséna un coup de pied dans les côtes qui le fit chanceler. Ça ne ressemblait en rien aux coups désordonnés d'une combattante inexpérimentée. C'était un coup précis, délibéré et brutal, destiné à dégager l'espace entre Vale et elle.

Elle ne se battait pas comme une enfant, mais comme une assassin.

Brusquement, je fus pris d'une impression désagréable et intense.

Surprise, Vale trébucha à nouveau en arrière. Les illusions de Kian étaient inutiles, Xavier se défendait, mais n'attaquait pas, et Talek était déjà blessé. Aucun d'entre eux ne parviendrait à la terrasser.

Et comme eux, j'en étais incapable.

D'une main, je fis jaillir une lumière dorée, une énergie brute et instinctive. Je n'avais pas vraiment utilisé ma magie dans ce combat, pas depuis que

Zamarra s'était insinuée dans mon esprit. Mais ce n'était pas le moment d'hésiter. Je projetai la lumière pour former un bouclier de flammes dorées entre Nyrah et Vale.

La première heurta la barrière, mais elle ne s'arrêta pas, même lorsque celle-ci embrasa sa tunique sale. En dépit des flammes, elle força le passage.

L'or du bouclier crépita, trembla, faiblit, puis s'éteignit. Au moment où elle le toucha, une douleur me traversa le crâne. Une sensation familière et terrifiante.

Zamarra.

Le souffle coupé, je rejetai la tête en arrière.

Non... non, plus jamais ça.

Je m'arrachai à son emprise et rétractai ma magie avant qu'elle puisse planter ses griffes dans mon esprit. Mais le mal était déjà fait. Je m'effondrai à genoux, un cri étouffé m'écorchant la gorge.

Le rire de Zamarra résonna dans ma tête. Vale n'avait plus beaucoup de temps.

Kian sortit Vale de la trajectoire de Nyrah juste avant que celle-ci ne lui brise les côtes. Après quoi Xavier attrapa la fille par-derrière pour la maîtriser, mais elle continuait à se débattre, à se tortiller, à résister.

Les yeux tournés vers moi, Vale haletait de

douleur et reculait en titubant. Malheureusement, je ne pouvais pas l'aider. J'étais toujours sous l'emprise de la magie de Zamarra. Et puis je compris la véritable intention de Zamarra.

De la torture, pure et simple. Elle cherchait à nous forcer, Xavier, Kian, Talek ou moi-même, à prendre une décision. Un choix impossible. Si nous sauvions Vale des griffes de Nyrah, notre compagne nous haïrait jusqu'à la fin des temps. Si nous laissions faire Nyrah, nous perdrions notre compagne pour toujours.

— Elle nous met le couteau sous la gorge, dis-je d'une voix étouffée.

Au vu de la mine dégoûtée qu'elle prit, Vale l'avait deviné.

L'étreinte de Xavier faiblit et Nyrah se dégagea.

Ce fut alors que Vale arrêta de fuir. Les épaules bien droites, elle prit une profonde inspiration avant de faire un pas.

— Nyrah, dit-elle d'une voix tranchante et brisée, qui résonna dans la pièce.

L'expression de la fille changea l'espace d'un instant. Ses yeux brillants tressaillirent et ses lèvres s'entrouvrirent.

J'avais vu cette réaction. Bon sang, je ne rêvais pas.

Nyrah était toujours là.

Mais son corps se raidit, ses muscles se contractèrent, on aurait dit une marionnette s'empêtrant dans ses fils. Elle se rua une dernière fois sur Vale, qui la laissa faire. Elle laissa Nyrah se rapprocher d'elle et la frapper.

Vale n'esquiva pas, mais elle *bougea*. Son bras fendit l'air à la dernière seconde, avec brutalité et détermination, et son poing s'abattit sur la tempe de Nyrah. Le choc fit jaillir une gerbe de magie dorée, celle de Vale, pas celle de Zamarra.

Pendant un bref instant, toute la pièce fut baignée d'une lumière dorée. Le corps tremblant, Nyrah ouvrit en grand ses yeux brillants, puis elle s'effondra.

Au moment où elle heurta le sol, les symboles sur les murs cessèrent de briller. Après quoi l'atmosphère s'apaisa, comme si l'univers avait retenu son souffle. La présence de Zamarra disparut, s'évanouissant de mon esprit comme si Vale l'en avait chassée.

Cette dernière, essoufflée, les mains tremblantes, était penchée sur le corps inerte de Nyrah. Seul le bruit de sa respiration sifflante venait rompre le silence.

Xavier s'agenouilla à côté de Nyrah et posa ses doigts sur sa gorge.

— Son pouls est faible, indiqua-t-il d'une voix rauque. Mais stable.

Tout en expirant bruyamment, Kian se passa une main dans les cheveux.

— Bon... c'était n'importe quoi.

Muet, Talek fixait les symboles sombres, la mâchoire crispée.

De mon côté, j'avais les mains qui tremblaient. D'épuisement ou de peur, je n'aurais su le dire.

— On l'a sauvée, dit Vale en écartant une mèche blonde du front de sa sœur.

Xavier acquiesça et hissa dans ses bras le corps de Nyrah.

— Maintenant, tirons-nous d'ici.

Mais lorsque nous nous retournâmes, la porte avait disparu. Les symboles se déplacèrent à nouveau, lentement, à un rythme sinistre et surnaturel, puis les murs s'étirèrent, l'air ondula et le monde lui-même donna l'impression de respirer.

— L'entrée était juste là, marmonna Kian après avoir juré tout bas.

Il avança vers l'endroit où aurait dû se trouver la porte et tendit une main, qui ne toucha que du vide. Comme si la porte n'avait jamais existé.

Le silence s'abattit dans la pièce.

Le sang sur le sol était sec, mais l'air en était

encore imprégné. Cependant, le sentiment d'être observés ne s'était pas dissipé. À présent, l'ambiance semblait plus pesante, comme si les murs se rapprochaient, patients.

À l'affût.

Le regard de Vale passa rapidement de mon visage à celui de Talek avant de se porter sur l'espace sombre juste derrière nous.

Elle expira lentement, comme si la bataille qu'elle menait intérieurement ne résonnait pas dans chacun de nos esprits.

— Alors... quelqu'un veut bien me dire comment on va sortir d'ici ?

CHAPITRE 14
VALE

En ce lieu, la magie était corrompue, déformant l'air au point qu'il me collait à la peau. Je n'étais pas uniquement dérangée par l'odeur du sang, même si elle était suffisamment forte pour que je la sente sur ma langue. Ou par les murs qui bougeaient, les symboles qui clignotaient ou la pression implacable de cet observateur invisible.

Il y avait aussi le Royaume des Rêves.

Il rampait autour de nous, s'insinuant dans la réalité à travers les fissures, distordant la pierre sous nos pieds et l'espace-temps. Il était vivant et n'avait aucune intention de nous laisser partir.

Le sang bourdonnant dans mes oreilles, je serrai plus fort mes lames.

Immobile, Xavier tenait toujours Nyrah dans une

étreinte ferme. Ses mains étaient crispées sur elle, comme s'il s'apprêtait à la protéger d'une force qui voulait la lui arracher. Au vu de ses mâchoires serrées, une tension palpable se dégageait de lui, à l'image d'un orage sur le point d'éclater.

Puis Idris s'avança, sa magie dorée scintillant sous sa peau. À peine visible, mais bien présente, elle ondulait au bout de ses doigts comme si elle voulait protéger ma sœur. Comme si elle voulait ériger un bouclier pour la garder en sécurité.

— Laisse-moi la prendre, dit-il d'une voix dénuée de toute autorité, agressivité ou tension.

J'y décelai juste une assurance tranquille. Une promesse contenue dans ces mots simples. Au début, Xavier ne bougea pas. Serrant plus fort Nyrah, il tourna son regard vers moi. Il attendait ma réponse. Tout en ignorant la boule qui obstruait la gorge, je ravalai ma salive et acquiesçai.

Après avoir expiré bruyamment, Xavier ajusta sa prise pour repositionner Nyrah.

— Ne la laisse pas tomber, murmura-t-il, sans mauvaise intention.

Ce fut tout ce qui demeura de sa réticence quand il finit par la lâcher.

Nyrah avait toujours été petite, elle avait toujours

eu besoin que je la protège. Et à ce moment-là, elle me semblait plus fragile que jamais.

Une étincelle dorée scintilla spontanément autour des mains d'Idris pour envelopper Nyrah dans un sort protecteur. Idris ouvrit la bouche, comme si cela le surprenait lui-même.

Je sentis le lien entre nous se renforcer de manière invisible et indescriptible.

— Je vais faire en sorte qu'elle reste plongée dans le sommeil, indiqua Idris après avoir dégluti et croisé mon regard. Je la protégerai.

Je me sentis soulagée. Pas complètement. Pas encore. Mais un peu. Tout en soufflant lentement, j'acquiesçai.

J'avais passé toute ma vie à protéger ma sœur. Mais à cet instant précis, pour la première fois depuis dix ans, je n'étais pas seule.

Son corps était inerte dans les bras d'Idris, sa poitrine se soulevait et s'abaissait au rythme de ses respirations lentes et régulières. Il fallait qu'elle reste inconsciente, car je n'étais pas prête à affronter l'horreur qui pourrait m'attendre à son réveil.

Notre fuite était ma seule priorité.

Mais le Royaume des Rêves en avait décidé autrement.

Le monde bascula alors qu'un couloir, incroyablement long et sombre, s'ouvrit devant nous. Une lueur verte morbide émanait des torches alignées le long des murs, leurs flammes projetant des ombres qui bougeaient anormalement. Une pulsation lente et cadencée se propagea dans l'air, comme si une créature gigantesque et antique respirait juste sous la surface.

À l'aide d'une inspiration brusque, je cherchai à me calmer, mais à côté de moi, Kian jura en voyant ses illusions s'agiter frénétiquement au bout de ses doigts.

— Méfiez-vous, dit-il d'une voix rauque. Rien de tout cela n'est réel.

Il avait raison, mais cela ne rendait pas l'endroit moins dangereux.

Xavier se précipita à mes côtés et me saisit fermement le poignet tandis que les murs tremblaient comme si quelque chose vivait sous la pierre.

— Avancez vite. Ne vous arrêtez pas. Ne prêtez pas attention aux bruits.

Son regard gris orage perdu dans le vide, sa tête légèrement inclinée, Talek expira bruyamment. Il semblait entendre quelque chose qui nous échappait.

Soudain, le Royaume des Rêves montra les crocs.

Il exauça notre souhait.

Pendant une seconde, un seul instant bouleversant, je revis mon foyer.

Pas la grotte rudimentaire que j'avais laissée derrière moi, mais la maison dont j'avais rêvé quand je m'étais permis d'espérer. Celle où le rire de Nyrah résonnait, où je l'entendais courir devant moi, où elle semblait être joyeuse, heureuse...

Tout ce que j'avais toujours souhaité pour elle.

Mon estomac se noua. Non. Non, je savais bien que ce n'était pas la réalité.

Idris m'avait expliqué les règles qui régissaient le Royaume des Rêves : Ne pas se méprendre. Se méfier de tout.

— Il se joue de nous... grogna Kian.

Après quoi l'illusion vola en éclats.

Le couloir se liquéfia et le sol sous mes pieds disparut. J'eus à peine le temps de réagir que Xavier me tira en arrière. Mon cœur battait à tout rompre dans ma poitrine, parce qu'il n'y avait plus rien sous mes pieds, juste un abîme noir et infini. Si Xavier ne m'avait pas attrapée, je serais tombée dans le vide.

Je me retournai brusquement en ravalant la bile qui montait dans ma gorge.

— Avancez. Tout de suite.

Ils ne protestèrent pas. À peine cinq pas plus tard, un murmure me donna la chair de poule.

— Vale ?

Lorsque j'entendis la voix de Nyrah, je me figeai, puis me retournai d'un coup, le cœur battant, les yeux rivés sur Idris.

Agitant nerveusement les mains, Nyrah se débattait dans son étreinte. Devant son visage crispé, comme si elle était sur le point de se réveiller, la panique m'envahit.

Pas encore. Pas encore.

Idris la serra plus fort contre lui.

— Non, souffla-t-il d'une voix rauque empreinte de magie, entre ses dents serrées. Dors.

Une douce impulsion d'énergie dorée enveloppa Nyrah pour l'entraîner plus profondément dans le sommeil. Sa respiration se calma et son corps retrouva son immobilité.

Je croisai le regard d'Idris, dont le visage était pâle. Les bras serrés autour d'elle, il dégageait une aura magique empreinte de désespoir. Je pouvais sentir sa sincérité. Comme il l'avait promis, il la protégerait.

Tout en ravalant ma salive, j'acquiesçai.

— Allons-y, murmurai-je en me détournant avant de m'étouffer avec la boule dans ma gorge.

— Avant qu'elle ne se réveille, si possible, souffla Kian.

Le sursaut de Talek fut le premier signe indiquant que quelque chose n'allait pas. Il tourna brusquement la tête et tout son corps se raidit.

Puis Xavier se raidit à son tour, l'épée déjà dégainée.

Un murmure résonna dans l'obscurité. Une voix grave. Amusée. Familière.

— Quelle petite troupe tragique vous faites !

À bout de souffle, je sentis la douleur se réveiller au niveau des cicatrices marquant mon dos. Les ombres devant moi s'épaissirent, se tordirent, avant de laisser place à son apparition.

Arden.

Je serrai plus fort mes lames. Il semblait... serein. Imperturbable. Comme s'il nous attendait. Comme s'il nous avait guettés.

— Venez, dit-il lentement en avançant comme s'il avait tout le temps du monde. Vous n'avez rien à dire à votre roi légitime ?

Alors que les lèvres de Talek se retroussaient en un rictus silencieux, Xavier serra son épée si fort qu'il aurait pu briser des os, mais Idris ne bougea pas.

Sur le lien, je le sentis fulminer d'une rage terrible et menaçante.

J'expirai vivement pour forcer mon cœur à

retrouver un rythme normal. Arden n'était pas réel. Du moins, c'est ce que je voulais croire.

Quand le Royaume des Rêves trembla, le monde vola en éclats, les murs se déformèrent et le sol disparut. Je tendis la main vers Xavier, mais mes doigts lui passèrent à travers. Kian tentait de contrer le chaos, ses illusions s'agitant frénétiquement.

Les yeux écarquillés, Talek releva brusquement la tête.

— Il la déforme... Il déforme la réalité...

Soudain, je reçus un violent coup dans le ventre et trébuchai.

Puis je tombai... Pas dans les ténèbres ou dans le néant. Dans autre chose.

Au moment de l'impact contre une surface solide, j'eus le souffle coupé et une douleur fulgurante me transperça les genoux et les côtes. Je me forçai à relever la tête et les vis.

Idris. Arden.

Ils se tenaient à quelques pas l'un de l'autre. Arden souriait d'un air satisfait, comme s'il attendait ce moment. Comme si c'était précisément ce qu'il désirait. Le corps rigide, Idris manipulait sa magie dorée avec ses doigts, mais il ne tenait pas son épée.

Il tenait Nyrah.

Elle était toujours inconsciente, inerte dans ses

bras, enveloppée d'une lumière dorée qui la protégeait.

Dans ma poitrine, mon cœur battait à tout rompre.

Des ombres rampaient autour de nous et virevoltaient à la périphérie de mon champ de vision. Les murs du sanctuaire s'étiraient et se tordaient, leur état oscillant entre la solidité de la pierre et autre chose. Une matière vivante. Les symboles gravés dans le sol s'illuminèrent et se déformèrent, leur signification originelle perdue sous des strates de mauvaises intentions.

Je pouvais à peine entendre ma propre respiration tant la magie m'oppressait, tant j'étais écrasée par le pouls de l'énorme créature qui nous observait.

Les mains sur les hanches, Arden ricana d'un air détaché, comme à son habitude, mais l'air autour de lui était chargé d'une magie noire. Pas seulement la sienne. Celle de Zamarra également.

— Allons, mon frère. Nous savons tous les deux pourquoi tu es ici. Tu attends ce moment depuis des siècles.

Quand il serra les poings, les murs du Royaume des Rêves frémirent.

— Alors, profites-en.

Le Royaume des Rêves trembla, mais ce changement fut subtil. Un appel pour tenter Idris, appâter son désir de vengeance. Des flammes dorées jaillirent du bout de ses doigts, faisant crépiter l'air d'une magie contenue, un feu de brousse à peine maîtrisé.

Et pendant une fraction de seconde, je crus qu'il allait passer à l'acte. Qu'il allait choisir la vengeance au détriment de notre groupe.

Au détriment de Nyrah.

Au détriment de ma personne.

Je sentis Idris se crisper à travers le lien, sous le joug de sa rage intense et dévorante. Toute sa vie l'avait mené à cet instant de vengeance et de justice.

Puis Nyrah se mit à remuer.

Un léger soupir, à peine audible contre la poitrine d'Idris. Les doigts de ma sœur s'agitèrent, bien qu'elle ne fût pas encore réveillée, mais presque.

Aussitôt qu'Idris s'en aperçut, son visage révéla la guerre qu'il menait à l'intérieur de lui-même.

Arden le remarqua aussi parce que son rire retentit dans le sanctuaire, si fort qu'il me déchirera presque les tympans.

— Oh ! dit-il d'un ton moqueur. Que se passe-t-il ? Tu ne veux pas risquer ta précieuse compagne et son petit animal de compagnie ?

Au moment où Arden prononça ces mots, le Royaume des Rêves palpita, se propageant dans l'air comme une créature vivante qui se serait entortillée sur elle-même et aurait serpenté à travers les failles de la réalité.

Après quoi il se révéla à nous.

Ce n'était pas une illusion, semblable à la magie de Kian. Je n'avais rien vu de tel auparavant.

C'était réel... ou ça allait le devenir.

Une douce lueur dorée scintillait autour des mains d'Idris, enveloppant le corps immobile de Nyrah qu'il serrait contre sa poitrine. Son épée, suspendue dans les airs, tremblait légèrement.

Puis il y eut une fracture dans l'espace-temps.

Les murs autour de nous se mirent à fondre, dissolvant la pierre dans l'ombre, la lumière déclinant jusqu'à ce qu'il ne reste plus que cette vision.

Celle que je vis et sentis.

Idris fit un pas en avant. En un éclair, sa magie dorée jaillit, grossissant comme un feu de forêt pour embraser l'obscurité suffocante. Son épée, un arceau de lumière éblouissante, trancha la gorge d'Arden.

Un coup net. Une exécution rapide. Le jugement d'un roi.

Arden ne cria pas. Quand il tituba, son sourire narquois se teinta, non pas de douleur ou de peur, mais de triomphe. Puis son corps s'effondra. Avant même que ses genoux ne touchent le sol,

Nyrah eut un sursaut et prit une inspiration hachée.

Elle se cambra, ses doigts se crispant telles des griffes, et la lumière qui l'entourait se dissipa.

Et quand elle entrouvrit lèvres, elle se mit à crier au lieu de respirer, alors que son corps se mettait à convulser contre la poitrine d'Idris.

Et puis... le silence. Un silence froid et morbide qui me glaça le sang.

— Non, murmura-t-il d'une voix rauque et brisée en la serrant plus fort de ses mains tremblantes. Non, non, non...

Il la secoua d'une manière désespérée et frénétique. Sa magie dorée jaillit de ses mains pour essayer de l'atteindre, de la toucher, de la guérir. Mais il n'y avait plus rien à faire.

Le corps de Nyrah, dont la peau était livide, s'affaissa dans les bras d'Idris. Tout comme son souffle, sa lumière et son âme s'étaient envolées. Idris tituba en arrière. Haletant, il ne maîtrisait plus sa magie dorée, qui semblait refuser d'accepter ce qui venait de se passer.

Il écarquilla ses yeux dorés juste avant de craquer.

Je ne l'avais jamais vu ainsi, jamais rien ne l'avait autant bouleversé.

Ni au combat ni sous l'emprise de la rage ou du chagrin.

Cette fois, il était détruit.

Et le Royaume des Rêves voulait s'assurer qu'il en était bien conscient. Il lui montra chaque détail du prix à payer. Le dernier souffle de Nyrah. La façon dont ses doigts perdirent leur force. Le flot de mes lames quand je me précipitai vers elle pour l'attraper et la serrer dans mes bras.

Car dans la vision du Royaume des Rêves, Idris s'effondrait à genoux.

Ses mains, autrefois si puissantes, assurées, inébranlables, caressaient le visage sans vie de ma sœur.

— Non, je t'en supplie, Nyrah...

Le Royaume des Rêves fut cruel, car il le laissa la serrer dans ses bras et s'écrouler. Il lui montra ce qu'il aurait éprouvé en la perdant. Puis, juste avant que la vision prenne fin, j'apparus devant ses yeux.

Mon corps gisait à côté de celui de Nyrah. Ma lumière s'était éteinte, elle aussi.

Idris ne l'avait pas seulement perdue.

Il m'avait perdue aussi.

Car j'aurais réduit ce monde en cendres plutôt que de laisser ma sœur mourir seule.

Le Royaume des Rêves me fit ressentir ce choix au

plus profond de mon être. Il me fit entendre le cri d'Idris et me montra le moment où sa magie devint dévastatrice. Il me fit voir la seconde exacte où il perdit la raison.

Puis la vision vola en éclats lorsque la réalité reprit ses droits. Les murs du sanctuaire se remirent debout, les ombres reculèrent dans les coins, et le Royaume des Rêves se tut.

Idris se tenait là, tremblant. Je pouvais encore sentir sa magie bouillonnante et chaotique palpiter à travers le lien. Il fixait Arden, les mains en feu, et pendant un instant, je crus qu'il allait le faire.

Je crus qu'il allait le tuer.

Je crus qu'il allait réduire le monde entier en cendres pour assouvir sa vengeance.

Le sourire narquois d'Arden s'élargit, car il savait.

— Alors, qu'en est-il, mon frère ? murmura-t-il. Moi ?

Il écarta les bras.

— Ou elle ?

L'air se raréfia.

À l'instar d'une étoile en déclin, la magie crépitait autour d'Idris, qui haletait, les doigts crispés sur le pommeau de son épée. Sa magie dorée s'embrasa sous l'effet de sa fureur. Le lien qui nous unissait vibrait, nous suppliant, lui et moi...

Choisis.

Les articulations blanches, il serra les dents si fort que je crus qu'il allait se les casser. Arden se tenait devant lui, si vulnérable. Mais Nyrah remua dans ses bras. Un mouvement à peine perceptible. Infime.

Elle n'était pas réveillée, mais elle était en vie.

Et Idris... prit sa décision.

Lorsqu'il baissa son épée, sa soif de vengeance s'envola comme des braises dans le vent, et il laissa Arden en vie.

Au moment où son choix fut fait, le Royaume des Rêves réagit en faisant vaciller le monde. Dans un grincement, les murs s'affaissèrent vers l'intérieur, comme s'ils avaient attendu, attentifs, dans l'espoir qu'il échoue. Mais il n'avait pas échoué.

L'espace d'une seconde, le sourire narquois d'Arden se transforma, révélant sa confiance qui vacillait, puis il disparut.

Il n'était pas mort. Pas encore. Mais il avait perdu.

Les ombres se retirèrent brusquement, et soudain, Idris réapparut. Il avança en titubant, sa magie dorée clignotant frénétiquement, avec Nyrah blottie contre lui.

Xavier l'attrapa par le bras et le tira jusqu'à lui.

Opposant une résistance, le Royaume des Rêves rugit.

Mais Talek se mit en mouvement.

Il releva brusquement la tête pour fixer de ses yeux gris orage quelque chose qu'aucun d'entre nous ne pouvait voir.

— Là-bas, dit-il d'une voix rauque, à bout de souffle. Il y a une issue.

Je ne la voyais pas, pas plus que Xavier ou Kian, mais Idris n'hésita pas. Il se tourna vers la voix de Talek, puis nous nous mîmes à courir.

Je pouvais encore sentir la voracité et la colère du Royaume des Rêves.

Je savais qu'Arden reviendrait.

Je savais que ce n'était pas fini.

Mais en voyant Idris, qui serrait Nyrah avec tant de fermeté et de précaution, sa magie dorée formant une bulle protectrice autour d'elle, en le voyant, les dents serrées, encore animé par les conséquences de sa décision, je compris autre chose.

Il avait renoncé à sa vengeance.

Pour moi.

Pour elle.

Et lorsque nous nous échappâmes de ce sanctuaire maudit et que nous sortîmes précipitamment dans l'air glacial de la nuit, je ne pris pas la peine de me retourner.

CHAPITRE 15

VALE

Le froid me transforma en glaçon, cinglant sur ma peau humide de sueur.

Mais je le sentais à peine, car je n'avais d'yeux que pour Nyrah.

Elle était *là*, juste devant moi.

Inerte dans les bras d'Idris, bien que son corps fût chaud, elle respirait faiblement, son souffle soulevant légèrement les mèches blondes qui collaient à son front. Je la fixais, sans ciller, guettant le moment où le Royaume des Rêves l'emporterait, où le cauchemar reviendrait se superposer à la réalité. Mais rien ne se passa.

Nyrah était réelle. Elle était là. Vivante.

Les mains tremblantes, je tendis les bras vers elle. Elle semblait petite, trop petite.

Une fois ma patience envolée, la gorge sèche, je cherchai à l'attraper de mes mains tremblantes, instinctivement.

— Donne-la-moi.

Sans hésiter, Idris serra Nyrah encore un instant contre lui, un geste instinctif à peine perceptible, avant de se baisser pour me la passer avec précaution.

Aussitôt que mes bras soutinrent son poids, mes genoux fléchirent et je tombai lourdement sur le sol. Je ne sentis presque pas la douleur, submergée par l'émotion de ce moment tant attendu. La tension dans ma poitrine menaçait de m'étouffer, et pourtant, je serrai Nyrah contre moi, enfouis mon visage dans ses cheveux et respirai son odeur. Je profitai de ce point d'ancrage au rythme de sa respiration.

Elle était vivante. Vivante. Vivante.

— Nyrah, murmurai-je d'une voix brisée.

Elle ne bougea pas. Elle restait immobile, mais son corps était chaud. Elle était là.

Je tremblai de tout mon long tandis que le peu de contrôle qui me restait s'envolait. Je la serrai encore plus contre moi. Après des semaines à craindre de l'avoir perdue, des semaines à me battre pour la retrouver, après dix ans passés à la protéger, je l'avais enfin dans mes bras.

— Elle va bien, Vale, me rassura Kian en s'agenouillant à côté de moi, sa main chaude et rassurante posée dans mon dos.

La gorge nouée, j'étais incapable de répondre.

— Il faut partir, déclara Xavier, penché sur nous, d'une voix grave et tendue.

Je ne voulais pas la lâcher, je ne pouvais pas.

Tandis que mes bras entouraient Nyrah, mon corps se recroquevilla contre le sien, comme si je pouvais la protéger de tout : de Zamarra, du Royaume des Rêves, de toutes les menaces tapies dans l'obscurité.

Mais nous ne pouvions pas rester là.

Une ombre s'agita à côté de moi, et Idris s'agenouilla, son regard impénétrable. La lueur de sa magie brillait encore au bout de ses doigts.

— Je vais la porter.

Mon instinct me portant à refuser, je me raidis. Je venais de la retrouver après l'avoir sauvée d'un cauchemar dont elle aurait très bien pu mourir. Je ne pouvais pas la confier à nouveau à quelqu'un d'autre.

Mais Idris n'insista pas. Plutôt que tendre les bras vers elle, il se contenta de me regarder.

À travers le lien qui nous unissait, je sentis sa sincérité, sa certitude et sa promesse indéfectible.

— Tu es épuisée, chuchota-t-il. Tu dois rester en selle.

Mes mains refusaient de lâcher prise. Une inspiration. Une seconde. Le genre d'hésitation qui pouvait coûter la vie de quelqu'un au combat, mais ce n'en était pas un. C'était pire.

Je l'avais dans les bras. *Je l'avais.* Et à présent, je devais la lâcher.

Le lien palpitait d'une émotion rassurante, chaleureuse, déterminée. Après m'être forcée à expirer, je desserrai les doigts et fis confiance.

Lentement, en soupirant, je déposai un dernier baiser sur les cheveux de Nyrah avant de forcer mes bras à se détendre. Chaque mouvement me semblait être une erreur, comme si j'ôtais les différentes couches d'une armure qui me protégeait. Mais quand je finis par la rendre à Idris, il la serra contre lui comme si elle était la chose la plus importante à ses yeux. Comme s'il n'aurait jamais autorisé personne à la toucher.

Ravalant ma salive avec peine, je hochai la tête.

— Allons-y.

À la tête du groupe, Talek marchait déjà en scrutant l'obscurité.

— Le chemin du retour n'est pas dégagé, dit-il d'une voix grave et distante.

Il sembla hésiter, puis expira brusquement.

— Mais il y a autre chose. Quelque chose... qui nous observe.

Personne ne posa de question. Personne ne demanda de quoi il s'agissait. Nous avions déjà vu trop de choses cette nuit-là. Lorsque nous atteignîmes la clairière où nous avions laissé les chevaux, le silence était pesant. Les animaux avaient les oreilles rabattues, l'air craintif, et semblaient agités, malgré les caresses apaisantes de Xavier.

Kian leva la main et murmura une incantation. Une fine lueur magique ondula entre les arbres pour nous dissimuler à l'aide d'une illusion.

— Ça devrait aider, chuchota-t-il. Mais on doit se dépêcher.

Personne ne discuta. Personne ne perdit de temps.

Le corps lourd de fatigue, je montai rapidement en selle, mais je ne quittai pas Idris des yeux tandis qu'il enfourchait son cheval, avec Nyrah blottie contre sa poitrine.

Je fis avancer ma jument pour me mettre à son niveau et l'observer.

Pour pouvoir garder les yeux rivés sur Nyrah et sur Idris.

Pour constater qu'il ne desserrait pas son étreinte.

La nuit nous enveloppait de son épais manteau infini. Le cliquetis régulier des sabots sur la terre humide et le bruissement du vent dans les arbres étaient les seuls bruits audibles. Je chevauchais près d'eux, les mains crispées sur mes rênes, jetant à intervalles réguliers un regard furtif à Nyrah.

Toujours chaude. Toujours là. Toujours en vie.

De temps en temps, je passais mes doigts dans ses cheveux emmêlés ou touchais le dos de sa main.

Elle ne bougea pas, pas une seule fois, ce qui me fit craindre le pire. La magie d'Idris ne la maintenait plus endormie, alors pourquoi ne se réveillait-elle pas ? Malgré le poids de l'inquiétude qui pesait sur mes épaules, je gardai le silence.

À la place, je reportai mon attention sur Idris.

Il n'avait pas dit un mot depuis que nous avions quitté le sanctuaire et n'avait pas desserré son étreinte, refusant de la lâcher. Des gerbes de magie dorée dansaient encore autour de ses doigts, émettant de faibles pulsations protectrices, mais je sentais la tension dans son corps à travers notre lien.

Les épaules raides, la mâchoire crispée, il était rongé par un sentiment accablant de culpabilité.

Le silence s'éternisa jusqu'à ce que je finisse par le rompre.

— Tu n'as même pas encore repris ton souffle, n'est-ce pas ?

— Je t'ai dit que je la protégerais, répondit-il entre ses dents serrées, sans me regarder.

— Oui.

Avec un regard attentif, je remarquai qu'il serrait plus fort Nyrah à chaque foulée de sa monture. Que sa magie refusait de se dissiper. Qu'il avait cessé de respirer depuis qu'il avait pris sa décision.

Je tendis la main, pas vers Nyrah, mais vers lui.

Mes doigts effleurèrent la peau chaude, ferme et réelle de son bras.

— Tu nous as choisis, murmurai-je.

Lorsqu'il expira bruyamment, son souffle s'avéra saccadé et tremblant.

Son bras se contracta sous ma main, une réaction involontaire à peine perceptible, et il détendit son étreinte. Puis, enfin, il bougea sa main pour serrer la mienne et la tenir fermement.

À mesure que nous avancions, la nuit étendit son immensité implacable autour de nous. Le vent souf-flait dans les arbres, trop tranquilles, trop conscients. Le bruit des sabots de nos chevaux était étouffé par la terre humide, et le poids du silence m'oppressait.

J'avançais aux côtés d'Idris, mon regard alternant entre le visage immobile de Nyrah et la ligne rigide des épaules de mon compagnon. Ma sœur n'avait pas bougé, pas une seule fois. Ce devait être dû à la fatigue, elle avait besoin de repos, son corps reprenait simplement des forces. Mais cette idée me hantait.

Kian effleura mon poignet du bout des doigts, un geste tout en légèreté, peut-être pour me réconforter, ou peut-être simplement pour se rappeler que j'étais toujours là. Xavier chevauchait quelques mètres devant nous, mais il tourna un peu la tête pour croiser mon regard. Sans dire un mot, il se contenta de m'observer.

Toujours vigilant.

Toujours sur le qui-vive.

Mon attention fut attirée par la petite expiration de Kian, qui semblait détendu sur sa selle, même si ses doigts étaient crispés sur ses rênes.

— Après tout ça, on s'attendrait au moins à un éclair dans le ciel ou un truc du genre, marmonna-t-il. Tu sais, une sorte d'intervention divine ou une petite voix du destin qui nous dirait : Félicitations, vous avez survécu. Tenez, voici une récompense.

Si nous n'avions pas été en train de fuir pour sauver notre peau, j'aurais peut-être ri.

— Désolé de te décevoir, mais le destin ne récompense pas les survivants avec des richesses et de l'or. D'après mon expérience, en triomphant, on ne fait que s'attirer plus de problèmes.

— Concentrez-vous, les interrompit Xavier d'une voix grave et posée, dans laquelle je perçus toutefois une pointe d'agacement.

Il n'appréciait pas plus que moi ce silence. Son regard balayait l'obscurité qui nous entourait, et il serrait toujours fort la garde de son épée, alors même qu'il chevauchait.

— Il y a toujours quelque chose qui cloche.

En tête, Talek émit un son étouffé, la tête penchée comme s'il écoutait quelque chose que nos oreilles ne pouvaient capter.

— Nous ne sommes pas seuls, murmura-t-il. Je ne sais pas si cette chose nous observe ou patiente, mais elle nous suit.

Je sentis une vague d'inquiétude m'envahir.

— Tu sais ce que c'est ?

— Pas encore, dit Talek en secouant la tête, les dents serrées. Et ces esprits, peu importe leur nature, ne sont pas très coopératifs.

Ce n'était pas très rassurant.

— Alors, allons plus vite, grogna Xavier, les mains tremblantes, comme s'il résistait à l'envie de dégainer son épée.

Personne ne protesta.

Les chevaux s'agitèrent nerveusement quand nous

prîmes de la vitesse, leurs sabots martelant le sol humide avec plus de force. Les yeux rivés sur Nyrah, je serrai les genoux et ajustai ma prise sur les rênes, tout en observant la façon dont le corps de ma sœur se soulevait à peine à chaque inspiration.

Elle était encore trop pâle. Trop immobile.

La magie d'Idris la protégeait de son enveloppe, trop fine pour la maintenir dans son sommeil, juste... là. Protectrice. Vigilante. On aurait dit que le corps de Nyrah n'avait pas encore réalisé que la bataille était terminée.

— Idris, dis-je après avoir ravalé ma salive.

Il ne réagit pas immédiatement, son regard étant fixé droit devant lui, mais je remarquai la tension dans les traits de son visage, une expression fugace et indéchiffrable.

— Je ne la lâcherai pas, dit-il doucement. Je t'ai dit que je la protégerais et je...

— Je sais, soupirai-je en me rapprochant juste assez pour que mon genou frôle le sien. Mais tu peux souffler maintenant.

Sans rien dire, il serra un peu plus fort le flanc de Nyrah.

Le voyage dans l'obscurité fut silencieux, à l'exception du cliquetis des sabots et du bruissement sourd du vent dans les arbres.

Alors que je chevauchais près d'Idris, mon genou effleurait le sien et mes doigts caressaient le bras de Nyrah, qui, toujours chaude, continuait de respirer. Mais son corps était trop immobile, ses respirations trop superficielles.

Quelque chose clochait.

— Bon, soupira Kian, rompant le silence. Je connais une auberge dans les environs.

— Elle est toujours sur pied ? demanda Xavier.

— Probablement.

— Elle est facile à défendre ?

Kian sembla hésiter.

— Elle a des murs et une réputation qui dit clairement « Pas de questions, pas de réponses ». La clientèle n'est pas des plus recommandables, mais c'est mieux que de passer la nuit dans cette maudite forêt. Je ne sais pas vous, mais moi, je redoute les engelures.

— C'est l'auberge où tous tes vêtements ont été volés dans les bains publics et où tu as dû rentrer en volant, mort de honte ? souffla vivement Xavier en secouant la tête. Dis-moi en quoi c'est mieux que la forêt...

— Je ne suis pas convaincu, dit Idris d'une voix plate et froide. Il nous faut plus que des murs et une illusion de sécurité.

Je reconnaissais à peine la tonalité de sa voix, désormais implacable et sans appel.

— Où alors ? murmura Talek en jetant un coup d'œil derrière lui. On ne peut pas continuer à avancer indéfiniment.

Après un moment de silence, Idris reprit d'une voix calme, mais catégorique.

— Il y a un domaine pas très loin. Celui de mon grand-père... enfin, le mien maintenant. On peut aller là-bas.

Alors que les arbres se raréfiaient et que les imposantes portes en fer forgé du domaine se profilaient devant nous, une douce lueur provenant de runes protectrices se mit à scintiller dans l'air.

Quelque chose détala entre les arbres, hors de portée des illusions de Kian.

Ce n'était que le vent. Un reflet. Juste...

Le regard fixé droit devant moi, je ravalai péniblement ma salive. *Ne te retourne pas. Ne t'expose pas à sa vue.*

Les portes grincèrent en s'ouvrant sur un ordre silencieux d'Idris, et le domaine nous accueillit. En ce lieu, le silence était différent, pas creux, mais expectant. Au moment où nous pénétrâmes dans l'enceinte, une magie ancestrale grésilla contre ma peau. En suspens.

Le changement fut instantané.

L'air s'adoucit. Le poids de la poursuite, du Royaume des Rêves, du sanctuaire, tout s'atténua sous les multiples protections du domaine.

Mais nous n'étions pas seuls.

Une silhouette se tenait au pied d'imposantes portes d'entrée, les mains jointes devant elle, son regard perçant nous examinant avec la précision d'un chirurgien.

Petite. Si petite. Elle m'arrivait à peine aux épaules, ses cheveux blancs étaient ramenés en un chignon soigné, et sa robe marron et dorée était sans un pli malgré l'heure tardive. Devant le spectacle pitoyable que lui offrait notre groupe couvert de sang, elle afficha son mécontentement en crispant son visage ridé.

— Ça fait des heures que je vous attends, soupira-t-elle.

— Bon sang, Briar, gloussa Kian d'une voix fatiguée. Content de te voir aussi.

— Je pourrais te dire la même chose, mais tu sens le chien mouillé et les décisions stupides, répondit la lutine en haussant un sourcil d'un air dédaigneux.

— Droit au cœur, hein ? rétorqua Kian en s'agrippant la poitrine.

— Il faudrait que je vise beaucoup plus bas pour toucher un organe vital.

— Bon sang, elle m'a manqué ! fit Xavier d'un ton approbateur.

Idris, qui n'avait toujours pas lâché Nyrah, expira lentement.

— Briar.

Les yeux perçants de la lutine se posèrent sur lui pour l'examiner de la tête aux pieds. Elle remarqua sa mâchoire crispée, le voile doré qui ondulait toujours autour de Nyrah, l'épuisement visible sur la moindre parcelle de son corps.

— Espèce d'imbécile, marmonna-t-elle avec une expression attendrie.

Serrant visiblement les dents, Idris ne répondit pas.

— À l'intérieur, soupira Briar. Tous. Les bains sont prêts, les chambres sont chauffées et le repas vous attend. Vous avez l'air à bout de forces, et vous êtes quasiment en train de vous vider de votre sang sur le pas de ma porte.

— Tu étais au courant de notre venue ? demandai-je en clignant des yeux.

Les lèvres de Briar tressaillirent comme si elle luttait pour réprimer un sourire.

— Je n'avais pas besoin de le savoir. J'avais juste

besoin de faire quelques préparatifs. Et ne vous inquiétez pas, mon fils s'occupe du château en mon absence.

Je sentis ma gorge se serrer. Mon Dieu, elle m'avait manqué.

Kian passa un bras autour des épaules de Talek, le sourire aux lèvres malgré la saleté qui recouvrait son visage.

— Tu vois ? C'est pour ça que je l'aime. Elle devine tout.

— Si vous m'aimiez vraiment, vous ne saliriez pas le pas de ma porte avec de la boue, dit Briar en gloussant. Enlevez ces bottes ensanglantées avant que je trouve une cravache.

Quand je voulus descendre de selle, je découvris que Xavier était déjà là, une main posée sur ma taille pour m'aider. Kian était juste derrière lui, effleurant mon bras, comme s'il hésitait entre le besoin de m'aider et celui de me toucher.

— Ça va ? demanda Xavier d'une voix si basse que je fus sans doute la seule à l'entendre.

J'acquiesçai, malgré mes jambes qui tremblaient. Toutefois, Kian ne sembla pas convaincu. Son regard passa de moi à Nyrah alors que sa magie tourbillonnait doucement au bout de ses doigts.

— Ça va, murmurai-je en serrant rapidement son

poignet d'une manière rassurante avant d'avancer vers Idris.

— Ta sœur est toujours inconsciente ? souffla bruyamment Briar en tournant les yeux vers Nyrah.

— Elle ne s'est pas réveillée, chuchotai-je. Pas depuis le sanctuaire.

Une expression indéchiffrable passa sur le visage de Briar. Ce n'était pas de la surprise, pas exactement, mais quelque chose de plus profond. Les lèvres pincées, elle s'approcha. Le regard perçant avec lequel elle contemplait Nyrah s'adoucit légèrement lorsqu'elle posa deux doigts sur le poignet de ma sœur pour prendre son pouls. Une émotion fugace passa sur son visage, une expression qui me noua l'estomac. Mais elle ne dit rien. Pour l'instant.

— Alors, emmenons-la à l'intérieur.

Les imposantes portes doubles s'ouvrirent après un simple geste de sa main. Je sentis une vague de soulagement, libérant la tension qui me tenaillait. L'odeur agréable et apaisante de la lavande et du bois poli enveloppa mes sens. Plus qu'une simple atmosphère chaleureuse, il y avait là quelque chose qui procurait un sentiment de sécurité, que je pouvais sentir dans chaque couloir éclairé par la lueur des bougies et dans chaque rune scintillante qui ornait les murs.

Je me sentais en sécurité.

Je poussai un soupir de soulagement.

Nous étions en sécurité.

Du moins, pour l'instant.

CHAPITRE 16

VALE

Brusquement, la chaleur m'enveloppa et pénétra dans mon corps gelé, caressant les vestiges de ma magie. Cela faisait des jours que je courais, et j'avais l'impression que ma course s'était arrêtée net.

L'espace d'un instant, je restai immobile et clignai des yeux, éblouie par la lueur dorée des bougies, enivrée par l'odeur du bois poli, des vieux livres et par un parfum plus complexe. Quelque chose qui semblait imprégner les murs de la demeure.

Une magie ancestrale, familière, pleine d'espoir.

Je fus parcourue de frissons, car elle connaissait Idris.

Elle savait qu'il était rentré chez lui.

Idris se tenait juste devant moi, portant toujours Nyrah dans ses bras. Ses yeux dorés balayèrent le vaste hall d'entrée, où un immense lustre en cristal sculpté était suspendu au plafond voûté, sa lumière enchantée se reflétant sur les murs de pierre. Des piliers de marbre sombre, sillonnés de nervures dorées, conduisaient au double escalier en colimaçon qui menait aux étages supérieurs.

C'était une demeure bâtie pour un roi. Et pourtant, malgré sa taille imposante, il n'y faisait pas froid.

Pas comme dans les quartiers inaccessibles de la Guilde. Pas comme dans la salle du trône. Cet endroit était un foyer.

Tout en ricanant, Briar passa devant nous avec la démarche décidée et autoritaire de quelqu'un qui règne sur les lieux depuis plus longtemps que le propriétaire.

— Ne t'inquiètes pas, on s'occupera de vos chevaux, affirma-t-elle en se tournant vers Idris. Tes appartements sont tels que tu les as laissés.

— Quand il était enfant ? demanda lentement Kian.

— Tu veux dire quand son père avait encore l'idée de l'enfermer avec son frère dans l'aile est ? rétorqua Briar en lui jetant un regard foudroyant. *Non.* Ses véritables appartements. Ceux que son grand-père avait préparés pour lui.

Elle pivota vivement sur ses talons pour nous entraîner plus loin dans les couloirs.

— Mais d'abord, par ici.

Elle n'avait pas besoin de le préciser, Nyrah était la priorité.

Je remarquai à peine que j'avançai avant de franchir les imposantes portes voûtées donnant sur un couloir orné de tapisseries sur lesquelles figuraient des dragons et des blasons brodés d'or. Tout ici était hautement protégé, je pouvais sentir les enchantements bourdonner discrètement sous la surface, où ils s'étaient accumulés au fil des générations afin de protéger et préserver les lieux.

Xavier observait en plissant les yeux toutes les portes que nous traversions, son corps toujours tendu malgré la sûreté du domaine. Il serrait et desserrait les poings par intermittence, comme pour résister à l'envie de dégainer son épée. Manifestement, il n'était pas encore en confiance.

Tout comme moi.

Pas tant que Nyrah ne serait pas en sécurité.

Briar nous fit passer une porte richement décorée, puis poussa de lourdes portes doubles qui menaient à une pièce éclairée par la lueur des flammes.

Aussitôt que j'aperçus le lit à baldaquin, les épaisses couvertures doublées de fourrure, le foyer soigneusement entretenu, mes jambes faillirent se dérober sous moi.

La chambre avait déjà été préparée.

Des draps somptueux. De l'eau fraîche attendant sur la table de chevet. Une bassine encore fumante. Tout était prêt pour notre arrivée.

Elle savait, depuis le début.

Idris sembla hésiter un instant avant de déposer délicatement Nyrah sur le lit, mais il ne la lâcha pas tout de suite.

Incapable de m'en empêcher, je m'avançai pour la toucher, mais Briar me tapa la main.

— Qu'est-ce que... commençai-je en clignant des yeux de surprise.

— Tu sens mauvais, dit Briar d'un ton plat. Vetra est une bonne jument, mais tu portes trop son odeur pour une reine.

Kian étouffa un rire.

— Je retire ce que j'ai dit. Tu m'as *trop* manqué.

Ayant déjà posé deux doigts sur le poignet de Nyrah, Briar l'ignora et scruta le visage trop pâle de ma sœur, dont la poitrine se soulevait à peine.

— Qu'y a-t-il ? demandai-je.

Soufflant par le nez, Briar ne me regarda pas tout

de suite. Du bout de son pouce, elle effleura une fois, puis une deuxième fois le pouls de Nyrah.

— Elle est stable, dit-elle avant de s'interrompre. Pour l'instant.

Pour l'instant.

Un nœud se forma dans ma poitrine, mais sans me laisser le temps de lui demander plus d'explications, Briar inclina la tête vers la porte.

— Maintenant, sortez. Tous.

— Quoi ? fis-je, stupéfaite.

Les lèvres de Briar tressaillirent comme si elle réprimait un sourire.

— Vous salissez mes couloirs. Vous croyez que je vais vous laisser mettre vos bottes ensanglantées sur mes tapis ? Je préférerais encore laisser un wyvern se percher dans la salle à manger.

— Une salle à manger... Intéressant, dit Xavier, les bras croisés.

— Vous ne la verrez pas tant que vous n'aurez pas nettoyé toute cette saleté, répondit Briar, sans un regard pour lui.

— Tu as entendu la dame, dit Kian en donnant un coup de coude à Xavier. On se lave d'abord, on se régale ensuite.

Alors que j'hésitais, je serrai les poings et sentis mon pouls s'emballer. Mon instinct me poussait à rester là, à monter la garde et à la protéger. J'avais passé des semaines à vivre l'enfer pour la retrouver. Et à présent, j'étais censé m'en aller ?

Briar dut comprendre, car elle soupira.

— Je resterai avec elle, dit-elle simplement. Tu sais bien que je préférerais mastiquer du verre plutôt que de laisser quoi que ce soit lui nuire. Je vais la laver et voir ce que je peux faire pour la soulager.

Cela... aida.

Un peu.

— Talek ? continua-t-elle en tournant son regard vers l'Élémentaire, comme si elle pouvait voir à travers ses vêtements toutes les plaies et tous les membres éreintés et brisés de son corps. Votre chambre se trouve deux portes plus loin, à gauche. Utilisez le baume de guérison qui se trouve à côté de la baignoire. Je préfère ne pas devoir ramasser votre cadavre flétri sur mes draps propres.

Puis Briar se tourna vers Idris pour lui faire signe, d'un geste du poignet, de se diriger vers la porte.

— Tu connais le chemin. Maintenant, *ouste !*

Idris ne bougea pas. Le lien palpitait entre nous, imprégné de la magie persistante et de la guerre qui faisait discrètement rage en lui. Son regard doré se porta de nouveau sur Nyrah et ses mains demeurèrent immobiles, comme s'il n'était pas convaincu d'avoir le droit de s'éloigner. Comme s'il rompait une promesse tacite en s'éloignant.

Sans réfléchir, je saisis la main d'Idris et joignis mes doigts aux siens.

— *Tu peux arrêter*, murmurai-je à travers le lien. *Tu as tenu toutes tes promesses. Il est temps de souffler, mon amour.*

Il finit par expirer en se tournant vers moi, avant de nous faire sortir dans le couloir éclairé par les bougies.

Sous sa forte emprise, je le suivis.

À l'intérieur du domaine, le silence était pesant. Ce n'était pas le silence anormal d'un champ de bataille après que le dernier survivant soit tombé. Ce n'était pas le silence sinistre du Royaume des Rêves qui attendait de se dévoiler. C'était différent en ce lieu imprégné de magie, de souvenirs et d'espoir.

Et le domaine écoutait.

Je le sentis à la façon dont les lustres scintillaient au fur et à mesure qu'Idris parcourait les couloirs, aux vibrations d'une impression d'immensité sous ma peau, au poids des protections qui m'enserraient les côtes. Comme si le domaine reconnaissait la présence d'Idris.

Comme s'il savait que son roi était enfin rentré chez lui.

Mais je le remarquai à peine.

La chaleur inonda mon être d'un seul coup, et j'en eus presque le souffle coupé. L'odeur du bois poli et de la lavande flottait dans l'air, mais derrière se cachait une infime trace de sel, d'acier et de chair.

D'un pas lent, le corps lourd et épuisé, je suivis Idris sous une arche dorée. J'aurais dû être soulagée et me défaire de la tension qui me tenaillait et de la combattivité profondément ancrée.

Mais je ne pouvais pas.

Pas encore.

Pas tant que Nyrah était inerte. Pas tant que je n'aurais pas senti la chaleur de mes compagnons, leurs corps fermes et réels pressés contre le mien.

La pièce était immense, taillée dans la pierre chaude et le marbre strié de veines noires, avec un haut plafond voûté s'élevant au-dessus de nous comme dans une cathédrale. Une douzaine de lanternes brillaient le long des murs, leur lumière dorée se reflétant sur la surface lisse de l'eau.

Le bain lui-même, dont les bords étaient ornés de sigles complexes et de motifs de dragons, s'étendait sur presque toute la longueur de la pièce. Ses gravures dorées luisaient doucement sous la vapeur. Ce n'était pas seulement un bain, c'était un sanctuaire. Un lieu destiné aux rois et aux reines, descendants des souverains du passé.

Un feu crépitait dans l'âtre sur la gauche et projetait de grandes ombres sur la pierre. Une table basse et finement décorée trônait à proximité, approvisionnée en serviettes luxueuses et en délicates fioles de cristal contenant des huiles et des baumes parfumés.

L'eau, dont la chaleur s'élevait doucement, brillait faiblement. Elle était enchantée pour rester parfaitement tiède. À son niveau le plus profond, elle m'arrivait à la taille, mais des rebords moins profonds étaient aménagés sur les côtés, des endroits où s'allonger et se prélasser. Où se reposer.

Un bassin plus petit, où l'eau était plus fraîche, se trouvait sur le côté. Avec sa paroi tapissée de fines runes argentées, il servait à se rincer. Encore un rappel qu'il s'agissait de termes royaux, destinés aux rois et aux reines, et non à des guerriers empestant le sang et la fatigue.

Pourtant, en dépit de sa grandeur et de sa taille, l'espace semblait intime. Les lanternes se consumaient doucement, l'âtre diffusait une douce lumière aux tons dorés et ambrés, et les murs nous conféraient un sentiment de sécurité, comme si cet espace n'appartenait qu'à nous.

Debout dans la vaste salle de bain, j'aurais dû me sentir soulagée. J'aurais dû sentir la tension me quitter à mesure que je m'enfonçais dans l'eau fumante.

Mais mon corps refusait de se détendre.

Je me tenais au bord du bassin, pieds nus sur le marbre tiédi par la chaleur persistante de l'eau. Une épaisse vapeur parfumée, aux notes de lavande, de bergamote, et d'un arôme complexe et rassurant, flottait dans l'air.

J'y fis à peine attention.

Parce qu'Idris se tenait en silence juste à côté de moi. Il me fixait de ses yeux dorés, comme s'il pouvait voir le conflit intérieur qui m'assaillait.

Parce que Kian et Xavier étaient déjà dans l'eau, leurs corps luisants de sueur. Ils attendaient et m'observaient de leurs regards perçants.

Ils attendaient que je lâche prise.

Ils attendaient que je souffle.

Les longs cheveux blancs de Xavier étaient humides, légèrement frisés. Il les repoussa de son visage, ses larges épaules tendues, dans une position d'attente. Il n'avait jamais cessé de m'observer et de lire en moi, mais à présent, ce regard pénétrant et évaluateur était empreint de tendresse.

Kian se déplaçait dans l'eau, ses yeux ambrés scintillaient, la cicatrice le long de sa mâchoire captant la lumière des bougies. Sa peau bronzée étincelait, débarrassée des résidus de la bataille, du sang et de l'épuisement.

Ils auraient dû avoir l'air épuisés, mais ils avaient plutôt l'air affamés. Pas affamés de sexe, pas encore.

Mais de moi.

Pressés d'engloutir l'espace qui nous séparait.

Pressé de voir les derniers filaments de la bataille s'effilocher.

Idris fit courir ses doigts sur mon dos, une caresse lente et délicate, un geste mesuré.

— Tu trembles, murmura-t-il.

Je n'avais pas remarqué. Le combat, le sang, le poids de toutes les épreuves que nous venions de traverser, tout cela était encore enfoui en moi. Je me retournai lentement alors qu'Idris détachait mon corset constitué d'écailles de dragon avant même que je ne tente de le faire moi-même. Ses mouvements n'étaient ni pressés ni hâtifs. Juste calmes et appliqués.

Morceau par morceau, il m'enleva toute mon armure, sans que Kian ou Xavier me quittent des yeux.

Dès que ma tunique toucha le sol, Kian m'attrapa. Rien d'étonnant. Démuni de son habituel sourire en coin, il effleura mon poignet de ses doigts.

— Tu viens, Vale ? murmura-t-il d'une voix grave, plus rude qu'à l'accoutumée.

J'hésitai, menant toujours le même combat intérieur dans mon refus douloureux et obstiné de capituler. J'étais tenaillée par le besoin de continuer à avancer pour tout arranger.

Et ils ressentaient la même chose.

En pliant les doigts, Kian examina mon visage de ses yeux ambrés, qui lurent mon hésitation et mon refus catégorique de lâcher prise.

— Dis-moi que ce n'est pas ce que tu veux, chuchota-t-il. Dis-moi que tu n'as pas envie de nous.

— Elle ne le dira pas, murmura Xavier, sa voix semblable à une caresse.

— Parce qu'elle a tout le temps envie de nous, conclut Idris.

Le lien entre nous s'embrasa d'une lumière vive et éclatante, chargé d'un tel désir que mes genoux en tremblèrent. Mais je restai plantée là.

— D'accord, petite sorcière, souffla bruyamment Kian en secouant la tête.

Puis il m'enlaça.

D'une manière inflexible et inconditionnelle.

Avant que je puisse me mettre dedans, avant que

je puisse réfléchir, avant que je puisse trouver une autre excuse, Kian me souleva.

Je sursautai, mais me blottis instinctivement contre lui, tandis qu'il s'enfonçait dans l'eau et m'entraînait avec lui.

Je me laissai sombrer.

Je me laissai emporter.

Enfin.

CHAPITRE 17

VALE

L a chaleur.

Elle imprégna ma peau gelée et enveloppa mes muscles endoloris d'une douceur
soyeuse.

Je m'affaissai sans le vouloir.

Avec ses yeux d'un doré foncé, Idris me suivit et
s'assit sur un rebord peu profond tout en observant
Kian et Xavier me placer entre eux.

Je ne résistai pas lorsque Kian releva ma tête avec
ses doigts chauds.

— Laisse-nous prendre soin de toi.

Ce n'était pas une question.

Kian se plaça derrière moi et me cala contre son
torse avant de m'enlacer avec ses bras musclés et ruis-
selants pour me maintenir contre lui.

Xavier s'agenouilla devant moi et promena ses mains sur mes bras, une caresse réconfortante bien plus nécessaire que je ne l'aurais cru. De ses doigts calleux, il survola les ecchymoses et les nouvelles égratignures que je n'avais pas remarquées, les guérissant une à une à l'aide de son pouvoir.

Je sentais Idris me regarder depuis sa position. Je voulais qu'il se rapproche, ce qu'il fit, comme s'il avait lu dans mes pensées, venant s'agenouiller à mes côtés.

Après quoi Xavier prit un petit flacon d'huile sur le bord du bassin et versa dans l'eau quelques gouttes scintillantes, dont le parfum mêlé d'ambre et de myrrhe vint embaumer la pièce. Kian aspergea mes épaules d'eau chaude, ainsi que mes bras, mes côtes et mes cuisses.

Puis Xavier prit un gant de toilette et me frotta la peau, massant mes paumes, mes poignets, chaque centimètre carré de mon corps. Tandis qu'il me lavait, je me tortillais et me débattais, même si je ne voulais pas qu'il s'arrête. Jamais.

Idris finit par m'arracher des bras de Kian et me retourner, dos à lui. À l'aide de ses doigts à la force incroyable, il s'attaqua à mes cheveux emmêlés et débarrassa mes mèches de la fatigue et du désespoir des derniers jours.

Chacun de ses gestes était lent, volontaire, révérencieux.

— Détends-toi, petite reine, susurra Kian à mon oreille en déposant un baiser appuyé dans le haut de mon cou.

J'essayai. Bon sang, j'essayai !

Mais plus ils me touchaient, me lavaient et me vénéraient, plus mon cœur s'emballait.

Xavier fit descendre ses mains plus bas, caressant mon ventre de manière taquine, sans toutefois toucher l'endroit où j'avais besoin de le sentir.

— Laisse-nous faire ça pour toi, dit Idris d'une voix douce à mon oreille, avant d'effleurer ma tempe de ses lèvres.

La chaleur de leurs mains, l'odeur des huiles, la langueur d'être étreinte et touchée sans être pleinement possédée... Toutes ces sensations se mêlaient en moi, créant une douce et délicieuse torture.

Involontairement, je me mis à me déhancher, en quête d'autre chose.

— On ne fait que commencer, ajouta Idris, dont les lèvres survolèrent ma gorge.

Des filaments dorés de magie s'enroulèrent autour de mes poignets, de mes cuisses, de ma taille, une forme de question plus que d'ordre. En outre, sa voix était douce à mon oreille, mais la promesse qu'elle contenait ne l'était pas.

— Tu es en sécurité, murmura-t-il en effleurant lentement ma tempe de ses lèvres. Tu nous appartiens.

Le corps tremblant, j'avalai ma salive alors que ma résistance se fissurait, juste assez pour qu'Idris le remarque. Sa magie s'intensifia, pas pour m'emprisonner ni me forcer, mais pour me rappeler sa présence. J'inspirai brusquement et me cambrai contre lui, malgré la lutte intérieure qui faisait encore rage en moi.

Les doigts taquins de Xavier dérivèrent alors plus bas, un simple effleurement sur ma peau.

De son côté, Kian posa ses lèvres sur ma clavicule et érafla ma chair sensible de ses crocs, provoquant une vague de chaleur qui me parcourut tout le corps.

Après quoi Xavier m'embrassa, un baiser lent et dévastateur qui balaya les derniers fragments de ma volonté.

— Laisse-nous prendre soin de toi, murmura Idris contre mon oreille, en effleurant ma peau de ses dents. Tu n'as pas besoin de réfléchir, mon amour. Contente-toi de ressentir.

Prise de frissons... je me laissai aller.

— Oui, gémis-je.

Au moment où le mot sortit de ma bouche, la magie d'Idris se déchaîna. Pas seulement autour de moi, mais en moi. Des filaments dorés de frustration et de plaisir pénétrèrent ma peau et mes os à travers le lien qui nous unissait, tandis que Kian me caressait le ventre, descendant lentement plus bas, encore et encore, pour me faire languir, mais refusant de me donner ce dont j'avais besoin... pour le moment.

Lorsque Xavier m'embrassa à nouveau, plus brutalement cette fois, il s'empara de ma bouche, m'entraînant davantage dans leurs profondeurs. Puis le lien explosa et s'ouvrit complètement en détruisant toutes les barrières et tous les murs érigés.

Des vagues de plaisir déferlèrent simultanément en moi : la faim bestiale de Kian, la retenue déchirante de Xavier et le désir d'Idris de me consumer entièrement.

Je ressentais tout. Toutes leurs émotions.

Lorsqu'Idris gémit, sa magie se raffermit, formant d'épaisses lianes aussi légères qu'un souffle visant à me maintenir à l'endroit même où il souhaitait que je sois.

Xavier fit descendre sa main plus bas pour venir effleurer mon clitoris endolori et impatient. Ce ne fut qu'une brève stimulation, juste assez pour que mes hanches se soulèvent à l'encontre de la magie qui me maintenait immobile.

Les lèvres de Kian trouvèrent ensuite mon sein, dont il vint titiller la pointe avec sa langue avant de la mordiller avec ses crocs. Je tentai de me cambrer, mais je ne pouvais pas bouger.

J'étais prisonnière, captive, retenue, possédée.

Et j'adorais cela.

— Tu es à nous, me rappela Idris, dont la magie se resserra autour de mes poignets et de mes cuisses, une caresse où se mêlaient soie et acier. Dis-le.

Ravalant ma salive, je sentis la chaleur dans mon ventre s'intensifier et se refermer sur moi, ce qui me poussa à lâcher un souffle tremblant.

— Elle ne peut pas, répondit Kian d'une voix malicieuse, en éraflant ma peau de ses dents. Pas encore. Elle nous résiste encore.

Le soupir de Xavier me chatouilla la gorge alors qu'il exerçait avec ses doigts une légère pression sur mon clitoris.

— Alors, amenons-la à nous supplier, grommela-t-il en bougeant ses doigts de manière lente et délibérée tout en faisant pression pour me torturer. On va te réduire en miettes, Vale. À maintes reprises.

Ces mots me firent frémir.

Le souffle d'Idris effleura ma nuque, puis se déplaça lentement. Lorsque ses lèvres frôlèrent mon pouls, sa magie m'enserra plus étroitement.

— Accepte, ma petite téméraire, dit-il en éraflant ma gorge avec ses crocs, une caresse qui fut source de frissons. Laisse-nous t'adorer.

Ma tête retomba contre son épaule, et j'entrouvris les lèvres pour haleter, pour supplier, pour capituler, avant de céder.

— *Oui, s'il vous plaît. Je ferai tout ce que vous voulez. Je vous en prie...*

Aussitôt, Xavier me récompensa en me remplissant de ses doigts, juste comme il fallait, suffisamment pour que je me cambre contre Idris.

— Putain, tu es parfaite quand tu nous supplies, gémit Kian.

Idris fit remonter sa main jusqu'à mon menton qu'il attrapa pour m'obliger à regarder ses yeux dorés brûlants.

— *Libère-moi*, suppliai-je, sans savoir si je le disais à haute voix ou dans leurs têtes. *Je veux vous toucher. Je veux vous sentir.*

Sur ce, mes liens se dissipèrent, me libérant de leur emprise, et je cherchai à les atteindre. Pas seulement avec mes mains, mais aussi avec ma magie. À la seconde où elle toucha leurs corps, ils gémirent à l'unisson, et leur plaisir me submergea à travers le lien, si intense qu'il me coupa le souffle.

Idris m'avait autrefois plongée dans un état second avec sa magie. À présent, c'était mon tour.

Sous mes paumes, je sentis la chair brûlante d'Idris alors que je me retournais sur ses genoux pour le chevaucher, animée d'un désir aveugle et obsessif. Je frottai mon sexe endolori contre son énorme érection, que je désirais tant en moi. J'en avais besoin. Soudain, Idris m'agrippa les cheveux et captura ma bouche avec la sienne. Je n'étais plus entravée, mais il continuait de contrôler chacun de mes mouvements, chacun de mes baisers, chacune de mes caresses.

Oui, j'étais à leur merci, mais ils étaient aussi à la mienne.

Mon pouvoir se dispersa sur leurs corps, les touchant et ressentant chaque recoin de leurs êtres. Dans mon dos, la chaleur de Kian et Xavier s'intensifia à mesure qu'ils se rapprochaient pour m'emprisonner dans une délicieuse étreinte. Kian attira ma bouche vers la sienne et me vola un baiser, sous l'effet duquel je me cambrai, ce qui fit pression sur mon clitoris douloureusement gonflé.

Kian desserra son étreinte lorsque Xavier me vola à lui, mais ses doigts trouvèrent mes fesses, appuyant contre l'anneau plissé de muscles tandis que je me frottais contre la verge d'Idris. Le duo de sensations me fit haleter contre la bouche de Xavier, mon désir si intense que ma peau me tiraillait.

Puis Idris me hissa dans ses bras et me déposa sur le rebord du bassin.

— Bon sang, tu me rends fou. Je ne peux plus attendre. Je dois te goûter, dit Idris en passant ses mains derrière mes cuisses et écartant mes genoux avant de plonger sa bouche entre mes jambes.

Un grognement guttural s'échappa de sa gorge et sa vibration me fit suffoquer. Sa langue chaude fouetta mon clitoris et ses griffes mordirent la chair tendre de mes cuisses. Je me cambrai sous ses assauts, mes mains cherchant désespérément quelque chose… n'importe quoi pour me retenir.

Kian et Xavier ne se dérobèrent pas. Un instant, j'étais livrée à moi-même, et l'instant d'après, les lèvres de Kian étaient sur les miennes tandis que Xavier déposait des baisers voraces sur le haut de mes cuisses, sur mon ventre et sur mes seins.

Et pendant tout ce temps, Idris poursuivait ses assauts. Il me comblait de ses doigts, m'emportait toujours plus haut, malgré mes supplications mentales pour qu'il me libère.

— Putain, petite sorcière. Tu as si bon goût, gémit Idris dans mon oreille.

Cela attisa mon désir, alors que je sentais les tentacules de sa magie courir sur ma peau.

Je fus incapable de répondre par autre chose qu'un gémissement. Glissant ensuite mes mains dans les cheveux de Xavier, je l'attirai vers ma bouche, avide de sa chaleur. Kian descendit plus bas, ses baisers passionnés me rendaient folle, et il agrippa ma cuisse afin d'écarter mes jambes bien grand pour permettre à Idris de se régaler. Ce qu'il fit sans aucun doute.

Mon orgasme monta en moi, menaçant de m'emporter. Et Dieux que je voulais le laisser me noyer ! Toutes mes inquiétudes, toutes mes peurs, tout s'envola jusqu'à ce qu'il ne reste plus que leurs caresses, leurs bouches et leurs mains sur mon corps.

— Jouis pour nous, *oroum di vita*, grogna Kian contre ma peau, en effleurant ma hanche avec ses crocs. Laisse-nous sentir ton plaisir.

Cependant, Idris ne me le permit pas. Pas encore. Les liens dorés, irradiant de chaleur, s'enroulèrent autour de mes hanches et me maintinrent immobile. Je titubais au bord du précipice, sans pouvoir basculer. Je gémis et l'implorai en me débattant contre son étreinte.

Avec un sourire malicieux, Xavier me pinça le téton, une morsure envoûtante dont j'avais tant envie.

— Tu peux en supporter davantage.

Je ne pensais pas en être capable, sauf s'ils m'y obligeaient. Idris me dévorait en me léchant, en me suçant, en me comblant tellement que je pensais possible de mourir de plaisir. En même temps, Kian me mordillait la peau tandis que Xavier m'embrassait à m'en faire perdre la raison. Ce n'est qu'après m'avoir entendu le supplier qu'Idris me libéra enfin.

— *Jouis, mon amour*, grogna Idris, dont la voix résonna dans mon esprit telle une injonction divine.

Comme si mon corps attendait cet ordre, mon orgasme explosa et m'entraîna dans les profondeurs alors que mon dos se cambrait sur le carrelage. Sous l'effet de mon cri silencieux, je m'étranglai tandis que des vagues successives s'abattaient sur moi. La langue d'Idris ne me quitta pas, elle continua à fouetter mon clitoris jusqu'à ce que chaque coup me donne l'impression d'être foudroyée.

Puis il retira sa langue, la remplaçant par la chaleur de son sexe qui vint se positionner contre ma fente. Mon intimité me faisait mal même si je venais de jouir, car un désir irrationnel grandissait en moi, au point de me donner le sentiment que j'allais exploser.

— *S'il vous plaît*, haletai-je, tremblant de tout mon corps.

J'avais besoin de les sentir en moi, de les sentir me remplir, de me sentir à nouveau entière.

— *S'il vous plaît.*

À ma supplique, Idris me pénétra d'un long coup, ses griffes s'enfoncèrent dans mes hanches, m'infligeant une douleur exquise.

Je me moquais bien de saigner ou que le monde s'écroule autour de nous. Idris me remplissait entièrement, étirant mes parois au maximum. Les yeux fermés, je laissai le plaisir circuler dans mon corps.

Mais j'en voulais encore plus.

Mes mains gourmandes cherchèrent Kian et Xavier. Je voulais qu'ils ressentent la même chose que moi, je voulais qu'ils soient aussi ivres et impatients que moi. Je refermai mes doigts sur le sexe de Xavier, sa peau lubrifiée glissant entre mes doigts tandis qu'il gémissait dans ma bouche.

Son baiser devint punitif, et Kian me serra fort la gorge, pas pour m'étrangler, juste pour s'ancrer. Pour me revendiquer. Mon pouls palpitait contre ses doigts, un martèlement régulier de capitulation. Je haletai, mon souffle avalé par Xavier, dont le baiser passa de cajoleur à dévorant, avec ses dents qui me mordillaient juste assez pour me rappeler qui m'embrassait.

Quand il écarta ses lèvres des miennes, je tirai sur sa queue, le suppliant doucement de remplir ma bouche. Kian guida mes lèvres vers la verge de son meilleur ami, battant la mesure, tandis que Xavier plongeait dans ma gorge.

— *Putain*, grogna Idris contre ma poitrine, effleurant mon téton de ses lèvres. Excitez-la encore plus, baisez-lui la bouche. Bon sang, elle se resserre tellement quand vous la prenez comme ça.

Afin d'obéir à son roi, Xavier m'agrippa les cheveux pendant qu'il me baisait la bouche. Mon sexe se contracta sous la menace d'une nouvelle vague de plaisir.

— Oh non, pas tout de suite, grommela Kian en me soulevant pour m'éloigner de Xavier. Tu ne jouiras pas avant que j'aie pu y goûter.

Une seconde plus tard, Kian remplissait ma bouche tandis que Xavier guidait ma main vers son membre lubrifié. Je refermai mes doigts autour de son sexe au moment où il s'élançait vers ma main, et je ne pus retenir un gémissement lorsque ses doigts rugueux entrèrent en contact avec mon clitoris, tandis qu'Idris continuait ses coups de reins punitifs.

J'adorais la façon dont ils réclamaient leur plaisir et le mien. J'adorais leur tendresse brutale à mon égard, comme s'ils savaient que je n'allais pas me casser en deux.

La pression monta encore et encore jusqu'à ce que je me retrouve au bord du précipice, prête à tomber. Prête à basculer. J'avais beau la désirer depuis long-temps, cette libération me prit par surprise, et je hurlai autour du sexe de Kian, qui me suivit dans ma chute, tandis que des jets de sperme chaud m'emplis-saient la gorge.

Puis Idris retira sa queue de mon intimité, qui se retrouva vide, me tirant un gémissement. En un instant, il me souleva du carrelage pour me prendre dans ses bras, et quelques secondes plus tard, mon dos se retrouva sur des draps soyeux. Là, Xavier se glissa entre mes cuisses, son corps imposant écartant mes jambes, et il plaça le bout de sa queue contre mon ouverture.

— Regarde-toi, murmura Xavier en effleurant mes plis humides avec ses pouces. Tu es complète-ment perdue. Et on ne t'a même pas encore donné tout ce qu'on avait à t'offrir.

À ces mots, il frotta son membre taquin contre mon entrée, sans aller plus loin, me laissant simple-ment sentir toute son érection.

— Tu la veux, n'est-ce pas, petite reine ? Tu veux être remplie au point de ne plus être capable de réfléchir ?

Tout en gémissant, je cambrai le dos et tendis les bras vers lui. Mais Xavier ne bougea pas. Pas encore. Il se contentait de me regarder me tortiller sous ses yeux.

— Tu nous prends si bien.

D'un mouvement lent et langoureux du bassin, il me pénétra.

— Laisse-moi te donner ce dont tu as besoin.

Puis il recouvrit mon corps, m'envahit, me remplit tellement que j'en oubliai à quoi ressemblait la sensation de vide. Un instant plus tard, il nous retourna pour m'installer sur ses genoux tandis qu'il me pénétrait, sa grande paume sur ma gorge.

— Regarde-moi quand je te prends, Vale, dit Xavier d'une voix plus rauque, plus sombre et pleine de promesses. Je veux te voir perdre le contrôle.

Ces abîmes d'un bleu éclatant m'appelaient. Impossible pour moi de détourner le regard... jusqu'au moment où je sentis la chaleur de Kian m'envelopper le dos. Je sentis ensuite un filet d'huile couler entre mes fesses, puis le sexe déjà dur de Kian effleura mon anneau contracté de muscles.

— Bon sang, regarde-toi, Vale, dit-il d'une voix

lourde de désir tandis qu'il enfonçait ses doigts lubri-fiés pour m'étirer et m'ouvrir. Tu prends si merveilleu-sement bien Xavier, et tu en demandes encore.

Penché au-dessus de moi, il me mordit l'épaule, y plantant ses crocs si profondément que je faillis jouir.

— Je parie que tu ne te rends même pas compte à quel point tu es magnifique ainsi, ajouta-t-il avant de me faire gémir avec une nouvelle pression lente et insoutenable de ses doigts. Tu t'ouvres à nous. À nous tous.

Haletante, je me déhanchai entre eux, en rede-mandant *toujours plus, plus, plus*.

— Patience, petite reine, gémit Kian. On va d'abord te réduire en miettes.

Puis ses doigts disparurent, remplacés par son sexe dur qui pénétra mon cul, me remplissant au point de me couper le souffle. Et quand je parvins enfin à respirer, le son qui sortit de ma bouche fut tout simplement délirant.

— C'est ça, ma petite téméraire, m'encouragea Idris d'une voix sensuelle.

En même temps, il me releva la tête pour que je le regarde dans les yeux.

— Regarde-moi pendant qu'il te prend. Laisse-moi voir à quel point tu aimes ça.

Le corps tremblant, je gémis, étirée par la grosseur

de Kian et remplie entièrement par la verge de Xavier.

— Tu es faite pour ça, n'est-ce pas ? dit Idris, dont le regard doré brûlait, tout en effleurant de son pouce mes lèvres gonflées par les baisers. Faite pour nous. Pour nous satisfaire. Pour nous laisser te ravager.

Sur ce, il pressa son sexe contre ma bouche, taquinant le contour de mes lèvres.

— Ouvre, petite reine. Je veux t'entendre gémir autour de ma queue pendant qu'ils te baisent jusqu'à t'en faire perdre la tête.

Je ne pouvais pas refuser, j'en avais tellement besoin. Et quand il enfouit sa queue dans ma bouche, le lien qui nous unissait tous sembla entrer en éruption, sa force irradiant hors de moi et m'ancrant à eux, à leur cœur, à leur esprit. J'étais si comblée, je leur appartenais entièrement. Mon corps était à leur merci, et ils le savaient, c'était ce qu'ils recherchaient.

Ils occupaient toutes mes pensées, chaque cellule de mon corps, chaque partie de mon être. J'avais perdu toute notion du temps et de l'espace, il n'y avait plus qu'eux, plus que ce moment, plus que le plaisir qu'ils me procuraient. J'avais l'impression de tomber et de me désagréger au contact de leurs corps, de leur chaleur pressée contre moi.

C'était à la fois trop et pas assez. Ça ne serait jamais assez.

— Prends-le, petite reine, dit Kian dans mon oreille d'une voix grave, en serrant plus fort ma nuque. Prends tout.

Le souffle aussi court que le mien, Xavier gémit et fit remonter ses mains jusqu'à ma gorge, qu'il serra afin de me faire sentir chaque centimètre de sa virilité enfouie en moi.

— Tu es tellement parfaite comme ça, Vale. Quand tu es remplie de nos sexes. Quand tu es mise en pièces.

Mon corps tremblait et ma peau se recouvrant de ma magie qui nous enveloppa d'une lumière dorée, avant qu'Idris, dont les yeux dorés transpercèrent mon âme, n'attrape mon visage.

— Laisse-toi aller, mon amour, dit-il, sa voix me servant de bouée pour ne pas sombrer. Ne te retiens plus. Laisse-nous te sentir tomber.

Mon corps obéit avant que mon esprit ne comprenne. Le plaisir me submergea et me pulvérisa en mille morceaux lumineux, me laissant à bout de souffle, tremblante, perdue en eux.

Le lien s'ouvrit, déversant lumière et sensations dans tout mon être. Je sentis le plaisir intense de Xavier, la faim brute de Kian, la profonde satisfaction d'Idris alors qu'ils m'entraînaient avec eux. Ils ne me quittèrent pas, ils me suivirent et se noyèrent avec moi, jusqu'à ce que nous ne soyons plus qu'un.

L'extase envahit chaque partie de mon corps, écorchant le lien, le remodelant, lui donnant une nouvelle forme.

Et grâce à lui, je ressentais tout. Non seulement la chaleur pure, le plaisir, mais aussi leurs émotions. Comme la fascination silencieuse et la profonde révérence muette de Kian, qui faisait courir ses doigts le long de ma colonne vertébrale.

Ou comme la dévotion farouche de Xavier, dont les bras se resserrèrent autour de moi d'une manière rassurante, même dans cette situation. Ou encore comme l'adoration possessive d'Idris, si vaste et absolue, qu'elle ne laissait aucune place au doute.

Il ne s'agissait pas seulement de magie. Il ne s'agissait pas seulement d'une revendication.

C'était un lien que nous ne pouvions pas rompre.

Un lien qui durerait pour l'éternité.

L'intense plaisir de Xavier envahit mes sens alors que mon sexe se contractait autour de lui, et son orgasme m'entraîna une nouvelle fois lorsqu'il perdit le contrôle et s'abandonna. Ensuite, le grognement rauque de Kian retentit lorsqu'il me revendiqua complètement, me faisant basculer à nouveau. Puis

Idris perdit son contrôle de fer, emplissant ma bouche de sa jouissance, et je ressentis chaque seconde de son plaisir. Ils m'entraînèrent dans l'abîme avec eux, leurs orgasmes déferlant en moi comme une vague de feu et d'or, jusqu'à ce que je me retrouve sans force, frémissante, et entièrement à eux.

Autour de moi, le monde devint flou, mais le lien entre nous continuait de palpiter. Des filaments dorés de magie s'enroulèrent autour de nos membres tels des filins de soie. J'essayai de reprendre mon souffle, mais mon corps était trop lourd, trop épuisé.

Seul le bruit de ma respiration, saccadée et irrégulière, rompait le silence de la pièce, ponctué par les battements chaotiques de mon cœur dans ma poitrine.

Je sentis alors une main chaude descendre le long de ma colonne vertébrale.

— Respire, petite reine, dit Kian d'une voix désormais tendre, où la taquinerie et l'autorité avaient disparu, laissant place à quelque chose de plus profond.

Après avoir gémi, Xavier déposa un long baiser langoureux sur la peau humide de mon épaule.

— Tu es avec nous ?

Je fus incapable de répondre autrement qu'en

marmonnant, à cause de mes cordes vocales malmenées.

— On l'a peut-être cassée, gloussa Idris, dont la voix évoquait des charbons ardents enrobés de miel.

Mes cuisses tremblaient, et Kian se retira lentement en déposant un baiser dans mon dos. Il murmura quelque chose que je ne compris pas, mais dont je ressentis néanmoins l'intention. Une seconde plus tard, le jet de la douche commença à couler.

Ce fut ensuite au tour de Xavier de se glisser hors de moi, et il le fit avec des mouvements plus lents et solennels, comme s'il répugnait à quitter mon corps.

Idris effleura mes lèvres avec tendresse, comme pour me féliciter.

— Tu a été parfaite, murmura-t-il, me transperçant de son regard doré.

Cela dépassait l'adoration ou même l'amour.

Avant que je puisse bouger, on me souleva. Je sentis des bras puissants me prendre et me plaquer contre des torses chauds et musclés.

— Chut, susurra Xavier. On s'occupe de toi.

Un instant plus tard, l'eau coulait sur ma peau, emportant avec elle les traces de notre plaisir, de notre sueur, et celles de la bataille à laquelle nous avions survécu de justesse.

À l'aide de ses bras fermes, mais pleins de

douceur, Xavier me soutint tandis que Kian me savonnait les épaules.

Dans mes cheveux, je sentais les doigts d'Idris me masser le cuir chevelu.

— Ça y est, murmura-t-il à mon oreille. Tu es en sécurité maintenant.

Toujours haletante, je ravalai ma salive. Mon corps était épuisé, mais mon esprit bouillonnait encore, prisonnier de la force gravitationnelle des événements.

Kian déposa un baiser sur ma tempe, où il laissa ses lèvres s'attarder.

— Tu es toujours avec nous, petite reine ?

Je me bornai à pousser un murmure, trop exténuée pour parler. Ils me lavèrent comme si j'étais précieuse, et cette attention, plus que tout, me noua la gorge. J'avais lutté si durement, encaissé tant de choses, mais là, entre leurs mains, je n'avais plus besoin de me battre.

Je pouvais simplement exister.

Peu après, propre, dans un lit moelleux, je me retrouvai pelotonnée contre mes compagnons. La main d'Idris dans mes cheveux, les lèvres de Kian sur ma tempe, le bras de Xavier autour de ma taille... Cela faisait beaucoup, et pourtant, c'était exactement ce dont j'avais besoin.

J'expirai et me laissai aller contre leurs corps chauds. Mon foyer.

Pour la première fois depuis trop longtemps, je m'autorisai à me laisser aller dans leurs bras.

Une chaleur se répandit en moi, profonde, dépassant les confins de la magie.

Et pour la première fois de ma vie, je m'autorisai à y croire.

CHAPITRE 18
VALE

Il faisait chaud. Une chaleur intense, qui me pénétrait jusqu'aux os.

Elle m'enveloppait dans un cocon aux senteurs de braises et d'épices, un parfum divin. Celui de mes compagnons.

Idris était allongé sous moi, sa poitrine se soulevant et s'abaissant à un rythme lent et régulier, son cœur battant contre mon oreille. Mes jambes étaient entrelacées avec les siennes, mon corps drapé sur le sien comme si je refusais de le quitter. Peut-être que je voulais vraiment rester comme ça pour toujours.

Une main sur ma hanche, Xavier soufflait lentement et régulièrement dans mon dos. Même quand il était endormi, sa présence me rassurait, grâce à ses mains repliées sur ma peau, ce geste apaisant qui lui était propre. De l'autre côté, Kian avait passé son bras autour de ma taille et ses doigts dessinaient des motifs improvisés le long de ma colonne vertébrale.

Enlacée dans leurs bras, enveloppée de leur chaleur, j'aurais dû me sentir en sécurité. J'aurais dû être profondément endormie.

Mais quelque chose clochait.

Sous moi, Idris s'était immobilisé. Même plus que cela, il était raide. Tous les muscles de son corps étaient tendus, il inspirait lentement et silencieusement par le nez de manière superficielle, et se forçait à expirer par la bouche.

Le genre de technique qu'on emploie lorsqu'on essaie de ne pas bouger.

Un signe d'alerte.

En un instant, je fus complètement éveillée. Mon cœur se mit à battre à toute vitesse et je me raidis contre lui.

— Qu'est-ce qu'il y a ? demandai-je d'une voix à peine plus haute qu'un murmure.

Il ne répondit pas tout de suite, se contentant d'ouvrir et de refermer ses yeux dorés dans la pénombre, et de resserrer ses bras autour de ma taille.

— Qu'est-ce qui vous préoccupe ? murmura Kian, à moitié endormi, ses lèvres effleurant mon épaule.

— Elle a bougé, souffla Idris, le lien vibrant entre nous.

Je clignai des yeux alors que le sommeil quittait mon corps.

— Qui ?

— Nyrah, répondit Idris entre ses dents serrées, avant de s'interrompre un instant. Elle a bougé.

Puis il secoua la tête comme pour clarifier ses pensées.

— Je lui ai jeté un sort pour qu'elle dorme. Ça... m'a donné accès au Royaume des Rêves dans son esprit, expliqua-t-il, ses yeux dorés fiévreux perdus dans le vague. Je l'ai sentie bouger, mais elle ne s'est pas réveillée.

L'agitation glaciale d'Idris était palpable sur le lien, et je me figeai. Le souffle coupé, j'agrippai le torse d'Idris.

Nyrah.

Je me redressai précipitamment, mais Idris réagit plus vite et me souleva sans effort lorsqu'il s'assit.

Réveillé en une fraction de seconde, Xavier me saisit par la taille pour me soutenir. Soudain, une flamme dorée jaillit sur le lien, accompagnée d'une émotion plus vive, semblable à de la terreur.

Puis une vibration se propagea dans l'air.

Je ne réfléchis pas, n'hésitai pas.

Je me jetai sur la première chose à ma portée, une tunique souple et trop grande qui portait encore l'odeur d'Idris. Je l'enfilai par-dessus ma tête sans me soucier des cordons, juste histoire de me couvrir. Sous-vêtements, bottes, lames.

Derrière moi, le lit bougea brusquement lorsqu'Idris se leva, sa peau chatoyant d'une magie dorée. D'un geste fluide, habile et précis, il enfila son cuir.

Kian s'était déjà mis en mouvement, son enthousiasme habituel remplacé par une concentration extrême et meurtrière. Il attrapa d'abord son pantalon, puis ses armes, sa peau zébrée des écailles noircies de son dragon.

De son côté, Xavier prit à peine le temps d'enfiler son pantalon, s'emparant de ses lames avant de bondir.

La maison trembla à nouveau.

Sans attendre, je courus, sortant en trombe de la pièce.

Devant moi, le couloir s'allongea, juste l'espace d'une seconde, juste le temps d'un souffle. Puis les murs frémirent, palpitèrent, les planches se courbèrent vers l'intérieur, se refermant sur moi. Un murmure, trop faible pour qu'il soit intelligible, mais trop fort pour être ignoré, parvint à mes oreilles.

Avant que tout redevienne normal.

Je vis la porte de la chambre de Nyrah devant moi et j'entendis la voix tranchante de Briar de l'autre côté.

Sans ralentir, j'ouvris la porte d'un coup. Et le monde s'immobilisa.

Nyrah était là, inconsciente et endormie. Mais il y avait une présence inquiétante.

Sous le coup d'une pression qui distordit l'air, l'espace autour de Nyrah se déforma à l'image des ondulations sur une surface en verre. La force magique s'intensifia, tourbillonnant et évoluant, comme si un voile entre les mondes venait de se fendre.

Briar protégea Nyrah de son petit corps, s'efforçant de la mettre à l'abri.

Pour ma part, j'eus à peine le temps de reprendre mon souffle.

Le Royaume des Rêves ne m'attira pas, il déchira l'espace.

Une seconde, j'étais dans la chambre de Nyrah, où flottait une forte odeur de magie ancienne. L'instant d'après, j'étais happée vers le bas, arrachée au monde réel par une force surnaturelle.

Je sentis une sensation de froid.

Pas le froid mordant de l'hiver, ni la fraîcheur insidieuse d'une pièce sombre, mais un froid extrême. Primitif. Un gouffre qui n'avait jamais connu la lumière. En un instant, je fus engloutie par cette sensation qui m'engourdit la peau et me rongea les os.

Je cherchai à m'agripper à mon lien, à mes compagnons, à toute chose solide, mais en vain.

Autour de moi, le monde se déforma, haut et bas fusionnèrent alors que la gravité s'inversait et basculait. Tout se retrouva sens dessus dessous.

Les battements d'un cœur résonnaient dans mes oreilles, mais ils ne m'appartenaient pas.

Haletante, j'essayai de retrouver mes repères, mais le sol avait disparu. Il n'y avait ni plancher ni ciel, seulement une étendue infinie de lumière tourbillonnante et fragmentée.

Puis je heurtai le sol.

Durement.

Le choc ébranla mon corps et me coupa le souffle, ma colonne vertébrale déchirée par une douleur fulgurante. Après quoi mes paumes raclèrent la pierre lisse et brillante à l'image de l'argent en fusion. L'air étouffant vibrait, bourdonnait, grouillait de vie, comme s'il avait attendu ce moment.

En prenant une grande inspiration, je me mis à quatre pattes, clignant rapidement des yeux, le corps meurtri par l'impact.

C'est alors que je le vis.

Rune.

Il se tenait au centre de ce chaos, son immense silhouette écarlate enroulée autour de quelque chose... de *quelqu'un*. Ses yeux dorés perçant l'obscurité, il avait déployé ses ailes et planté ses griffes dans le sol.

Sa posture était défiante et féroce, mais il semblait s'affaiblir.

Les arêtes de ses écailles scintillaient d'une lueur instable, comme s'il avait du mal à garder son équilibre. Entre ses griffes acérées gisait Nyrah, parfaitement immobile.

— Rune, soufflai-je, l'estomac noué, en me relevant précipitamment.

Il tourna brusquement la tête vers moi, plongeant son regard doré dans le mien, et pour la première fois de ma vie, je vis un dragon effrayé.

Soudain, les ombres bougèrent.

Un sentiment de terreur envahit ma poitrine, mais cette peur n'était pas la mienne. Lourde et suffocante, elle imprégnait l'air, s'insinuant dans mon être aussi facilement que de la fumée. Pesante. Ancienne. Et également empreinte d'une note acérée, quelque chose de brut et de sauvage.

Ce n'était pas ma peur.

C'était celle de Rune.

Avec un nœud au ventre, je sentis le lien s'embraser en moi, se propageant à travers Idris, à travers eux tous, pour atteindre le cœur du dragon qui se tenait devant moi.

La poitrine massive de Rune se souleva alors que sa silhouette se mettait à vaciller sous le coup de l'effort qu'il lui fallait faire pour conserver sa forme. Ses griffes se cramponnèrent à la pierre irisée sur laquelle il se tenait, ses lèvres écailleuses se retroussèrent dans un grognement menaçant, et un brasier funeste illumina ses yeux dorés.

— *Tu n'es pas la bienvenue ici*, grogna-t-il d'une voix grave et menaçante dont le son résonna dans le vide.

Je tressaillis en entendant sa voix qui n'était plus celle d'Idris. Elle avait baissé d'octave et paraissait plus mature, semblable à une tempête sur le point d'éclater.

Mais il avait tort.

— Si, répondis-je en levant le menton. Et tu le sais. Tu me *connais*.

Rune déploya ses ailes, sa silhouette imposante occultant tout le reste, mais je n'avais pas peur de lui. Parce que je percevais la vérité derrière sa fureur : sa douleur. Sa peur. La mort qui le guettait et l'enserrait de ses griffes.

Il agonisait.

Et s'il succombait, s'il mourait vraiment, Idris mourrait aussi.

Tandis que Rune montrait ses crocs, une lumière dorée crépita à la surface de sa chair.

— Je ne te laisserai pas l'emmener, grogna-t-il d'une voix où l'agonie était palpable.

Mon regard se porta vers l'endroit où la fille, immobile et pâle, était recroquevillée sous le corps massif du dragon. Elle semblait à peine respirer, et ses cheveux clairs et sa silhouette frêle étaient des indices flagrants.

C'était bien Nyrah.

Rune protégeait ma sœur, la défendant contre l'influence de Zamarra, et celle du Royaume des Rêves qui voulait la dévorer tout entière.

Les ombres autour d'eux se tordirent et s'étirèrent.

Zamarra.

Sans hésiter, je levai mes mains d'où jaillit une décharge d'énergie. Ce n'était pas la flamme vacillante de ma magie habituelle, c'était plus puissant, plus intense, plus lumineux.

Au moment où mon pouvoir se propagea dans l'air, le Royaume des Rêves hurla. Les ombres battirent en retraite en sifflant, reculant comme de la vapeur au contact du feu.

Son corps massif tressaillant, Rune s'écarta en battant des ailes et en écarquillant ses yeux dorés.

Non seulement il m'avait vue, mais il m'avait sentie.

— *Toi...* dit-il, le souffle court.

Le lien flamboya, et pendant une seconde, Rune frissonna.

— *C'est moi, Rune*, dis-je dans son esprit alors qu'il tremblait. *C'est Vale.*

Je fis un pas en avant, ma magie illuminant l'obscurité et éclairant le monde déformé qui nous entourait.

— *Tu n'es pas seul*, continuai-je d'une voix calme, mais ferme. *Je suis là, Rune. Et je ne te laisserai pas tomber.*

Un cri déchira le Royaume des Rêves. Ce n'était pas un cri humain, mais le royaume lui-même.

Au moment où mon pouvoir se déchaîna, le vide autour de moi se tordit en hurlant, comme si je l'avais brûlé. Puis il riposta. Les ténèbres fondirent sur moi. Surprise, je titubai lorsqu'elles plantèrent leurs griffes dans ma poitrine.

Un froid glacial me transperça jusqu'aux os, jusqu'à l'âme.

Il envahit mes membres, ma gorge, rampant

comme une créature vivante. Aussi rapide qu'un souffle ou qu'un murmure.

— *Tu n'as pas ta place ici.*

Le corps secoué de spasmes, je m'étouffai pendant que les ombres se refermaient sur moi. Ma magie ayant réagi trop lentement, je ne pouvais ni bouger ni me libérer.

— *Vale !* rugit Rune, dont la voix était pleine de rage et de détresse.

Je me retournais dans l'obscurité, peinant à le distinguer à cause des ténèbres mouvantes. Il combattait les ombres, les lacérant de ses serres, mais il perdait.

Les contours de sa silhouette s'estompaient, son corps massif et écarlate apparaissait et disparaissait comme s'il luttait pour rester en vie. Rune planta ses griffes dans la pierre et fouetta l'air avec sa queue dans un geste désespéré pour protéger Nyrah, conserver le peu de force qui lui restait.

Mais le Royaume des Rêves voulait se débarrasser de lui. Il voulait le dévorer, le mettre en pièces, le rayer de ce monde. Et si je ne parvenais pas à l'en empêcher, si je ne parvenais pas à libérer Rune, le Royaume des Rêves réussirait.

Le cœur battant à tout rompre, je puisai dans mes

réserves de magie et en projetai de toutes mes forces, mais les ombres m'écrasèrent et m'engloutirent.

Non. J'étais si près du but. Nyrah, Rune... J'avais tout gâché.

Soudain, un rugissement secoua le royaume, une voix puissante et fracassante, puis...

Idris apparut, accompagné des autres.

Une explosion de magie secoua le Royaume des Rêves. Sous l'effet de cette onde de choc d'une puissance brute et féroce, les ombres reculèrent en sifflant, s'enfuyant dans le néant tandis que des flammes dorées ravageaient les ténèbres.

Une rafale me frappa de plein fouet lorsque les illusions de Kian me libérèrent de l'emprise du Royaume des Rêves. Déjà en train d'attaquer, Xavier fendit l'air avec son épée, sa magie fouettant les filaments qui tentaient de m'entraîner dans les profondeurs.

Et au centre de tout ce chaos, Idris était en feu.

— *Assez*, ordonna-t-il d'une voix où se mêlaient l'acier et le feu, son ton inflexible secouant les fondements même du Royaume des Rêves.

Ce dernier trembla, et Rune tituba, car son corps massif avait du mal à rester debout. Ses yeux dorés étaient imprégnés de désespoir, de détermination et de peur.

Puis la bataille finale pour remporter son âme commença.

Le Royaume des Rêves se déchaîna, il rugit, hurla, déchira les limites de la réalité dans sa tentative de tout consumer. Mais mes compagnons se dressèrent sur son passage, tels des piliers indestructibles, leur feu doré et leur puissance brute fendant les ténèbres.

Le corps tremblant et frémissant, Rune vacillait, sa silhouette imposante peinait à rester intacte. Le néant lui griffait les ailes et les serres, tentant de l'entraîner davantage dans le Royaume des Rêves. Et pour la première fois depuis des siècles, Rune perdait.

— *Je ne le laisserai pas faire !* m'exclamai d'une voix féroce et déterminée.

Rune me regarda de ses yeux dorés transperçant les ombres, et pendant une seconde, je vis l'incertitude remplacer la fureur. Il était terrifié.

Pas par moi. Pas par le Royaume des Rêves. Par son futur.

— *Si je fais ça...* commença Rune avant que sa voix éraillée, ancienne et tourmentée ne se brise. *Si je fusionne avec lui... est-ce que je vais disparaître ?*

Le Royaume des Rêves chancela et le vide hurla. Et quand la silhouette imposante de Rune se fractura, une lumière dorée jaillit de toutes les fissures.

Ce n'était pas de la douleur, c'était de la pure destruction.

Je m'agrippai au dragon. Pas seulement à son corps, mais aussi à son âme. Rune m'avait sauvé la vie à maintes reprises, alors je ne le laisserai pas tomber. Jamais.

— *Non*, soufflai-je, lui transmettant ce message en le gravant sur le lien qui nous unissait.

Sur ce, ma magie jaillit et inonda l'espace entre nous, réchauffant le froid, dissipant l'obscurité et envahissant chaque centimètre carré de son corps. Je le sentais.

Pas seulement son pouvoir.

Pas seulement la source de ses flammes.

Lui.

Rune, le dragon qui avait autrefois été l'autre moitié d'Idris, le gardien qui s'était battu pour moi, qui m'avait toujours défendue.

— *Tu ne disparaîtras pas*, murmurai-je. *Tu retrouveras la deuxième moitié de ton âme.*

Les yeux grands ouverts, il fit un pas en avant, malgré les ténèbres qui menaçaient de le tirer en arrière.

Et Idris alla à sa rencontre.

Le Royaume des Rêves trembla lorsqu'Iris se

glissa entre Rune et moi, ses yeux dorés plongés dans ceux de son dragon.

— *Je ne suis pas entier sans toi*, dit Idris d'une voix grave, rauque, catégorique, qui résonna à travers le lien désormais renforcé. *Je ne l'ai jamais été.*

Secoué d'un nouveau vacillement, Rune inspira et entailla de ses griffes la pierre sous lui.

Le néant intensifia sa pression.

Rune tressaillit, mais Idris resta impassible, bien que le feu doré qui l'entourait grossît.

— *Je ne me laisserai pas abattre par les années perdues*, dit-il en s'avançant. *Ni par les erreurs ni par les échecs. Plus jamais.*

La mâchoire contractée, Rune battit mollement des ailes et agita la queue d'une manière fébrile.

— *J'ai peur*, admit Rune, d'une si petite voix que je peinai à l'entendre au milieu du vacarme fait par le Royaume des Rêves.

Idris leva la main, dans un geste qui n'était ni exigeant ni contraignant, mais plutôt encourageant.

— *Alors, faisons-le ensemble.*

Rune cligna des yeux.

Puis, d'un pas lent et laborieux, il s'avança jusqu'à ce que ses écailles entrent en contact avec la peau d'Idris, et soudain, le Royaume des Rêves explosa.

Une lumière aveuglante emplit l'espace, un feu doré et ardent dévora tout sur son passage. L'imposante silhouette de Rune se désagrégea comme de la poudre d'étoiles avant que son corps soit absorbé par celui d'Idris, lui-même enveloppé d'une aura dorée.

Alors, Idris commença par se cambrer, puis son corps se plia en deux tandis que le feu doré le consumait.

Deux cents ans plus tard, il retrouvait enfin la partie manquante de son être.

Les ténèbres hurlèrent et le Royaume des Rêves se fractura. La magie me traversa, les traversa, et continua dans toutes les directions.

Un silence assourdissant s'ensuivit, comme si le royaume tout entier avait retenu son souffle. Aveuglée et haletante, le cœur battant à tout rompre, je titubai.

Et lorsque le monde finit par se stabiliser, Idris se tenait devant moi.

Entier.

Vivant.

Transformé.

Je n'avais jamais vu ses yeux dorés briller autant. Quand il prit enfin la parole, sa voix était assurée, inébranlable et impérieuse.

— Ma reine.

L'espace d'une seconde, je ressentis un immense soulagement, mais bien vite, le Royaume des Rêves se mit à se tordre autour de nous. Le néant vacilla, et tel un cœur agonisant, la lumière fragmentée de ce monde commença à palpiter. Puis les remparts du Royaume des Rêves s'effondrèrent.

Une vague de feu doré jaillit d'Idris, forçant la réalité à reprendre sa place. Le néant trembla et hurla, mais il ne se referma pas.

Il se mit à saigner.

Telle l'obscurité envahissant le crépuscule, les bords du Royaume des Rêves débordèrent dans la réalité, telle une pourriture rampante et vorace s'insinuant dans les mailles de notre existence.

— Non, dis-je, le souffle coupé.

Nyrah.

Elle était toujours là, toujours prisonnière de l'endroit où Rune l'avait protégée. Lorsque le Royaume des Rêves implosa, ses ombres attaquèrent mes chevilles, tandis qu'une nouvelle vague de ténèbres déferlait vers ma sœur.

Je me précipitai vers elle.

Mais la magie d'Idris réagit et me saisit le poignet avant que je puisse la rejoindre, avant que je puisse plonger dans l'obscurité et la ramener avec moi.

— Vale... dit-il d'un ton sec et autoritaire, mais teinté d'une note d'angoisse.

D'une note de désespoir.

Ma sœur était juste là. Je ne pouvais pas l'abandonner.

Le Rêve hurla, et le son m'ébranla au plus profond de mon être. Puis, sous les pieds de Nyrah, le sol se fissura et se fendit.

— Lâche-moi ! m'exclamai-je en me débattant, en luttant, en essayant de l'atteindre, mais Nyrah n'était plus là.

Les ombres affluèrent pour l'engloutir tout entière.

— Non ! m'écriai-je en lançant ma magie.

Mon pouvoir jaillit, mais celui d'Idris le contra, avant de m'envelopper et de me ramener vers lui.

— On doit partir !

Le Royaume des Rêves implosait.

Usant de leur magie pour se frayer un chemin vers le monde réel et créer une issue, Xavier et Kian s'étaient déjà mis en mouvement.

Le souffle court, le corps tremblant, je continuais de manier ma magie à la recherche de Nyrah... de ma sœur.

Mais lorsque le monde reprit ses droits, le Royaume des Rêves nous expulsa. À bout de souffle, je m'écrasai sur le sol, rattrapée par la réalité. Mes sens envahis par l'odeur de la cendre. Par la dureté du sol. Par la lueur dorée qui faisait toujours scintiller la peau d'Idris.

Et par le vide terrifiant que je voyais à l'endroit où Nyrah aurait dû se trouver.

Je ne sentis même pas les larmes couler sur mon visage. Puis Idris apparut, Xavier m'attrapa par les épaules et Kian murmura un mot quelconque pour me ramener parmi les vivants.

Mais j'étais incapable de détourner le regard du lit vide.

Vide.

Nyrah avait disparu.

Et nous étions la prochaine cible du Royaume des Rêves.

CHAPITRE 19

IDRIS

Le cri de Vale ne se contenta pas d'ébranler le monde, il tenta de le détruire.

Sa magie fusa, non seulement en elle, mais aussi à travers le lien qui nous unissait, à travers nos êtres, et dans toutes les directions. Ce fut une véritable explosion. Un violent bouleversement dû à cette force si brute qu'elle me lacéra la poitrine, l'esprit et l'âme.

Je m'étouffai sous le poids de cette douleur qui me fit tituber.

Car ce n'était pas seulement du chagrin.

C'était une douleur aussi tranchante qu'une lame. C'était une rage noyée dans la foudre. C'était un pouvoir qui n'avait aucun exutoire, même s'il bouillonnait, éclatait et faisait tout voler en éclats.

Et il allait la tuer.

La magie de Vale était trop explosive et instable.

Au souvenir de sa mort, j'eus le souffle coupé et je sentis mon cœur se serrer. Vale ne pouvait pas utiliser autant de pouvoir sans...

Lorsqu'une vague de magie jaillit de son corps, toute la pièce se déforma. Les murs ne se contentèrent pas de s'incurver vers l'intérieur, ils se fendirent au niveau des veines noires, des jointures, de la réalité elle-même. Le sol trembla, le bois se tordit comme s'il était animé, cherchant à se disloquer. L'air devint lourd et oppressant, comme si le monde réel se refermait sur nous.

Et pourtant, Vale ne s'arrêta pas. Elle ne respira et ne résista pas.

Elle s'effondrait. Et le pire, c'était que je comprenais pourquoi.

Nyrah était partie.

Je sentis ma poitrine se serrer, se nouer, se tordre, car j'avais fait une promesse. C'était moi qui avais endormi sa sœur. C'était moi qui l'avais protégée et mise à l'abri. C'était moi qui avais dit à Vale qu'elle était en sécurité, qu'elle pouvait se détendre, qu'elle devait se reposer.

Cependant, j'avais failli à ma promesse.

J'avais sauvé Vale au lieu de la laisser sombrer

avec sa sœur. Je l'avais tirée de là alors que j'aurais pu les laisser partir ensemble.

Mais à ce moment-là, j'en avais été incapable. Je n'aurais jamais pu le faire.

Je prendrais encore cent fois, mille fois, un million de fois la même décision. En toute conscience du prix à payer. En toute conscience des conséquences que cela aurait sur elle. En toute conscience qu'elle ne me pardonnerait peut-être jamais.

Parce que Vale m'appartenait. C'était ma compagne et ma Reine. Et je l'avais déjà vue mourir une fois.

J'aurais réduit le monde en cendres plutôt que de laisser une telle chose se reproduire.

Je me forçai à respirer et à bouger.

Vale se tenait debout, au milieu des ravages causés par son propre pouvoir, pendant que sa magie s'abattait sur moi, sur nous tous. Elle n'était pas simplement en train de craquer, elle était en train de se détruire. Elle avait tout risqué pour ramener Nyrah, et elle venait de la perdre à nouveau.

Or, c'était ma faute, je devais l'affronter, faire face à la tempête que j'avais déclenchée.

Sous tension, le lien m'attira et m'étouffa avant de me propulser au cœur de sa désolation, où je fus forcé de ressentir chaque émotion et chaque élan de désespoir.

La voix de Rune résonna dans mon esprit, furieuse et accusatrice, dans un accès de rage si dévastateur que je sentis mon corps se consumer.

— *Tu l'as laissée tomber.*

Je tressaillis. Pas à cause de Vale, de Kian ou de Xavier.

Mais à cause de lui. À cause du dragon qui était désormais enfoui en moi, lié à mon âme, faisant partie intégrante de mon être.

— *Tu avais promis. Tu croyais que je la protégeais pour mon propre bien ? Après tout ce qu'elle a sacrifié pour moi... pour nous.*

— Je sais, répondis-je d'une voix rauque, les yeux rivés sur ma compagne qui s'effondrait devant moi.

— *Et tu as échoué.*

La mâchoire crispée, je sentis la culpabilité m'envahir. Parce que c'était la vérité, et à présent, Vale implosait sous mes yeux.

Elle vacilla, à peine capable de respirer, à peine capable de tenir debout, mais le Royaume des Rêves ne l'avait pas emportée. Il avait pris Nyrah à sa place. Pourquoi ?

Soudain, tout devint clair.

Il avait pris Nyrah parce qu'il ne pouvait *pas*

prendre Vale. Pas encore. Pas tant qu'elle était vivante, qu'elle se défendait, qu'elle était encore trop puissante pour être terrassée.

Le lien entre nous palpitait, mais la sensation ne s'arrêtait pas là, entre Vale et moi, elle continuait et se propageait à travers Kian, Xavier, Rune, et même le Royaume des Rêves.

Puis je la sentis, comme un écho, une présence qui nous observait et attendait.

Elle n'était pas là pour attaquer, mais pour nous tester.

La magie de Zamarra rampait aux confins de la pièce, mais elle ne fondit pas sur nous. Elle n'essaya pas de replonger Vale dans le Royaume des Rêves, car c'était inutile.

Vale provoquait sa propre perte. Si elle sombrait complètement, si elle perdait le contrôle et se laissait aller, Zamarra n'aurait pas besoin de la voler.

Vale se livrerait d'elle-même.

Lorsque la voix de Rune résonna dans ma tête, à travers le lien, une vive sensation de brûlure embrasa mon crâne.

— *Elle attend. Elle observe. Tu le sens aussi.*

— Pourquoi prendre Nyrah à la place ? demandai-je, les dents serrées.

— *Parce que Nyrah est jeune et faible*, expliqua-t-il

d'une voix hargneuse, remplie d'amertume. *Parce qu'elle est infectée, alors que Vale est encore intacte.*

À ces mots, je déglutis péniblement.

Bien que Vale ne fût ni corrompue ni souillée, elle perdait pied. Si elle ne se ressaisissait pas, il ne serait pas nécessaire de la capturer.

Elle irait là-bas de son plein gré.

Ce fut Xavier qui réagit le premier. Ses gestes furent rapides, brutaux et implacables.

Il saisit le visage de Vale entre ses mains et lui releva la tête pour la forcer à le regarder.

— Vale. Regarde-moi.

Sans cligner des yeux ou respirer, elle commença à perdre du sang par le nez tandis que sa magie faisait vibrer l'air, véritable créature sauvage dotée de griffes. Ce n'était plus seulement son pouvoir, c'était une réaction instinctive, brute et incontrôlable. Et cette créature cherchait une proie à anéantir.

— Je t'en prie, Vale, murmura Xavier. Ne fais pas ça.

Tout en agrippant la tunique de notre compagne, Kian se pressa contre son dos et lui prit les épaules. Il essaya de la calmer, avec sa chaleur, tout en repoussant le Royaume des Rêves et le pouvoir de Vale avec ses illusions. Mais celles-ci n'étaient pas de taille : elles furent réduites à l'état de poussière dès qu'elles entrèrent en contact avec la lumière de Vale.

— Respire, petite reine, supplia-t-il d'une voix brisée.

Notre compagne inspira, mais cela resta superficiel, haché, tout juste suffisant.

Puis sa magie explosa, se déchaînant dans tous les sens d'une manière violente, incontrôlable et dévastatrice.

La force frappa Xavier en pleine poitrine, le projetant en arrière quelques mètres plus loin, et elle fouetta la peau de Kian avec la même intensité qu'un câble électrique, le brûlant, le lacérant et menaçant de le mettre en lambeaux. Malgré cela, aucun d'eux n'abandonna.

Un grognement s'échappa de ma gorge, un son viscéral, primitif et protecteur, et je m'élançai vers Vale, l'attrapai par le bras et la retins. Je ne la perdrais pas une seconde fois, hors de question.

Elle ne se débattit pas. Non pas parce qu'elle m'écoutait, mais parce qu'elle était déjà perdue.

Son regard était vide, ses yeux verts brillaient d'une lueur trop vive et sauvage. Elle sombrait, aspirée par le Royaume des Rêves qui l'attirait avec la force d'un trou noir.

Pour renforcer ma prise, je lui enfonçai mes

griffes dans la peau, non pas pour lui faire mal, mais pour lui remettre les idées en place.

— Tu crois que c'est ce qu'elle aurait voulu ?

Sous le coup d'un sursaut, sa magie rugit et se replia contre les murs de la pièce, comme une tempête sur le point d'éclater.

— Tu crois que Nyrah aurait voulu que tu meures pour elle ? Tu crois qu'elle aurait voulu que tu laisses Zamarra gagner ?

— Elle est partie. Je l'ai perdue. J'étais censée la protéger. Je le lui avais promis.

Le sanglot qui secoua alors sa poitrine ricocha dans mon cœur et dans mes poumons. J'eus l'impression qu'on me brûlait vif, et pire encore, quand elle laissa enfin sortir ce sanglot qu'elle retenait depuis si longtemps, j'eus peur qu'il ne la brise en deux.

— Elle était à moi. C'était ma responsabilité, ma sœur, mon devoir. Ma lumière. Je serais morte mille fois si je ne l'avais pas eue dans ma vie, et maintenant...

Sous la force de son pouvoir, les murs tremblèrent, mais nous ne pouvions pas la laisser se battre seule.

— Reviens parmi nous, Vale. Tu ne pourras pas aider ta sœur si tu abandonnes maintenant, dit Kian, dont la voix ferme et assurée traversa le chaos, aussi dure que le fer forgé dans le feu.

Prise de tremblements, elle parut lutter physiquement contre la véracité de ces mots, puis son pouvoir vacilla avant que son regard s'éclaircisse. La réalité déformée reprit ses droits.

— Alors on va la retrouver, grogna-t-elle d'une voix résolue, le dos droit.

— *Ça c'est bien ma petite téméraire*, murmurai-je sur le lien.

Lorsque ses magnifiques yeux verts me trouvèrent, je vis qu'ils ne contenaient ni reproche ni haine, seulement de la détermination.

Tout à coup, la magie tourbillonna dans la pièce et ouvrit les portes en grand.

Elle ne venait pas du Royaume des Rêves. Non, c'était une nouvelle forme de magie.

Ce n'était ni Vale ni moi qui la manions. Elle avait une autre source.

Son corps vibrant de l'effort fourni, Talek entra en titubant. Ses yeux aux couleurs changeantes brillaient, et une énergie brute et instable crépitait autour de lui, comme si la foudre n'avait nulle part où tomber.

Toutefois, ce n'était pas Vale que l'Élémentaire regardait.

Les yeux rivés sur moi, il m'observait d'un air incisif, comme s'il détenait un secret que j'ignorais.

À cette vue, des frissons me parcoururent.

— Ils l'ont enlevée, déclara-t-il alors d'une voix rauque et étranglée.

Le corps raide, Vale se figea et s'apprêta à parler alors que son cœur accélérait.

— Nyrah ?

Après avoir acquiescé, Talek continua avec une voix plus aiguë cette fois.

— Briar aussi.

Un son échappa à Vale. Ce n'était ni un cri ni un hurlement, mais le bruit d'une émotion enfouie.

En passant une main dans ses cheveux, Talek se défit de son expression habituellement impassible sous le coup d'un sentiment ressemblant à de la tristesse. Sa magie bourdonnait toujours et s'agitait, mais il la contenait.

— Elle ne voulait pas quitter Nyrah, continua-t-il d'une voix rauque. Quand le Royaume des Rêves est venu la chercher...

Il ravala sa salive et contracta la mâchoire avec force.

— Elle s'est battue.

Quand Vale vacilla, nous la serrâmes tous trois plus fort pour éviter qu'elle ne tombe. Je vis Talek serrer les poings, comme s'il voulait en faire autant, mais il resta où il était.

— J'ai essayé de les ramener, reprit-il d'une voix sombre et glaciale. Mais Briar ne voulait pas la lâcher. Elle s'accrochait à Nyrah. Et puis...

Il expira bruyamment.

— Et puis elles ont disparu.

Un silence pesant s'abattit sur la pièce.

Les mains tremblant de manière incontrôlable, Vale haletait.

Je sentis à travers le lien le moment où elle bascula à nouveau.

Son pouvoir se propagea, non seulement pour réagir à cette révélation, mais aussi pour s'attaquer et lacérer les pans du Royaume des Rêves, comme si elle voulait déchirer le voile et passer de l'autre côté.

— Vale, dit Talek en faisant un pas en avant, les yeux rivés sur ma femme.

Sans répondre, elle continua à déchaîner sa magie qui n'était plus retenue. Sous le coup d'une nouvelle décharge de son pouvoir, Xavier, Kian et moi fûmes repoussés encore une fois, arrachés à notre compagne.

— Putain, ça va faire mal, jura Talek en avançant rapidement vers elle.

Lorsque l'homme agrippa le poignet de Vale, une

explosion de magie se produisit. Je ressentis une onde de détresse sur le lien quand Vale poussa un cri et tenta de se dégager, mais Talek la retint fermement. La magie de l'Élémentaire s'intensifia, secoua Vale, et se propagea dans la pièce au point de fissurer le monde réel. De ce fait, la lumière se réfracta, les ombres s'étirèrent, les murs tremblèrent et l'air se fit plus lourd.

Puis le voile se déchira. Cela ne s'arrêta pas à une fissure, une porte s'ouvrit carrément. Une porte qu'ils franchirent.

De l'autre côté, je ne vis pas seulement des spectres fantomatiques ou des mirages piégés entre deux mondes. Je vis les Luxas.

Plus réelles que jamais. Leur présence était palpable, comme une force qui avait toujours régi la nature sans que personne ne s'en rende compte.

La plus grande, la plus majestueuse, la plus terrifiante malgré sa prestance, leva la tête et fixa Vale de son regard argenté.

Notre compagne la reconnut immédiatement. Son expression n'affichait pas de la surprise, mais de la compréhension.

Tout en expirant brusquement, Talek relâcha Vale et recula en trébuchant, le front couvert de sueur.

— Vale, dit Xavier en s'avançant vers elle, sans qu'elle bouge.

Elle était clouée sur place.

Parce que la cheffe des Luxas la saluait d'un léger signe de tête, respectueusement.

Cet être ancien reconnaissait un pouvoir encore plus ancestral.

— Qu'est-ce que… commença Vale en tressaillant.

Puis la Luxa prit la parole. Elle ne prononça pas seulement des mots, mais une prophétie.

— Le sang de la Première indiquera la voie à suivre.

Sur ce, l'air vibra, parcouru d'une décharge d'énergie.

— Cherche celle qui s'est égarée dans le Royaume des Rêves.

Xavier se raidit tandis que Kian saisissait les épaules de Vale et que mon cœur accélérait.

J'avais déjà vu cette première partie gravée sur les murs du temple, mais je n'avais jamais entendu la suite.

— Quoi ? dit Vale en plissant ses yeux dorés, où se lisait la confusion.

— Le sang s'éveille. Le Royaume des Rêves rappelle ses enfants.

Ces mots étaient imprégnés d'un pouvoir qui semblait transcender la réalité elle-même.

Avec un regard dans ma direction, dans celle de Kian et de Xavier, Vale déglutit. Aucun de nous n'avait entendu de tels mots auparavant. Aucun de nous n'avait su pareille chose, à part Vale.

Sur le lien, je pouvais percevoir son cœur qui battait à tout rompre, alors qu'elle s'apprêtait à parler.

— Vous... vous l'avez déjà dit.

— Oui, confirma la cheffe des Luxas, dont le visage fut éclairé d'une lueur avisée.

— Alors, dites-moi, répondit Vale d'une voix aiguë, les poings serrés. Qu'est-ce que ça veut dire ? Qui est la première ? Que voulez-vous de moi ?

La cheffe des Luxas fit un pas en avant et pencha la tête sur le côté, l'ombre d'un sourire étirant ses lèvres, première brèche dans son expression impénétrable.

— Ton fardeau est lourd pour quelqu'un d'aussi jeune, mais tu le porteras. Ça ne peut être personne d'autre que toi, car Lirael est ta mère.

Soudain, le monde s'arrêta de tourner.

À travers le lien, je sentis la façon dont cette révélation ébranla Vale au plus profond d'elle-même.

Alors qu'elle soufflait bruyamment, son cœur se mit à battre à tout rompre, et le rythme de ses pulsations saccadées, reflétant son état de choc et son déni, pouvait être perçu sur le lien.

— Je... commença-t-elle avant de secouer la tête. Ce n'est pas vrai...

— Tes parents sont venus demander l'aide de la déesse du Royaume des Rêves pour mettre un terme à ce que nous savions tous inévitable, expliqua la cheffe des Luxas dont le regard argenté s'adoucit.

Le bruissement d'un pouvoir ancien, presque empreint de tendresse, résonna dans l'air, comme si le Royaume des Rêves écoutait.

— Et la déesse leur a répondu, continua la Luxa en s'avançant, le regard imperturbable. Elle t'a conjurée à partir du Royaume des Rêves lui-même. Tu n'es pas seulement une Luxa, Vale. Tu es issue du Royaume des Rêves. Il t'a donné naissance, alors tu y es liée. C'est pour ça que ton pouvoir est différent. C'est pour ça que Zamarra cherche à te mettre la main dessus. C'est pour ça qu'elle fera tout pour te posséder.

À ces mots, la pièce trembla.

— Non, lâcha Vale, avec ses poings serrés qui tremblaient.

Ce n'était pas un cri ni un rugissement de révolte. Ce n'était qu'un simple mot prononcé d'une voix brisée.

— Tu t'es toujours sentie différente... continua la cheffe des Luxas en penchant la tête. Tu as toujours su que tu n'étais pas comme les autres. Parce que tu as quelque chose en plus.

Vale tressaillit.

Je m'approchai, car mon instinct me poussait à agir, à la protéger, mais il n'y avait rien à combattre.

Au fond de mon cœur, je savais que c'était la vérité. C'était la seule explication à nos questions. Pourquoi le Royaume des Rêves l'attirait-il autant ? Pourquoi pouvait-elle en extraire des objets ? Pourquoi l'appelait-il plus que n'importe quelle autre Luxa de ma connaissance ?

Le lien vibra.

Les murs tremblèrent.

Sous l'œil attentif du Royaume des Rêves.

— Tu ne peux pas vaincre Zamarra sans nous, reprit la cheffe des Luxas d'une voix aussi tranchante que du verre. Même avec ta force, tu auras besoin de notre aide.

Alors que Vale, toujours haletante, plongeait ses yeux verts flamboyants dans les miens, elle se redressa.

— Nous sommes les égarées, déclara la Luxa en s'avançant, son regard argenté brillant d'une lueur plus éclatante.

À ces mots, mon cœur martela ma poitrine.

— Quoi ? s'exclama Vale, en serrant plus fort les poings.

— Nous sommes prises au piège entre les royaumes depuis des siècles. Nous attendons et nous observons, expliqua la Luxa, dont le regard se fit plus perçant. Tu es la clé.

Une vague de magie envahit ma poitrine, puis se propagea en nous tous, à mesure que les mots résonnaient dans la pièce.

— Trouve-nous. Libère-nous. Et nous ferons tomber celle qui dort avant qu'elle ne se réveille complètement.

Dans l'air, je sentis la magie de Vale se concentrer au lieu de s'agiter. Elle devint plus précise, plus maîtrisée.

Et lorsqu'elle prit enfin la parole, sa voix était claire, ferme, autoritaire.

Inébranlable.

— Dites-moi où vous trouver.

La cheffe Luxa leva la tête, ses yeux argentés brillant d'une lueur intense, ancienne et pleine de sagesse.

— Suis les fractures.

Une bouffée d'énergie se propagea dans l'air pas

pour attaquer ou se replier, mais pour nous faire un cadeau d'adieu.

La Luxa leva à moitié la main, mais ne jeta aucun sort. Elle n'attaqua pas non plus. C'était... une forme de signal.

Quand l'atmosphère changea, un souffle s'éleva, sans qu'il y ait du vent. Au plus profond de mon être, je sentis une vibration avant qu'une petite sacoche sale et déchirée, semblant avoir survécu à la guerre, apparaisse sur la table d'appoint. C'était *celle de Nyrah*.

Devant l'image de Vale qui retint son souffle, je sentis mon sang se glacer.

Des papiers froissés s'élevèrent dans les airs. Trois, peut-être quatre feuilles aux bords cornés et chiffonnés. Au lieu de retomber, elles restèrent en suspension, tournoyant doucement et émettant une faible lueur.

Le livre, celui sur l'histoire des Luxas que Vale avait subtilisé dans le Royaume des Rêves, où il manquait des pages. Durant tout ce temps, c'était Nyrah qui les détenait.

Le regard de la cheffe des Luxas se posa sur Vale. Il n'était ni autoritaire ni interrogateur, il lui laissait le choix.

Vale tendit la main, et les pages, frémissantes

d'énergie, ne tardèrent pas à venir se poser dans sa paume.

— Elle a cherché les réponses avant toi, murmura la Luxa, dont le corps commençait à s'estomper. Maintenant, elles sont à toi.

L'espace autour d'elles se déforma tandis que les silhouettes surnaturelles se tortillaient et ondulaient. L'air se mit à scintiller, comme si la frontière entre les mondes s'effilochait.

Puis, les formes commencèrent à pâlir. Elles ne disparurent pas, mais se décomposèrent, comme une tapisserie que l'on désassemble, fil après fil.

Le Royaume des Rêves recula, quant à lui, battant en retraite comme une bête qui serait retournée se tapir dans l'obscurité. Puis la pièce se reforma et reprit son apparence initiale. Toutefois, les mains de Vale tremblaient toujours sur les pages que Nyrah avait dérobées dans le livre.

Elle inspira lentement, profondément.

— Suis les fractures, murmura-t-elle.

Avec précaution, elle referma la main sur les pages déchirées avant de se retourner, ses yeux verts brillants comme des émeraudes.

— Allez chercher le livre.

VALE

près la disparition des Luxas, la pièce était trop calme.

Mais à l'intérieur de moi ? C'était le chaos total.

J'enfouis ma fureur, ma rage et mon désespoir dans une petite boîte au fond de mon esprit, dont j'essayai de refermer le couvercle avant que ces émotions ne me consument. Car si je les laissais s'échapper, si je craquais à nouveau, je ne pourrais plus jamais remonter la pente.

J'avais décidé de sauver ma sœur, et je comptais bien le faire.

Mon regard se posa sur les pages déchirées que je tenais dans mes mains. Leur poids m'accablait, pas seulement parce que Nyrah les avait volées, mais parce qu'elles avaient une signification particulière.

Ma sœur les avait cachées après avoir trouvé les réponses que je n'avais même pas pensé à chercher.

Et à présent, elle avait été enlevée.

Le cœur battant à tout rompre et l'esprit en ébullition, j'agrippai les fragiles feuillets, alors que les paroles des Luxas résonnaient encore dans ma tête.

Je scrutai les pages déchirées, à bout de souffle. L'écriture de Nyrah était encore visible sur les bords, des notes griffonnées à la hâte d'une main que je connaissais mieux que la mienne. Ma gorge se serra, et une vive douleur me transperça l'âme.

Elle avait trouvé la réponse avant moi, sans même que je sois au courant.

Et si cela ne suffisait pas ? Et si je la décevais à nouveau ?

Je serrai le parchemin entre mes mains. *Non. Plus question d'attendre ou de douter.*

— Suis les fractures.

La voix de la Luxa résonnait dans mon esprit, tournant en boucle comme une incantation. Elle me commandait, m'ordonnait de passer à l'action.

Le livre. J'avais besoin du livre.

Le souffle toujours court, je me retournai brusquement et croisai le regard d'Idris.

— Le livre. Il est dans notre chambre.

Xavier se mit immédiatement en mouvement, les muscles tendus, dégageant une énergie électrique.

— Alors pourquoi reste-t-on plantés là, bordel ?

Sans répondre, je me mis à courir.

Les couloirs défilèrent tandis que mes bottes martelaient la pierre, suivies par celles de mes compagnons qui étaient sur mes talons, ce dont je me rendais à peine compte.

Le château semblait différent, comme si les murs retenaient leur souffle. Comme si le Royaume des Rêves s'était incrusté dans ses fondations et refusait de partir. L'idée me donna la chair de poule, réveillant la magie en moi, celle que j'avais irrépressiblement envie d'utiliser, et me brûla les entrailles, comme si quelque chose essayait de m'échapper.

Lorsque j'atteignis la porte de notre chambre, mes battements de cœur résonnaient dans mes oreilles, plus forts que le bruit de ma propre respiration. J'ouvris brutalement la porte, dont les gonds grincèrent sous la force du mouvement. La pièce était silencieuse, trop silencieuse, ce qui contrastait fortement avec le brasier qui ravageait ma poitrine.

Le livre était là, à l'endroit où je l'avais laissé dans mon sac, mais il ne m'apparaissait plus comme un simple livre.

Il semblait vivant.

Comme s'il attendait et observait, animé d'une conscience propre.

Sans réfléchir ou même reprendre mon souffle, j'avançai et me mis à genoux avant de replacer les pages déchirées dans la reliure. Aussitôt que les bords se touchèrent, l'encre se mit à palpiter, à l'image d'un cœur, comme si le livre me reconnaissait.

Il se mit à vrombir, sans produire de son, juste une vibration intense et persistante qui se propagea à travers le plancher et remonta le long de ma colonne vertébrale. L'air se raréfia et la température baissa suffisamment pour que du givre se propage sur la fenêtre la plus proche.

L'encre sur les pages ne bougea pas et ne s'effaça pas. Ayant attendu depuis toujours d'être à nouveau réunie, elle se mit à couler et s'étira pour combler les interstices laissés par les pages déchirées.

Le livre s'imprégna de la magie, l'absorbant comme s'il avait été privé de nourriture pendant des siècles. Puis les mots apparurent, aussi noirs que la nuit et nets que la pierre taillée.

Une décharge d'un pouvoir ancien, plus vieux que la création des Luxas ou même que toute magie de ma connaissance, me traversa, envahissant ma chair et mon sang avant de se propager dans la pièce pour atteindre mes compagnons.

Une magie intense, noire et ancestrale.

Elle jaillit des pages, sa chaleur s'élevant par vague, trop ancienne et puissante pour appartenir à une autre entité que le Royaume des Rêves.

— Putain... souffla Xavier en titubant, une main sur la tempe.

— Putain, je déteste quand les livres font des trucs pareils, se plaignit Kian, pris de frissons, les dents serrés.

Idris ne bougeait pas, mais son regard doré était rivé sur le livre. Il l'observait, attendait, évaluait la menace qu'il venait peut-être de devenir.

Je comprenais sa réaction. Les mots avaient un certain pouvoir, comme s'ils n'étaient pas uniquement destinés à être lus, mais à être prononcés *à voix haute*.

En plus de ça, ils m'étaient adressés.

Les illusions de Kian prirent vie autour de lui, scintillant comme des images rémanentes, quatre versions de lui-même qui alternaient entre la réalité et l'imagination, réaction défensive dictée par son instinct.

— Je n'aime pas ça, putain, dit-il entre ses dents serrées.

— Dites-moi qu'on ne se dirige pas vers un autre piège de Zamarra ! s'exclama Xavier, en se frottant le visage, après avoir marmonné un chapelet de jurons.

Toujours immobile, Idris semblait respirer doucement, d'une manière contrôlée et mesurée. Un peu trop. Dans ses yeux dorés, je vis ses iris en fusion et les fentes qu'étaient devenues ses pupilles.

Rune observait la scène.

Le sortilège se propagea en moi et pénétra mes os.

Le sang de la Première. La lumière du Royaume des Rêves. Montre-moi la voie à suivre.

Du sang.

La vérité m'écrasa la poitrine de son évidence irrévocable et indéniable. Pour la première fois depuis que Nyrah m'avait été enlevée, j'avais les idées claires et je ne voyais qu'une seule solution.

Sentant à peine mon souffle ou mes mains bouger, je pris ma dague sans même m'en rendre compte.

— Vale, attends... dit Kian en avançant vers moi, une lueur d'hésitation dans les yeux.

Quand le métal coupa ma paume, je ressentis une vive douleur.

L'entaille, nette et précise, révélait l'absence d'hésitation dans mon geste. Des gouttes de sang perlèrent à la surface, puis coulèrent sur ma peau avant de tomber sur les pages, que le sang rouge vif macula, imprégnant l'encre noire comme du charbon.

Le livre trembla et l'encre se mit à bouger. Elle n'absorba pas simplement le sang, elle le but. L'encre se tortilla, ondula et se propagea comme des fissures dans du verre ébréché.

Des fractures.

Puis une ligne se mit à brûler. Un seul point clignota, à la manière d'un phare ou d'un cœur qui bat. Il indiquait un emplacement, une faille dans le Royaume des Rêves.

Une voie à suivre.

Une porte.

Tout en expirant bruyamment, Kian se frotta la tempe comme s'il venait d'avoir une idée, et Xavier serra les poings, comme s'il voulait m'arracher le livre des mains pour le jeter de l'autre côté de la pièce.

— Et si c'était un piège ? demanda-t-il d'une voix tranchante et glaciale.

Sans fléchir, je soutins son regard.

— Alors on va les surprendre. Je ne laisserai pas cette femme mettre la main sur ma petite sœur, et je n'abandonnerai pas Briar non plus.

Je me fichais bien que ce soit un piège, je ne supportais plus les manigances de Zamarra.

L'air devint lourd, mais la sensation n'était pas la même qu'auparavant. Je ne percevais aucune violence ni aucun danger, mais plutôt une présence qui nous observait.

La maison gémit sous un poids invisible tandis que ses fondations semblaient expirer. Elle ne s'effondrait pas ou ne se craquait pas, mais elle s'inclinait.

Paralysée, je perçus une pression indéfinissable sur ma peau, sur mes poumons et sur mes os. Elle n'était pas exercée par une main ou une force, mais par une présence. Comme si le Royaume des Rêves s'était engouffré dans les fractures de la carte et m'avait trouvée.

Et à présent, il me connaissait.

Les murs ne se contentèrent pas de respirer, ils se courbèrent. L'air crépita au contact de ma peau alors qu'un spectre m'effleura les bras, la gorge et la poitrine.

Vale.

La voix était inaudible. Elle ne chuchotait pas.

Elle n'était que sensation.

Un bourdonnement parcourut ma chair, reflétant la présence qui s'immisçait entre les mondes. Cette présence qui observait et attendait.

Après s'être rapproché de moi, Idris me passa une main dans le dos.

— Vale… dit-il d'une voix calme, grave et tendue.

— C'est quoi ce bordel ? jura Kian entre ses dents serrées, alors que ses illusions clignotaient et vacillaient comme des braises mourantes. Pourquoi j'ai l'impression que…

Tout en grognant, Xavier fonça vers moi pour m'attraper le bras, mais quelque chose l'en empêcha. Il jura quand il heurta cette force invisible, dégainant son épée comme s'il voulait trancher l'air.

— Vale, tu ferais mieux de me dire que je me trompe, lâcha-t-il, les épaules crispées, le corps tendu, prêt à en découdre. Évidemment, ce foutu livre était hanté.

Mais la force ne provenait pas du livre.

J'en étais la source.

Les illusions de Kian s'agitèrent à nouveau, mais il ne les contrôlait plus. Le Royaume des Rêves les avait modifiées, leur donnant une autre forme, plus sinistre. Avec un juron, Kian claqua des doigts et les fit disparaître avant qu'elles ne se transforment en cauchemars.

De son côté, Idris ne bronchait pas, mais Rune gagnait du terrain, sa présence me conférant une sensation de brûlure. Mon Dieu, qu'il m'avait manqué !

Sa présence ne m'oppressait pas, au contraire ; elle

m'apaisait, telle la caresse de la soie contre ma peau, telle une source de chaleur enveloppant mon corps lors d'une nuit d'hiver. Mon cœur ralentit et se calma tandis que je me penchais, en quête de ce contact.

L'air était imprégné d'une odeur ancienne, presque irréelle : un mélange de jasmin et de clair de lune, le premier souffle de l'aube.

Une voix douce, mais lointaine, qui me parut aussi familière que la mienne, sans que je puisse expliquer pourquoi, envahit mon esprit.

— *Ma fille, ma lumière... Ta destinée a toujours été celle-ci. Tu es issue du Royaume des Rêves, Vale. Tu es plus forte que tu ne le crois. Aie confiance en toi. Suis la voie indiquée. Elle te mènera là où tu dois aller.*

Ces mots emplirent mes sens, imprégnèrent mes veines et s'ancrèrent dans mes os. J'eus le souffle coupé, pas sous le coup de la peur, mais de cette découverte.

Lirael.

Elle m'avait déjà sauvée une fois quand elle m'avait ramenée du néant et m'avait redonné pied lorsque j'étais perdue. Et à présent, je la sentais. Non seulement à travers sa voix qui envahissait mes sens, mais aussi dans mes os. Comme si j'avais toujours été destinée à l'entendre.

Elle n'avait jamais vraiment été loin.

C'était juste que je n'avais pas su l'écouter.

Le Royaume des Rêves ne cherchait pas à s'emparer de moi, mais m'encourageait à avancer. Il voulait que je trouve les fractures et que je les suive.

Puis une autre voix retentit dans mon esprit, une voix que j'avais craint de ne plus jamais entendre.

Rune.

— *Écoute ta mère, Vale.*

Sa voix calme, chaleureuse et familière m'apaisa, semblable à la chaleur d'un feu contre le froid hivernal ou à la première bouffée d'air frais après une tempête.

— *Elle ne t'a jamais guidée dans la mauvaise direction. Fais-lui confiance.*

Le souffle coupé, je serrai les poings. Je ne sombrais pas ou ne me perdais pas face au chemin à suivre qu'on m'indiquait. Même si je chancelais, une impulsion provenant du lien entre compagnons me servit d'ancrage. Idris. Son regard doré plongé dans le mien, il avait perçu quelque chose, sans savoir quoi.

Mais je voulais agir selon mes règles. À l'aide d'une décharge de magie, je le repoussai, non pas pour le rejeter, mais pour lui faire une promesse.

— J'arrive.

Lorsque le poids s'atténua, la maison expira à nouveau, les murs craquèrent et la pression diminua.

Le Royaume des Rêves ne disparut pas, mais il battit en retraite.

Tout en dessinant un chemin dans son sillage.

Un silence pesant s'abattit sur la pièce. Je sentais tous les regards braqués de mes compagnons sur moi, ils attendaient, m'observaient. En me retournant vers eux, je restai calme et imperturbable.

— On s'en va. Tout de suite.

Après que Kian eut échangé un rapide regard avec Xavier, tous deux tendus, mais résignés, Idris me jeta un coup d'œil interrogateur. Il savait qu'il s'était passé quelque chose, un événement qui ne concernait que moi. Cependant, il ne posa aucune question.

Pour le moment.

Talek me regardait toujours de ses yeux étranges, aux couleurs changeantes, dans lesquels brûlait une flamme énigmatique. Il secoua la tête et prononça ces mots dans quelque chose qui évoquait un soupir plutôt qu'un rire.

— Vous ne vous arrêtez jamais, n'est-ce pas ?

— Pas dans les moments importants, répondis-je en soutenant son regard d'un air de défi. Alors, vas-tu te battre aux côtés de ton roi ou te dérober pendant que tu en as encore la possibilité ?

Son regard se porta sur Idris avant de revenir sur moi.

— Lui, je m'en fiche, dit-il, un sourire narquois aux lèvres. Mais vous ? Je suivrais volontiers une déesse sur le champ de bataille, ma Reine. Vous n'avez qu'à donner l'ordre.

Je me retournai en serrant plus fort le livre, où la carte était désormais maculée de sang et de craquelures.

Une promesse.

Une destination.

Un avertissement.

Je plongeai mon regard dans les yeux de chacun d'eux, tour à tour. Idris. Kian. Xavier. Talek.

— On n'attend plus. On ne fuit plus. On arrête ces satanés jeux. On va les ramener, d'une manière ou d'une autre. Compris ?

Lorsqu'ils acquiescèrent tous d'un signe de tête, je relevai fièrement la tête.

— Alors, allez chercher vos armes.

CHAPITRE 21

KIAN

La maison était trop calme.

Ce n'était pas normal. Pas après ce qui venait de se passer. Pas après qu'on eut été *épiés* par le Royaume des Rêves. Pas après que Vale se fut tenue devant nous, les mains maculées de sang et de faisceaux de lumière, pour nous annoncer précisément où nous allions.

Elle aurait dû trembler et se montrer hésitante.

Mais ce n'était pas le cas.

Elle était là, une main sur le livre, la mâchoire serrée, ses yeux verts brillant à la faible lueur des bougies, comme si elle avait été *taillée* dans une matière étrangère à la chair et aux os.

Comme si elle appartenait au Royaume des Rêves lui-même.

L'idée fut *si effrayante* qu'elle me comprima la poitrine.

— Vale, dis-je d'une voix plus grave que je ne l'aurais voulu. Tu veux bien m'expliquer comment tu peux être aussi sûre de tout ça ?

Elle serra le livre comme s'il était la seule chose qui l'empêchait de s'effondrer.

Elle respirait calmement, même trop calmement. J'avais déjà vu cette attitude avant une tempête, avant d'arriver sur un champ de bataille où des hommes allaient se faire massacrer sans y être préparés. La situation ne me plaisait pas et me retournait le ventre. Je n'aimais pas le regard de ma compagne, sa posture assurée, comme si elle avait fait la paix avec une vérité qui nous échappait.

— Je suis morte, souffla-t-elle.

Le temps s'arrêta. Tout le monde retint son souffle. Il n'y eut plus un bruit, juste ce silence assourdissant pendant lequel le monde donna l'impression d'hésiter à continuer de tourner.

Xavier fut le premier à réagir, se raidissant comme s'il venait de recevoir un coup de poing.

— Vale...

— Je suis morte, répéta-t-elle d'une voix calme et posée.

Trop posée.

— Quand j'ai essayé de fusionner l'âme de Rune et celle d'Idris, la première fois... j'ai échoué et mon cœur s'est arrêté avant que je puisse terminer.

Une sensation affreuse et douloureuse me transperça la poitrine.

Je le savais. Bien sûr que je le savais. J'avais été présent, putain. J'avais vu son corps s'affaisser, l'éclat s'éteindre dans ses yeux. Je me rappelais ce que j'avais ressenti, planté là, à assister à la mort de ma compagne, incapable d'intervenir.

Mais l'entendre le dire ? D'une manière aussi factuelle, juste un événement qui appartenait déjà au passé ?

Comme si elle avait accepté cette réalité, contrairement à nous ?

Non. Je ne l'acceptais pas.

Idris fut le seul à ne pas réagir, car il savait déjà. Tout comme Rune. C'était évident.

Mais Xavier... Xavier la regardait comme si elle venait de créer un gouffre sous ses pieds.

— Lirael m'a ramenée, déclara Vale après avoir inspiré.

À ces mots, Xavier déglutit avec difficulté.

Les poings serrés, j'ouvris la bouche pour dire quelque chose, mais aucun son ne sortit. J'étais sans voix. Muet. J'avais tant à dire, mais je ne pouvais pas. Pas encore.

— Tu étais partie, murmura Idris. On t'a tous sentie partir.

— Elle m'a dit que mon heure n'était pas venue, acquiesça-t-elle en serrant plus fort le livre. Et maintenant, elle me dit de croire en ce que je suis. En qui je suis.

Quand elle leva les yeux, je vis une lueur déterminée et inébranlable dans son regard.

— Et après tout ce qui s'est passé, je dois la croire.

Tout en soufflant vivement, je secouai la tête. Merde. Une main dans mes cheveux, je me retournai tout en réprimant l'envie viscérale de la saisir et de la retenir.

Qu'étais-je censé faire d'une telle information ? Elle était déjà morte. Et elle voulait quand même se jeter dans la gueule du loup ?

— Ça ne me plaît pas du tout, dis-je entre mes dents serrées.

— C'est noté, soupira-t-elle.

Xavier expira longuement avant de se passer une main sur le visage.

— Je pense que ce que Kian veut dire, c'est qu'aucun d'entre nous n'aime savoir qu'on est incapable de te protéger. Ce n'est même pas nous qui t'avons ramenée à la vie.

— Mais je suis de nouveau vivante, répondit Vale, dont le regard se radoucit. Et maintenant, je vais sauver ma sœur parce que je sais que Lirael me dit la vérité. C'est ma destinée.

Le cœur battant à tout rompre, j'envisageais déjà toutes les possibilités, toutes les issues, tous les moyens de repli. Il me fallait un plan. Il fallait que je trouve un moyen qu'elle reste en vie... qu'elle survive à nouveau.

Je ne la perdrais pas une seconde fois.

J'avançai, parcourant la distance qui nous séparait en trois enjambées, indifférent au poids du regard d'Idris et à la nervosité de Xavier. Je m'arrêtai juste assez près d'elle pour poser une main sur sa hanche, agrippant le tissu de sa tunique tout en luttant contre l'envie de la jeter sur mon épaule et de m'enfuir à toute vitesse afin de la mettre en sécurité.

— Si tu meurs encore une fois, murmurai-je, ça va vraiment me foutre en rogne.

— Très bien, répondit Vale avec un rictus.

À côté d'elle, Idris était silencieux, ses yeux dorés obscurcis par une expression indéchiffrable. Mais à ces mots, son attitude changea, comme si un déclic venait de se produire. D'une main, il caressa le poignet de Vale pour la soutenir.

Ce geste la fit expirer lentement.

— On n'a pas de temps à perdre, continua-t-elle. Si les fractures sont visibles jusqu'ici, si le Royaume des Rêves déborde déjà dans notre monde, alors Zamarra va se réveiller plus tôt qu'on ne le pensait.

En soufflant par le nez, je me forçai à détendre ma main qui serrait bien trop fort le tissu de sa tunique.

Très bien. Nous allions le faire.

Les préparatifs précédant un combat relevaient du rituel pour moi.

Les métamorphes se déshabillaient souvent avant de se battre, car ils refusaient de perdre leur équipement ou leurs armes sous l'effet des transformations que subissait leur corps. En revanche, pour Vale, c'était tout le contraire.

Elle resserra les boucles des lanières de cuir qui recouvraient ses bras, ajusta les sangles à sa taille et se prépara comme si elle s'apprêtait à faire face à une armée ennemie plutôt au lieu de monter sur le dos d'un dragon. Car d'une certaine manière, ça devait être assez similaire.

Alors qu'il ajustait son armure, Talek marmonna quelque chose entre ses dents. Il remua les épaules, comme pour se débarrasser du poids de la magie dont les fines volutes s'accrochaient encore à son corps. Comme si l'esprit de l'Élémentaire s'effilochait.

Même s'il ne voulait pas l'admettre, il était épuisé.

— Ça va ? lui demandai-je, car je n'étais pas un salaud à ce point.

— Ça va toujours, répondit-il avec un regard froid. Même quand ça ne va pas.

— Tu as utilisé beaucoup de magie tout à l'heure, souffla Idris en faisant craquer ses doigts.

Talek ne répondit pas, ce n'était pas nécessaire. Il était exténué, cela sautait aux yeux.

Après un bref silence, Idris leva une main étincelante de magie.

— Prends-en un peu.

— Non, refusa immédiatement Talek en posant les yeux sur son roi.

— Tu es à bout de forces, rétorqua Idris d'un ton plat. Prends-en un peu.

Talek serra les dents. Mu par sa fierté ou son obstination, il ne bougea pas. Idris non plus, il se contenta d'attendre. Après un long moment, Talek finit par soupirer doucement, puis approcha et appuya sa paume contre celle d'Idris.

La magie jaillit entre eux, une lueur vive et brillante, comme le tranchant d'une lame fendant l'air. Des étincelles crépitèrent à la surface de leurs peaux, alors qu'une vague d'énergie circulait de la paume d'Idris vers les doigts de Talek, disparaissant en lui comme si l'Élémentaire s'abreuvait directement à la source d'une tempête.

Bien qu'il vacillât légèrement, Talek expira en relâchant ses épaules, à l'image d'un homme qui se serait débarrassé d'un lourd fardeau.

Quand tout fut terminé, il recula et plia les doigts comme pour tester leur souplesse.

— Je prétendrai que je ne vous en dois pas une, grogna Talek.

— J'avais l'intention de faire de même, rétorqua Idris en souriant.

La maison gémit dans notre dos lorsque nous sortîmes dans la nuit, avant que les derniers vestiges de sa chaleur s'évanouissent comme un rideau qui retombe. L'air glacial me cingla la peau, mais je ne le sentis presque pas.

Car pour la première fois, je les voyais. Les fractures.

Des lignes dentelées de lumière brillante s'étendaient dans le ciel, nettement visibles et inhabituelles, comme si quelqu'un avait entaillé le tissu de l'univers avec un couteau. Leur lueur pulsait au rythme d'une chose que je ne pouvais pas nommer, une présence impérieuse et ancestrale qui semblait nous observer. Je jurai entre mes dents. La carte n'avait pas menti.

Les fractures étaient bien réelles et étaient innombrables.

— Mon Dieu, lâcha Vale en s'arrêtant net à côté de moi, ses yeux verts rivés vers le ciel.

— Eh bien, souffla lentement Xavier d'une voix calme. C'est vraiment sinistre.

Malgré son silence, Idris suivit les fractures de ses yeux vifs et inquisiteurs.

Même Talek, qui ne la bouclait jamais, resta muet, le visage impassible. Ses étranges yeux aux couleurs changeantes reflétaient la lumière des fractures.

Je levai les bras au-dessus de ma tête, m'étirant pour évacuer la tension. Nous n'avions pas le temps de rester là à contempler le ciel.

— Métamorphosez-vous, dis-je après m'être retourné vers mes frères.

Xavier était déjà en train de détacher ses armes, de les retirer et de les fourrer dans la sacoche en cuir qui pendrait autour de son cou une fois qu'il se serait transformé. Avec son efficacité habituelle, Idris l'imita, son expression grave et concentrée. Puis je fourrai mes propres armes dans ma sacoche avant de retirer ma chemise.

Pendant ce temps, Vale attacha le livre contre sa poitrine, sous son armure.

— Tu restes avec Idris, lui indiquai-je en l'attrapant par le poignet avant qu'elle puisse s'écarter. Talek est avec moi.

— Je pourrais... commença-t-elle, les sourcils froncés.

— Je n'ai pas envie de me disputer avec toi, la coupai-je d'un ton plus tranchant que je l'aurais voulu, même si je m'en fichais. Tu seras plus en sécurité avec lui.

Malgré sa mine renfrognée, Vale finit par acquiescer.

Nos métamorphoses se succédèrent rapidement.

Idris fut le premier à partir. L'air autour de lui se déforma, son corps émettant une vague de chaleur, et un instant plus tard, l'énorme dragon écarlate qui avait autrefois été mon Roi déploya ses ailes. Xavier lui emboîta le pas, sa magie faisant crépiter l'air dans la nuit au moment de sa métamorphose en un dragon blanc et élancé.

Puis je lâchai prise.

La transformation fut brutale. Elle me déchira les muscles et les os, me désarticulant pour remodeler mon corps afin de laisser la place à une créature plus grande. Une incroyable puissance envahit chacune de mes cellules alors que je me dressais de toute ma hauteur, déployant mes ailes et enfonçant mes griffes dans le sol.

— Vous êtes incroyables, murmura Talek en sifflant d'admiration.

Sans lui prêter attention, je fixai ma compagne du regard. Elle ne bougeait pas d'un pouce.

Elle se tenait aussi raide et immobile qu'une statue, les yeux rivés sur le corps imposant d'Idris comme s'il s'agissait d'un ennemi, d'une chose qu'elle devait vaincre sans être sûre d'y parvenir. Elle s'était mise à haleter par petites bouffées contrôlées, comme si elle s'efforçait de rester calme alors qu'elle ne l'était pas.

Merde. J'avais oublié.

Vale n'avait pas seulement *peur* de l'altitude, elle en était terrifiée. Elle avait été contrainte de regarder des gens faire des chutes mortelles quand elle vivait au sein de la Guilde, ce n'était donc pas un simple désagrément, mais un véritable traumatisme.

Elle essayait de le cacher, mais je voyais ses mains agrippant les sangles de son sac à dos trembler, tout comme je voyais ses épaules se raidir et sa mâchoire se crisper.

J'avais horreur de la voir effrayée. J'avais horreur de savoir que, une fois de plus, les circonstances l'obligeaient à subir une telle épreuve. J'avais horreur de ne pas pouvoir, malgré tout mon désir de le faire, apaiser la peur qui lui enserrait la poitrine.

Mais nous n'avions pas le choix.

J'eus à peine le temps de remuer la queue avant qu'Idris ne réagisse en se baissant vers elle, lentement et délicatement, son énorme tête écarlate et dorée. Lorsqu'il expira doucement, son souffle chaud sans être brûlant ébouriffa les cheveux de Vale. Il refusait de lui mettre la pression.

Tout comme moi.

Elle avait déjà accepté et décidé de le faire. Elle avait juste besoin d'un instant.

Un grondement sourd sortit de la gorge d'Idris, une sorte de murmure apaisant.

Vale ferma les yeux, juste une seconde, avant de souffler et d'agripper les arêtes de ses écailles pour se hisser sur lui.

Je sentis le cœur de Xavier battre sur le lien qui nous unissait, une palpitation calme et attentive.

— *Ça va, Vale ?* demanda Idris d'une voix douce, même dans mon esprit.

— *Non*, répondit-elle en s'accrochant plus fort. *Mais je ne vais pas m'arrêter pour autant.*

Je décidai de me détourner avant de faire quelque chose de stupide, comme lui dire que nous pouvions trouver un autre moyen, puis je secouai mes ailes avant de m'abaisser suffisamment pour que Talek puisse grimper sur mon dos.

— Vous êtes tous très à l'aise avec l'idée de m'utiliser comme accessoire, dit-il en expirant bruyamment alors qu'il se hissait sur moi.

Je ne répondis pas, car franchement, il commençait à me courir sur le haricot.

Sur mon dos, il pesait à peine plus qu'une plume. Je ne voulais pas blesser son ego en le lui faisant remarquer, mais l'avantage avec cette forme, c'est que je n'avais pas besoin de tenir ma langue. Malheureusement, cela n'empêcha pas Vale de m'entendre.

Ma voix s'insinua dans son esprit, sèche et froide.

— *Toutes mes excuses, Votre Altesse. Devrais-je m'assurer de cirer mes écailles la prochaine fois pour garantir un meilleur confort à votre délicat postérieur ?*

Vale pouffa avant d'éclater de rire, ce merveilleux son que j'attendais depuis des jours.

— Qu'est-ce qu'il vient de dire ? demanda Talek en clignant des yeux. Je sais qu'il a dit quelque chose.

Vale toussa, s'efforçant de réprimer un sourire tandis qu'elle se cramponnait aux pointes d'Idris.

— Rien.

Dans ma poitrine, je sentis son cœur se calmer au fur et à mesure que sa peur se dissipait.

— *Allons-y,* soupirai-je en croisant le regard d'Idris.

Nous nous envolâmes en un éclair au milieu des rugissements du vent, nos ailes fendant la nuit comme des lames. Le monde en dessous de nous sembla rétrécir, englouti par les ténèbres, tandis qu'à l'horizon, la lumière se déversait des fractures dans le ciel nocturne.

Vale était trop silencieuse.

Cramponnée au dos d'Idris, elle s'agrippait aux épines, les mains crispées, les phalanges blanches. Sa respiration était trop contrôlée, tout son corps était tendu, comme si elle s'efforçait de se convaincre que tout allait bien.

Je sentais sa réaction intense et viscérale.

— *Vale, tu es en sécurité*, lui rappela Xavier d'une voix grave et douce qui fit frémir le lien.

Elle ne répondit pas et ne sembla pas se décrisper.

Mais elle fit quelque chose qui me brisa le cœur.

Elle posa son front contre les écailles d'Idris, mais seulement pendant une seconde.

Un signe de confiance.

Un élan de réconfort.

Ensuite, elle se redressa et appuya légèrement les mains contre le dos d'Idris.

La parenthèse était finie, mais j'en ressentais encore les effets dans tout mon être.

Bravo, ma belle !

Après quoi je me forçai à reporter mon attention sur le ciel où se trouvaient les fractures.

Au début, ce n'étaient que des veines incandescentes qui serpentaient entre les montagnes, sillonnaient les forêts et traversaient les rivières. Certaines étaient fines, presque invisibles, alors que d'autres étaient profondes, béantes, divisant la terre avec la netteté d'une lame.

Puis je remarquai autre chose.

On aurait pu croire qu'elles étaient statiques, mais elles bougeaient et évoluaient, comme si quelque chose venait d'émerger depuis l'autre côté.

Un grognement sourd secoua ma poitrine, repris par Xavier à ma gauche, et je sentis son regard se poser sur moi.

— *Tu vois la même chose ?*

— *Ouais.*

Devant nous, Vale se retourna légèrement, les cheveux fouettés par le vent.

— *Le Royaume des Rêves est dans une phase de transition. Les fractures grossissent.*

Super.

Puis une voix claire et anormalement distincte fendit le vent.

Ce n'était ni un cri ni un hurlement, mais un murmure porté par la brise.

Talek.

— On est suivis.

Je ne réagis pas en apparence, mais je jetai un coup d'œil derrière nous. Il avait raison. Au loin, bien en dessous, des ombres se faufilaient à travers les failles. Elles bougeaient, se tordaient et nous observaient.

Les créatures de Zamarra.

La voix de Talek, portée par sa magie pour que je puisse l'entendre, s'éleva à nouveau dans le vent.

— Elles n'attaquent pas encore, dit-il avant de marquer une pause. Elles observent.

— *Alors, dépêchons-nous !* dis-je avec impatience, la poitrine en feu.

Nous fendîmes la nuit à toute vitesse, traquant les fractures qui se propageaient à travers le pays. Plus nous avancions, plus elles semblaient réelles, loin des petites fissures initiales.

Elles dégoulinaient littéralement.

Et là, devant moi, je la vis. Une convergence. Les

fractures s'entremêlaient pour fusionner en une masse plus dense. Un centre névralgique.

Autrement dit, une porte.

Une secousse me parcourut, mais pas pour signaler une attaque. Pas encore. Quelque chose nous attendait.

Et puis le ciel entra en éruption.

Elles surgirent de partout.

Des ombres s'échappèrent des fractures en contre-bas, jaillissant vers le ciel dans un tourbillon de feu noir et de griffes. Leurs cris stridents me transpercèrent les tympans.

Une vague de magie noire me frappa en pleine poitrine, m'obligeant à déployer mes ailes pour contrer la puissance de l'impact. Tout en grognant, je tournai brusquement la tête au moment où une autre rafale visait Xavier.

Dans un brusque tête-à-queue, son corps blanc fendit le ciel pour esquiver de justesse.

Les créatures agissaient de manière étrange, passant de l'état solide à l'état gazeux avant de reconstituer leur forme en plein élan. Elles se déplaçaient trop rapidement, comme si elles faisaient des bonds dans le temps. Et quand Idris en broya une entre ses mâchoires, elle éclata en morceaux de verre noir.

Mais les débris ne restèrent pas inertes. Non, ils se

tordirent et se tortillèrent pour se reformer sous mes yeux.

— *OK, génial.*

Talek maudit tous les dieux qu'il connaissait tandis que nous faisions une embardée pour les éviter.

— Évidemment. Comment les choses pourraient-elles être simples ?

Sa voix était clairement audible malgré les hurlements du vent, car sa magie bravait la tempête.

— *Tu te souviens quand on n'avait qu'à se soucier des mages giroviens et de leur foudre du dragon ?*

— *Bon sang, cette époque me manque*, grogna Xavier sur le lien tandis qu'il déchiquetait une autre ombre avec ses griffes.

Puis l'une d'elles attrapa Vale.

Tout se passa en une fraction de seconde : un brouillard d'ombres mouvantes et des griffes se refermant sur elle comme un nœud coulant.

Avant que Xavier ou moi puissions l'atteindre, Talek lacéra l'air d'une rafale de vent qui repoussa la créature prête à arracher Vale du dos d'Idris.

Je l'attrapai en plein vol et refermai brusquement la mâchoire pour la broyer et la transformer en fumée.

Vale resserra son étreinte, mais sa voix résonna clairement à travers le lien.

— *Arrêtez de discuter et tuez ces enfoirés.*

Xavier éclata d'un rire rauque et retentissant, virevoltant déjà dans les airs et battant des ailes avec force pour affronter les assaillants en approche.

— *Avec plaisir.*

Sans hésiter, je laissai la chaleur monter dans ma poitrine au point qu'elle devienne violente, bestiale et incontrôlable.

Puis j'ouvris grand la gueule et laissai l'enfer se déchaîner.

Mais mes flammes ne purent pas tout détruire.

— Quelque chose arrive, annonça Talek, dont la voix couvrit le chaos. Quelque chose de plus gros.

Je n'avais pas besoin de demander quoi. Je ne voulais même pas connaître la réponse. Malheureusement, j'allais très certainement la découvrir.

En dessous de nous, les fractures pulsèrent violemment, soumises à une pression inconnue. Les créatures n'attaquaient plus, elles reculaient.

Elles ne battaient pas en retraite, mais *attendaient*.

— *Il faut partir, tout de suite,* dit Xavier en plongeant vers le point de convergence.

Avec Vale agrippée à son dos, Idris fonça en avant.

La brèche s'ouvrit, une déchirure dans la réalité elle-même, et nous aspira.

Je libérai une dernière boule de feu pour creuser un passage à travers les créatures qui grouillaient encore en contrebas.

Au moment où nous franchîmes le seuil, je la sentis. Une sensation lancinante qui donnait l'impression que quelque chose m'oppressait la cage thoracique et m'entraînait.

Le monde se fractura.

L'une des créatures passa avec nous, quittant son apparence solide déformée pour se changer en fumée avec un dernier grognement sinistre. Des griffes difformes se tendirent vers moi… vers Vale.

Puis le monde bascula sur le côté.

La convergence s'élargit, sa force d'attraction plus forte que la gravité et que le vent. Un éclat de lumière argentée jaillit, d'un froid glacial et infini.

Le Royaume des Rêves nous engloutit tout entier.

La réalité se fragmenta violemment, vola en éclats, me transperça la poitrine.

Puis nous tombâmes.

CHAPITRE 22
VALE

Nous continuions de tomber.

Déployée dans toutes les directions, une lumière argentée nous avalait tout entiers. Il n'y avait ni ciel ni sol, seulement une chute en apesanteur vers le néant.

Je ne pouvais plus respirer. Pas à cause d'une quelconque douleur ou de ma peur, mais parce que le Royaume des Rêves respirait autour de nous. L'air vibrait au rythme des palpitations d'un cœur, dont les battements trop puissants et trop lointains résonnaient dans mes os.

Puis tout changea brusquement.

D'abord, le sol réapparut de nulle part.

Je m'écrasai *violemment* dessus. L'impact aurait dû me mettre en pièces, me briser les os, mais au contraire, la sensation fut douce. Comme si j'étais tombée dans du sable ou de la soie. La matière était mouvante, fluide, avant de devenir d'un coup solide.

Quelque part à côté de moi, Talek jura.

— Putain...

Il s'interrompit et roula à quatre pattes alors que sa magie habituellement féroce crépitait nerveusement autour de lui.

— Cet endroit me met... mal à l'aise, dit-il en regardant le ciel argenté.

Lorsqu'il se releva, Xavier grogna, ses écailles pâles et irisées scintillant dans la lumière infinie. De son côté, Idris expira lourdement, son corps massif vacillant une brève seconde, le temps de retrouver son équilibre. Puis Kian lâcha un grognement sourd et strident.

Au moment où nous atterrîmes, le Royaume des Rêves se stabilisa. Le sol cessa de bouger, les pulsations dans l'air ralentirent et tout s'immobilisa.

À part quelque chose qui *bougea*.

Les narines dilatées, Talek se raidit, son regard aux couleurs changeantes se tournant vers les ombres.

— Ce n'est pas...

Un grognement aigu et sinistre déchira le silence.

Je me tournai vers le bruit, juste à temps pour voir la créature se dresser.

La dernière créature de Zamarra.

Je me mis à genoux, le souffle court, tandis que la bête émergeait de l'obscurité et occultait la lumière. Elle était différente désormais, plus grande et plus réelle. Elle ne vacillait plus entre ombre et fumée et n'était plus seulement une créature sortie des fractures.

Le Royaume des Rêves lui avait donné une apparence encore plus terrible. C'était une créature issue du néant, dont le corps ondulait comme des flammes noires, mais ses membres ?

Ils étaient solides... trop solides.

Ses griffes, aiguisées comme des rasoirs, brillaient, même à l'étrange lueur argentée de cet endroit. Et la créature fonçait droit sur moi.

Kian réagit immédiatement en bondissant le premier. Avec sa forme massive de dragon, il fonça sur la créature à une vitesse vertigineuse, mais ses mâchoires mordirent dans le vide, passant à travers l'ombre qui semblait alors composée de brume, mais qui se reforma pourtant juste derrière lui.

— Oh, putain ! grogna Talek en brandissant ses mains vers l'avant.

Soudain, le vent rugit. La rafale aurait dû balayer la créature, mais celle-ci ne bougea même pas.

— C'est quoi se bordel ? s'emporta Talek.

Plissant ses yeux d'un bleu pâle, Xavier grogna. La magie s'enroula autour de ses griffes au fur et à mesure que son pouvoir grandissait, avant de se déchaîner dans une explosion de flammes bleues. La chaleur était insupportable, mais la bête ne poussa aucun cri. Elle ne ralentit même pas. Le feu lécha son corps et sembla lui glisser dessus comme s'il n'était pas là.

— *Merde !* siffla Xavier.

— *Cette créature n'a pas de corps tangible*, dit Idris en se préparant au combat, ses yeux d'un doré étincelant. *Notre magie ne fonctionnera pas.*

— *Eh bien, comme c'est pratique !* rétorqua Kian en effectuant une pirouette dans les airs pour éviter une nouvelle attaque.

Je l'avais deviné.

Je ne savais pas comment, mais je l'avais senti. Mes compagnons n'étaient pas en mesure d'affronter cette créature. Mais moi, si.

Sans hésiter, je passai à l'action et le Royaume des Rêves répondit à ma prière avant même que je ne la formule. Une lumière jaillit de mes mains, incontrôlable et pleine de vie. Je ne l'avais pas invoquée ni maniée. Elle s'était manifestée d'elle-même.

Une dague brillante et acérée se matérialisa, façonnée à partir de lumière pure. Ce n'était pas la première que je conjurais, mais celle-ci était différente. Elle n'était pas uniquement composée de ma lumière, mais aussi de la magie pure tirée directement du Royaume des Rêves.

Quand la créature se jeta sur moi, je bondis vers elle, bien plus vite que je n'aurais dû. Elle se retourna, ses griffes prêtes à me lacérer la gorge.

Je l'esquivai d'une pirouette pour me mettre hors de portée, puis enfonçai la dague dans sa poitrine.

La créature hurla, une plainte amère qui faillit me fendre le crâne. Sa mort ne ressembla en rien à celles des créatures précédentes. Il n'y eut ni fumée noire ni dissolution dans les airs.

Elle se *désintégra*.

Une explosion de ténèbres, dont les fragments se distordirent et se torsadèrent avant que le Royaume des Rêves l'engloutisse.

Je restai là, haletante, les mains crispées sur la lame, puis la dague vibra une fois avant de se dissoudre dans les airs.

Le silence s'installa tandis que j'essayais de comprendre ce que je venais de faire.

— *C'était quoi, ça, bordel ?* expira vivement Xavier, sa voix retentissant sur le lien.

Talek ne l'entendit pas, mais cela n'avait pas d'importance. Sa magie s'agitait encore dans les airs chargés des pulsations du Royaume des Rêves. Il souffla lentement et se frotta l'avant-bras comme s'il essayait de se libérer de l'électricité statique environnante.

— Ce n'était *pas* normal, marmonna Talek en jetant un regard méfiant sur les fluctuations de l'air autour de nous.

Sa voix était grave, mais teintée d'une certaine inquiétude.

— Vous n'avez pas simplement tué cette chose, Vale. Vous avez provoqué un changement.

Toujours sous sa forme de dragon, Kian s'avança et plissa ses yeux ambrés en fusion.

— *Vale ?*

— *C'est moi*, répondis-je d'un air de défi, mon pouvoir encore palpable sous ma peau. *Il y a peut-être du vrai dans cette histoire absurde qui dit que je suis « née du Royaume des Rêves ».*

Mes mots résonnèrent dans nos esprits, plus pesants que le silence.

Puis Idris se métamorphosa. Sa grande forme de

dragon se dissipa alors que sa magie dorée l'enveloppait, et il finit par se tenir à nouveau devant moi, sans rien dire.

Il tendit simplement la main pour effleurer la mienne et sentir le pouvoir qui fourmillait encore dans mon sang. La magie du Royaume des Rêves.

De l'être que j'étais.

Tout en soupirant doucement, je croisai son regard.

Le Royaume des Rêves n'en avait pas encore fini avec moi.

Il s'agita au moment où la lumière argentée qui s'étirait à l'infini se mit à palpiter, une pulsation profonde et cadencée, comparable au souffle d'une immense créature ancestrale. Le sol sous mes pieds ondula, non pas à la manière d'une matière solide, mais plutôt à la manière d'une forme vivante et consciente.

L'air semblait désormais différent, chargé d'une intuition silencieuse. J'expirai lentement pour essayer de me calmer tandis que la dernière trace de la créature disparaissait dans le néant. Mon corps frémissait encore de la puissance et de la vie du Royaume des Rêves qui résonnait dans mon être.

Puis l'air bougea.

Aucun bruit de pas ou avertissement.

Juste un soupçon de lumière où des silhouettes prenaient forme.

Une douzaine de créatures émergèrent de la lueur. Sans faire aucun pas. Plutôt que d'apparaître, elles naquirent. Leurs corps scintillaient, alternant entre état solide et transparence, comme si elles n'étaient pas tout à fait là, comme si elles faisaient partie du Royaume des Rêves.

Les Luxas.

Je les reconnus au premier coup d'œil, non pas grâce à leurs visages, dont la plupart m'étaient inconnus, bien que leurs traits fussent flous, mais grâce à leur aura. Un sentiment familier m'envahit parce que le Royaume des Rêves se trouvait en elles. Et à présent, elles se tenaient devant moi.

Une femme à l'avant s'approcha. Ses cheveux étaient aussi pâles que la lumière des étoiles, sa silhouette était drapée d'une robe argentée qui semblait se fondre dans l'espace autour d'elle. Elle ne marchait pas vraiment, mais semblait plutôt flotter, l'air se déplaçant lentement au gré de ses mouvements.

— Tu es venue, murmura-t-elle en croisant mon regard.

Sa voix ne produisait pas vraiment de son. C'était plutôt une sensation qui résonnait jusqu'au plus profond de mon être.

— *Vous ne lui avez pas vraiment laissé le choix*, marmonna Kian à côté de moi, toujours sur le qui-vive, comme si un combat pouvait éclater à tout moment.

Le regard impénétrable de la femme se posa brièvement sur lui, avant de revenir vers moi.

— Tu es comme elle l'avait dit, déclara-t-elle. Exactement comme Lirael l'avait promis.

À ce nom, ma gorge se serra. Ma... *mère*. L'être qui m'avait créé en puisant dans cet endroit, ce que j'avais encore du mal à concevoir.

— Qu'est-ce que cela signifie ? demanda Idris d'une voix grave et posée, même si je percevais sa tension qui parcourait notre lien. Pourquoi êtes-vous encore ici ?

— Parce que nous le devions, répondit la femme en tournant son attention vers lui.

Ses mots restèrent suspendus entre nous, lourds de sens.

— Il y a deux cents ans, nous aurions dû mourir, expliqua une autre silhouette en s'avançant, une femme aux traits anguleux et au regard brisé. Notre magie aurait dû s'éteindre lorsque Zamarra nous a tout pris.

Sa voix était plus rude, plus humaine, plus authentique.

— Mais nous avons fui, poursuivit-elle. Nous nous sommes accrochées au peu qui nous restait et nous nous sommes échappées dans le Royaume des Rêves avant d'être complètement décimées.

— *Et maintenant ?* grogna Xavier d'une voix pensive.

— Maintenant, nous te donnons ce qui nous reste, déclara la femme en fixant ses yeux sur moi.

Le silence qui s'abattit s'étira pendant ce qui me parut une éternité.

Ses paroles m'avaient fait l'effet d'une bombe. J'avais déjà compris ce qu'elle voulait dire avant même qu'elle prononce les mots, mais les entendre à voix haute m'avait glacé le sang.

Elles ne se contentaient pas de me donner leur pouvoir.

Elles avaient l'intention de m'offrir leur essence même.

Kian se raidit à côté de moi, agitant ses ailes alors que tout son corps se tendait.

— *Non*, dit-il d'une voix grave et tranchante, un

ordre doublé de peur. *Elle ne peut pas absorber plus de pouvoir. Vous ne savez pas l'effet que ça aura sur elle.*

— Si, répondit doucement la femme à mon compagnon, alors qu'elle n'aurait pas dû l'entendre. Et elle aussi le sait.

Son regard croisa le mien et j'y vis une certitude tranquille.

— Si vous faites ça... commençai-je après avoir ravalé ma salive, la gorge serrée. Qu'est-ce qui va vous arriver ?

— Nous continuerons notre chemin, répondit la Luxa, sans hésiter.

La façon dont elle s'exprimait, tout en douceur, sans crainte, me donna la chair de poule.

— *Non*, insista Kian d'une voix menaçante. *C'est hors de question. Trouvez une autre solution.*

Le pouvoir de Xavier crépita dans l'air, tandis que le lien qui nous unissait vibrait sous le poids de son tumulte émotionnel.

— *Vale*, dit-il d'une voix tendue, à peine audible. *Ne me dis pas que tu envisages vraiment de faire ça.*

— Je ne veux pas le faire, répondis-je d'une voix calme, mais aussi tranchante qu'un couteau, les poings serrés. Je ne veux pas prendre ce risque. Je ne veux pas vous quitter.

Le lien fut secoué par le chagrin et la rage qui m'enveloppaient.

— *Alors, ne le fais pas*, répondit Kian, dont le visage se crispa.

— J'ai fait une promesse, soufflai-je en tremblant.

Xavier expira brusquement, l'air agité, comme s'il avait besoin de bouger pour ne pas exploser.

— *À tes parents avant qu'ils meurent.*

— Et à vous tous, ajoutai-je, la gorge en feu, mais je continuai. J'ai juré que j'arrêterais Zamarra. J'ai juré qu'on gagnerait. Et je ne peux pas y arriver dans cet état. Elle est trop puissante.

— *Alors nous trouverons un autre moyen...* insista Xavier en faisant claquer sa queue, les yeux hagards.

— Le temps nous manque, répondis-je d'une voix brisée. Nyrah ne peut pas attendre.

Mes mots me firent l'effet d'un coup de poing, et tous le ressentirent.

Idris ferma les yeux pendant un bref instant. Puis il plongea dans le mien son regard doré, où brillait une lueur de détermination intense.

— Ma petite téméraire, murmura-t-il. Tu es sûre ?

Non, je ne l'étais pas. Je n'étais sûre de rien. Mais je savais exactement ce qui se passerait si je n'agissais pas.

Après avoir inspiré lentement, je répondis d'une voix à peine plus haute qu'un murmure.

— Je ne veux pas mourir.

Kian laissa échapper un grognement guttural alors que son corps brillait de la chaleur caractéristique de la magie. Dans un jaillissement de flammes dorées, sa forme de dragon s'évanouit pour le laisser apparaître, torse nu, le regard incandescent de rage.

— Alors, ne le fais *pas*, dit-il en faisant un pas brutal vers moi, les poings serrés.

— Je n'ai pas l'intention de mourir, dis-je, le dos bien droit, en m'efforçant de contrôler le tremblement de ma voix. Mais je dois essayer. Je dois tenir ma promesse.

Tout en se détournant, Kian jura, incapable de me regarder.

Xavier expira bruyamment avant de déployer ses immenses ailes, puis de les ramener contre ses flancs. Il renversa la tête en arrière et poussa un grognement rauque qui secoua sa poitrine, comme s'il implorait les dieux en silence.

De son côté, Idris m'observait avec un mélange d'émotions, sa magie se mêlant à la mienne dans une sorte de supplication tacite.

Ils détestaient tous cette situation.

Tout comme moi.

Mais malgré tout, je fis un pas en avant.

Pour exprimer sa rage et sa peur, Kian laissa échapper un son rauque et guttural de frustration, avant de s'approcher brusquement et de m'attraper le menton pour me forcer à le regarder dans les yeux.

— Si je vois que c'est en train de te tuer, on arrête, me prévint-il d'une voix grave. Je me fous de ce qui arrivera par la suite. Tu comprends ?

J'acquiesçai, la gorge trop nouée pour parler.

Il expira lentement, le corps tremblant, et appuya son front contre le mien.

— Je déteste cette situation.

— Je sais.

— *Vale...* dit Xavier entre ses dents serrées, son corps massif vibrant d'une émotion à peine contenue.

Après m'être retournée vers lui, je m'approchai et posai une main sur les épaisses écailles de son torse, sentant les battements sourds et puissants de son cœur sous ma paume.

— Je te choisis, murmurai-je. Je vous choisis tous.

Xavier expira bruyamment, puis sa forme de dragon se dissipa dans les ombres et la lumière. Lorsqu'il se redressa devant moi, à bout de souffle, il posa sa main sur la mienne et la serra avec force.

— Alors, reste.

— C'est ce que je compte faire, soupirai-je, une partie de moi-même se brisant.

C'était une promesse, et j'avais bien l'intention de la tenir.

La femme leva une main et ses doigts émirent une douce lueur rougeoyante.

— Ce n'est pas un fardeau, murmura-t-elle. C'est un cadeau.

Malgré mes tremblements, je tendis ma main.

Au moment où mes doigts effleurèrent les siens, une lumière jaillit. Pas une simple lueur ou un scintillement, mais une véritable explosion qui fendit l'air comme un éclair. Le Royaume des Rêves déferla sur moi, envahissant mes sens comme un raz-de-marée dévastateur.

Je poussai un cri, mais ne ressentis aucune douleur, seulement la chaleur des flammes. Pas celles qui brûlent, mais celles qui transcendent. Elles imprégnèrent ma peau, mes veines, mes os, me remodelant en un être différent et supérieur. Le pouvoir fit vibrer l'air, la vague d'énergie si puissante que j'eus l'impression qu'un deuxième cœur se mettait à battre dans ma poitrine.

Les silhouettes des Luxas vacillèrent, leurs contours éclatants. Le processus ne se fit ni doucement ni paisiblement, mais avec la violence du verre qui se fracture sous la pression. Les lèvres de la femme esquissèrent un sourire à peine perceptible, alors que son corps se désagrégeait déjà, chaque fragment s'élevant dans les airs, comme autant de fils tirés de la trame de l'existence.

Le Royaume des Rêves tout entier frémit.

Après quoi une onde se propagea et déforma l'espace qui nous entourait, provoquant un grondement sonore qui ébranla le sol, mon corps et mon âme. Mes compagnons furent également affectés : Kian grogna et tendit les mains vers moi, Xavier tituba en agrippant sa poitrine et Idris lâcha un souffle saccadé, son regard doré incandescent, comme s'il pouvait voir ce qui se passait en moi.

Une par une, les Luxas disparurent, leurs dépouilles fendant l'air comme des étoiles filantes. Leur pouvoir ne se contentait pas de m'envahir, il me transformait.

Le Royaume des Rêves expira un dernier soupir.

Leurs voix, leur magie, leur essence même imprégnèrent ma chair et le plus profond de mon être. Les derniers échos de rires, de peines et d'amour résonnèrent dans mon cœur avant que le Royaume des Rêves ne les emporte.

Puis la lumière implosa.

Pendant un instant, tout fut comprimé, soumis à

une pression si forte que je crus être sur le point de voler en éclats. Mon cœur s'arrêta, pendant une et deux secondes, avant qu'il ne se remette à battre, libérant une dernière bouffée d'énergie brute qui fit trembler le sol sous mes pieds.

Le pouvoir se stabilisa.

Les Luxas avaient disparu.

Et pour la première fois, le Royaume des Rêves se tut.

CHAPITRE 23

VALE

Le corps tremblant, j'expirai brusquement, brûlant littéralement sous l'effort. À l'intérieur de moi, la lumière gigotait comme une créature vivante, trop intense, trop vaste, trop puissante. Au lieu de se résorber, elle prenait de l'ampleur, dépassait les limites de mon enveloppe charnelle et se répandait entre mes côtes jusqu'à me donner l'impression d'exploser.

Mes jambes se dérobèrent sous moi et le monde se mit à tourner.

Des mains robustes me rattrapèrent avant que je ne m'effondre.

Celles d'Idris.

De Kian. De Xavier.

Leur présence me ramena à la réalité, malgré mon

corps qui frissonnait sous le poids du pouvoir qui bouillonnait en moi.

Reculant d'un pas, Talek resta en retrait, l'air tendu et méfiant. Il ne chercha pas à m'aider, mais ses yeux perçants examinèrent mon visage, guettant le moindre tremblement, le moindre soupir. Il ne savait pas ce qui se passait, mais il en savait suffisamment pour faire preuve de prudence.

Idris me tenait fermement, d'une main assurée. Sa chaleur rassurante, constante et immuable, imprégnait mon corps, telle une corde qui me retenait au bord d'un précipice inconnu.

Xavier était lui aussi près de moi, sa main dans mon dos, les doigts écartés, son souffle chaud caressant ma tempe. Une promesse sans paroles, mais que je percevais à travers le lien qui nous unissait : «Je veille sur toi.»

Et Kian... Sa présence prenait le lien comme dans un étau, rongée par l'inquiétude. Sa peur n'était pas criante, car il ne l'exprimait pas, mais je la sentais dans la façon dont sa magie effleurait la mienne, comme pour s'assurer que j'étais toujours là.

Mais je ne l'étais pas.

Pas vraiment.

Sous la force des vibrations dans ma poitrine, ma vision se brouilla...

— Merde, murmura Talek entre ses dents.

Je l'entendis à peine avant de m'évanouir. Ni observatrice ni détachée, j'étais à l'intérieur.

Je me tenais dans un temple grandiose... ou plutôt, ce qu'il en restait. Les pierres magnifiques étaient déjà fissurées, et une énergie magique dégoulinait des murs dans un spectacle sinistre. Les Luxas étaient là, leurs corps tordus de douleur à mesure que leur pouvoir leur était arraché, et le temple gémissait sous le poids d'une chute imminente.

Le ciel au-dessus bouillonnait d'argent et de noir, signe de la colère du Royaume des Rêves lui-même.

Et au centre de toute cette agitation...

Idris.

Pas tel qu'il était à présent, mais tel qu'il avait été. Un roi en armure dorée, le visage ensanglanté, débordant de puissance, et l'âme intacte. Entière.

Je voulais courir vers lui, arrêter ce massacre, briser le sort de mes propres mains, mais j'étais paralysée. Incapable de faire autre chose que de regarder la scène.

En face de lui se tenait Zamarra.

Elle était magnifiquement effrayante. Une créature d'une grâce lumineuse, ses mains pâles tendues devant elle. De ses doigts délicats, elle manipulait des rubans de magie, les tissant ensemble avec une habileté qui me donnait la nausée.

Son expression n'était pas cruelle ou jubilatoire, elle était concentrée. Elle savait ce qu'elle faisait et savait quel en serait le prix. Elle savait exactement ce que sa magie s'apprêtait à détruire.

Elle n'agissait pas sous le coup de l'émotion ou de la rage.

Elle menait une expérience, c'était son art.

Elle ne se réjouissait pas de son œuvre, ne s'esclaffait ou ne ricanait pas, elle accomplissait simplement sa besogne.

Sa concentration était telle, si extrême, que je mis un moment à le remarquer.

Arden.

Il se tenait à ses côtés, le visage animé par la dévotion. Pas celle qu'il vouait à son frère, à son sang.

Celle qu'il vouait à Zamarra.

Ses mains bougeaient à l'unisson avec les siennes pour insuffler sa propre magie dans la malédiction, la renforçant, l'alimentant. Il n'hésita pas, ne faiblit pas et ne jeta même pas un regard à Idris qui se tordait de douleur devant lui.

Zamarra murmura quelque chose que je ne pus entendre.

Et Arden sourit, d'un air sinistre, comme si cette trahison était un cadeau pour lui.

Devant cette scène, je sentis mon estomac se nouer et mon cœur se mit à résonner dans mes oreilles.

Quand Zamarra redressa la tête, pour la première fois, je le vis. Le moment où elle comprit et sut la vérité.

Idris l'avait aimée, pas de manière superficielle ou de manière éphémère, mais avec des sentiments plus profonds.

Il résistait. La tension de son corps était visible, tout comme la crispation de ses mains, la force qu'opposait son pouvoir...

Mais la malédiction était plus forte.

Au moment où elle prit le dessus, je le sentis : la rupture. La déchirure. La destruction.

Avec un cri étouffé, Idris se cambra en écarquillant ses yeux dorés alors que la magie le transperçait, se frayait un chemin en lui pour y arracher quelque chose. Pas quelque chose.

Quelqu'un.

Un rugissement secoua le temple lorsque Rune jaillit de son enveloppe charnelle.

Le dragon bondit hors de lui, se matérialisant dans une explosion de lumière fragmentée : une grande créature écarlate, dont les griffes raclaient la pierre dorée et dont les ailes battaient frénétiquement, refusant d'accepter ce qui venait de se passer.

Mais le lien avait déjà été sectionné.

Rune vacilla, le regard perdu et paniqué. Il ouvrit la bouche, mais aucun son ne sortit. Aucune pensée ne circulait plus entre eux.

Poussé par son instinct, il se retourna vers Idris qui s'effondra. Le cri qui suivit n'en était pas un, mais plutôt l'agonie d'un être, la division d'une entité.

Cela traduisait la souffrance d'une âme brisée.

Idris s'écroula lourdement sur le sol, à bout de souffle, agrippant sa poitrine comme s'il essayait de protéger quelque chose qui n'était plus là. Son pouvoir avait été réduit de moitié, et il n'avait aucun moyen de récupérer ce qui lui avait été volé.

Puis la malédiction frappa.

Le pouvoir emprisonné à l'intérieur de Rune grossit de manière inquiétante, ce qui fit trembler l'air, avant que la magie de Crédour se fracture et que le monde bascule.

Et pourtant, Zamarra continua de tisser son sort.

Et pourtant, Arden continua de la regarder avec dévotion.

Et pourtant, les Luxas succombèrent.

Mon peuple, celles qui faisaient des voyages oniriques, les porteuses de lumière. Leurs corps oscillaient entre la matière et le néant, alors que leur lumière s'éteignait peu à peu. Leurs cris déchiraient l'air, muets dans cet endroit, mais je pouvais néan-

moins sentir les répercussions de leur agonie jusqu'au plus profond de mon être.

L'un après l'autre, leurs corps s'effondrèrent, les derniers lambeaux de leur pouvoir aspirés par la malédiction.

Agitées par les tremblements du temple, les pierres se fendirent, leurs lumières dorées s'éteignant à mesure que leurs vies se consumaient. La dernière Luxa, la cheffe, la femme qui m'avait parlé, tenta d'attraper quelque chose, le regard tourné vers le ciel.

La dernière chose que je vis, c'est Idris qui tendait la main vers Rune, la grande créature qui lui avait appartenu.

Et Rune se détourna, non pas parce qu'il le voulait, mais parce qu'il n'avait pas d'autre choix.

Haletante, je sentis mes genoux fléchir tandis que le monde se recomposait autour de moi. Sur le sol à nouveau solide, j'avais le cœur qui battait à tout rompre dans ma poitrine ; et je respirais trop vite, trop fort, m'efforçant de reprendre mon souffle dans un corps qui ne semblait plus être le mien.

Je sentis des mains fermes et rassurantes me rattraper.

Idris.

Kian.

Xavier.

Ils étaient là. Ils étaient bien réels.

— Vale ? demanda Idris d'une voix rauque, ses yeux dorés ardents braqués sur moi.

Frissonnant au souvenir de la scène à laquelle je venais d'assister, je déglutis.

— Ils ne se sont pas contentés de te maudire, murmurai-je.

Idris me serra plus fort contre lui, son regard brûlant encore plus intense. Sa douleur, sa rage et sa déception étaient palpables, je pouvais les percevoir à travers le lien qui nous unissait.

— Ils t'ont torturé.

Et Arden avait laissé faire Zamarra. Non, il l'avait même aidée.

Je la sentais à présent : la haine qui bouillonnait en moi, la rage qui montait dans ma gorge. Zamarra était un monstre. Mais Arden ? Lui était pire encore. Il avait aimé son frère, et pourtant, il l'avait trahi.

Quand la malédiction s'était abattue, le temple était tombé. Les Luxas avaient été dépouillées, leurs corps scintillant comme des étoiles mourantes. Tout avait semblé perdu.

Et pourtant, quelque part au-delà des ruines, au-delà de la désolation, au-delà de ces vestiges funèbres, l'espoir subsistait encore.

Un murmure résonna dans le Royaume des

Rêves. Une voix douce et apaisante. Ce n'était ni un enchantement ni un sortilège, mais une prière. Je fus alors happée par une vision, tandis que la réalité autour de moi se brouillait.

Le temple en ruines, les corps meurtris, les échos de la trahison... tout disparut. Je me retrouvais dans le Royaume des Rêves, mais cette fois, il était intact, vaste et infini. Une cascade de couleurs tourbillonnait dans le ciel nocturne de ce lieu où les règles du monde des mortels n'avaient pas cours.

Et au centre...

Eux.

Je les connaissais, je les avais toujours connus. Leurs visages, leurs voix, leur amour qui avaient façonné chaque instant de mon enfance, même dans les endroits les plus sombres.

Mes parents.

Ils étaient agenouillés devant une silhouette enveloppée de lumière, une déesse au cœur même de la création.

Lirael.

Sa présence inondait le Royaume des Rêves tels les premiers rayons de l'aube, ses cheveux ondulant au rythme des reflets argentés des étoiles, son regard aussi profond et infini que le ciel lui-même.

— Je vous en prie, ma déesse, murmura mon père

d'une voix brisée, une supplication qui semblait venir du plus profond de son âme.

Ma mère agrippa les pans de la robe de Lirael d'une main tremblante. Elle avait tout perdu. Je ne l'avais jamais entendu parler ainsi, d'une voix si rauque, si désespérée. Ce n'était pas la voix forte et assurée dont je me souvenais, ni la voix douce et réconfortante qui m'avait accompagnée tout au long de mon enfance.

— Nous avons besoin de votre aide. Nous ne pouvons pas y arriver seuls.

Immobile, Lirael ne dit pas un mot.

Elle se contenta de les regarder, observant le chagrin qui les rongeait, les prières murmurées en vain, l'amour et le désespoir transparaissant dans chaque syllabe.

— Vous demandez à être sauvés, chuchota Lirael.

Les mains tremblantes, mon père ravala sa salive avec peine.

— Nous demandons une lueur d'espoir.

Lirael leva les mains vers sa poitrine avant de les écarter, les paumes illuminées. La lumière tourbillonna, changea de forme, se remodela, et en un clin d'œil, un nourrisson apparut, blotti contre sa poitrine.

Un enfant. Petit, fragile, mais animé d'une force immense.

À cette image, je retins mon souffle.

Lirael serra le bébé plus fort contre elle avant de

déposer un baiser sur son front, une larme coulant sur sa joue au moment où elle leur tendit l'enfant.

Elle ne dit pas « C'est ma fille » ni « C'est votre salut », car les mots n'étaient pas nécessaires.

Et mes parents – ma mère, mon père, les personnes qui m'avaient aimée et élevée –, tendirent les bras pour prendre le bébé.

Pour me prendre.

Des larmes brouillaient ma vision. Je voulus crier, hurler, les avertir. Je voulais leur dire ce que cela signifiait, ce qui allait se passer. Mais j'étais incapable d'empêcher ce qui s'était déjà produit.

Je regardai, impuissante, tandis qu'ils me prenaient dans leurs bras, me serraient contre eux et me murmuraient des promesses à l'oreille.

« Nous l'aimerons. »

« Nous la protégerons. »

« Nous veillerons sur elle. »

Et Lirael, la déesse qui avait fait de moi leur fille, ne leur répondit qu'une seule chose.

— Jusqu'au moment où vous devrez la laisser partir.

Après quoi le Royaume des Rêves vacilla et bascula.

L'image de mes parents s'estompa et leurs promesses chuchotées furent emportées comme des murmures dans le vent. Je tentai de les atteindre, mais il était trop tard, car le monde autour de moi se déforma, se mit à tourner, puis je me retrouvai ailleurs.

Je sentis une douleur qui ne m'appartenait pas.

Elle me submergea avec une force implacable, enfonçant profondément ses griffes en moi. L'air devint lourd, chargé d'une magie ancienne, vorace et dévorante. Puis des ombres se mirent à danser à la périphérie de mon champ de vision, se tordant, se mélangeant, se fondant les unes dans les autres.

Soudain, j'aperçus Nyrah.

Elle était à genoux, les poignets liés, le teint pâle, à peine capable de respirer alors qu'elle haletait. Sa lumière dorée vacillait, trop faible. Elle perdait ses forces, car quelqu'un les lui volait.

Et Zamarra...

Zamarra était penchée au-dessus d'elle, telle une déesse au milieu des ténèbres.

Non, pas une déesse. Une créature plus terrible encore. Une créature qui avait été brisée, puis ressuscitée sous une forme plus puissante et effrayante. Elle était presque revenue à son état initial. Son visage n'était plus creux, et les fissures qui zébraient son corps s'étaient refermées, sa magie animée d'une vitalité féroce et implacable.

Lorsqu'elle croisa mon regard, elle sourit, puis le Royaume des Rêves vola en éclats.

Je sentis une main se refermer sur la mienne.

Alors que ma vision retrouvait sa netteté, je haletai, écrasée par le poids du Royaume des Rêves. Mon cœur bourdonnait dans mes oreilles, j'avais la peau en feu à cause des images que je venais de voir.

Idris.

Ses yeux dorés plongés dans les miens, il me sonda de son regard qui m'ancra dans le présent.

— Vale, dit-il d'une voix rauque, à la fois impérative et suppliante. Qu'as-tu vu ?

Je frissonnai sous le poids des images qui me brûlaient la rétine : la lumière vacillante de Nyrah, le sourire terrifiant de Zamarra, la magie siphonnée et dérobée. Mais pire encore, Arden était introuvable.

Et cela me glaça le sang.

— Il nous faut partir, répondis-je en levant les yeux vers lui, la gorge nouée. Elle est presque remise et elle tient Nyrah.

Xavier jura à voix basse.

Contrairement à mes compagnons, dont les émotions transparaissaient à travers le lien, Talek se raidit. Il n'avait aucune connexion avec moi et ne pouvait pas ressentir la même chose qu'eux. Cependant, je vis sa mâchoire se crisper et ses doigts trembler le long de son corps. Ce combat n'était pas le sien. Pas vraiment.

Et pourtant, il était toujours là.

Mais ce fut Kian qui parla le premier, ses pensées devançant les miennes avant même que je n'aie prononcé un mot.

— Et Arden ? demanda-t-il, son expression aussi sombre que la nuit.

— Je ne l'ai pas vu, soufflai-je brusquement.

Un silence pesant s'installa entre nous.

— Ce qui signifie qu'il n'est pas avec elle, déclara Xavier d'une voix tendue, en s'approchant.

Le regard ambré de Kian balaya l'horizon, vers les fractures du Royaume des Rêves qui scintillaient encore dans le ciel. Les pièces du puzzle se mirent en place.

Zamarra rassemblait encore ses forces, mais Arden n'était pas à ses côtés. Ce qui signifiait...

— Il nous attend, dit Idris d'une voix ferme et définitive. Il sait qu'on arrive.

Lentement, la rage s'accumula dans ma poitrine. J'avais vu ce qu'il avait fait à Idris. J'avais ressenti sa trahison comme un coup de poignard en plein cœur. Et à présent, il se dressait entre ma sœur et moi ?

Hors de question ! Absolument pas, *putain* !

Les dents serrées, je sentis une intense chaleur

envahir mon corps lorsque ma détermination se transforma progressivement en une force brute et indestructible.

Kian expira brusquement en remuant les épaules. La colère était bien là, mais aussi le poids de tout ce que je venais de voir. Je le sentais encore dans mes côtes et dans mon crâne, cette énergie qui palpitait comme une plaie ouverte.

Je serrai les poings, non seulement sous l'effet de la douleur, mais aussi de la rage. Furieuse en repensant à tout ce qu'Arden avait fait, lui qu'il était toujours en vie.

— Alors, allons lui gâcher sa journée, déclara Kian en plongeant ses yeux ambrés dans les miens.

À ses mots, le lien qui nous unissait vibra.

Avec un sourire narquois, Kian fit craquer ses doigts, et Xavier expira bruyamment en détendant ses épaules, tandis que les yeux dorés d'Idris s'embrasaient.

Talek ne dit rien, mais il fléchit les doigts, au bout desquels une petite boule d'énergie se mit à scintiller. Il n'était pas impliqué dans cette guerre et donc n'était pas, contrairement à nous, contraint de participer à ce combat.

Mais il fit tout de même un pas en avant.

CHAPITRE 24

XAVIER

Vale chancela.

D'un pas à peine perceptible. Si je ne l'avais pas regardée fixement, je ne l'aurais peut-être pas remarqué.

En inspirant lentement, je sentis le courant électrique dans l'air, comme si la substance même de cet endroit gravitait autour de Vale, qui en était désormais son centre. Elle se tenait au milieu, le souffle court, les mains tremblantes.

Une puissance bouillonnait en elle, silencieuse, mais infinie, rayonnant de son corps par vagues successives.

Mais tout comme Idris, je ne manquai pas de la voir vaciller.

Ses yeux dorés étincelants, Idris tendit la main

vers Vale, mais elle prit une grande bouffée d'air, comme pour forcer son corps à s'accrocher, à rester debout.

En vain.

Une seconde plus tard, ses genoux se dérobèrent sous elle.

Je me précipitai pour la rattraper avant qu'elle ne touche le sol ; Kian juste derrière moi, lui agrippa les bras pour la soutenir entre nous.

— Vale, murmurai-je d'une voix rauque, en posant une main sur son dos pour sentir le rythme irrégulier de son cœur. Respire, mon amour.

— Ça va, souffla-t-elle bruyamment.

Je n'étais pas dupe. Je savais bien que ce genre de magie se payait toujours. Elle ne portait jamais ses fruits sans contrepartie. Je l'avais déjà vu auparavant : un pouvoir rongeant un corps de l'intérieur. Trop, trop vite, trop tôt.

— Tu es aussi stable qu'un putain de glissement de terrain, grognant Kian d'une voix qui lui secoua la poitrine.

— À ce point-là ? fit Vale dans un petit rire sec et dénué d'humour.

— On dirait que quelqu'un s'est acharné sur vous avant de vous recoudre avec de la magie brute, dit Talek, derrière moi, d'une voix impassible.

Je posai deux doigts sur son pouls, qui battait trop vite. Pas au point de mettre sa vie en danger, mais suffisamment pour mettre ma vigilance en alerte. Sa peau était trop chaude. Le Royaume des Rêves avait laissé son empreinte en elle, et le corps de Vale s'efforçait de contenir cette énergie.

— C'est pratiquement ce qui s'est passé, répondit-elle avant de se raidir légèrement. Je n'ai pas le temps de me laisser aller.

— Personne n'a dit que tu étais faible, répondis-je en relevant sa tête pour trouver son regard trop brillant. Mais si ton corps te lâche au milieu d'un combat, on est foutus.

Un long soupir saccadé lui échappa avant qu'un air de défi se dessine sur les traits de son visage.

Elle détestait être ainsi. Elle détestait se sentir fragile et détestait qu'on le remarque.

Mais elle ne me repoussa pas lorsque je parcourus ses bras à la recherche de blessures. Kian prit l'une de ses mains dans la sienne, caressant sa paume du pouce pour la réconforter, et Idris resta près d'elle, sa douce chaleur rassurante et immuable se répandant à travers le lien.

Vale expira lentement en plaçant sa main contre ma poitrine, ses doigts écartés sur ma peau nue.

Je te choisis, avait-elle dit. *Je vous choisis tous.*

Je pouvais le sentir à présent, le bourdonnement régulier du lien qui nous unissait, même s'il tremblait sous le poids de ses actes. Sous le poids de ce qu'elle était en train de devenir.

— Je ne peux pas rester ici à attendre que ça passe, dit-elle après avoir inspiré par le nez pour se calmer. On doit partir.

— Pas avant d'avoir décidé où on va, répliqua Kian entre ses dents serrées.

Les yeux dorés d'Idris se tournèrent vers les fractures du Royaume des Rêves qui scintillaient encore au loin.

— Avec l'absence d'Arden dans la vision, le danger est trop grand. On ne peut pas mener une guerre sur deux fronts. On doit d'abord tuer Zamarra. C'est elle qui détient le véritable pouvoir.

Il y eut un silence tendu avant que Kian n'éclate de rire. Le bruit était brutal, dénué de toute joie, et m'aurait glacé le sang s'il n'était pas sorti de la bouche d'un de mes plus vieux amis.

— Non, dit-il d'une voix sans appel.

C'était un ordre irrévocable et définitif.

— Arden n'était pas dans la vision, soufflai-je en me passant une main dans les cheveux. On ne sait pas où il est ni ce qu'il prépare.

— Alors on doit le découvrir, rétorqua Kian en serrant plus fort le bras de Vale.

— Si on s'occupe d'Arden en premier, on risque de donner plus de temps à Zamarra, fit remarquer Idris, dont la magie se déchaîna sur le lien, ardente et frémissante.

— Et si on s'occupe d'elle en premier, on laisse à Arden le temps de mettre son plan à exécution.

— Nyrah ne peut pas attendre une minute de plus, rappela Vale d'une voix calme.

— Personne ne peut attendre une minute de plus si Arden mijote quelque chose, dit Kian, la mâchoire crispée.

Puis je vis Idris se raidir, non pas en réaction aux paroles de Kian, mais à cause d'autre chose. Ses yeux dorés s'assombrirent jusqu'à prendre une teinte impénétrable, et il recula d'un demi pas, comme si quelque chose venait de le percuter.

Après quoi je la sentis.

La torsion du lien traduisant une rupture. Il se passait quelque chose.

À ce moment-là, le Royaume des Rêves vola en éclats.

L'air crépita et une lumière argentée fendit la réalité, aussi nettement qu'une plaie béante. La magie embrasa l'espace devant nous, tourbillonnant et vacillant, pour révéler une vision d'horreur.

Tarrasca était en feu.

Les portes du château avaient été arrachées et les pierres étaient maculées de sang. Les bannières, au-dessus des marches jonchées de cadavres, étaient déchirées, et à travers la fumée...

Arden.

Ses yeux dorés étincelèrent lorsqu'il transperça un soldat comme s'il s'agissait d'un vulgaire insecte. La magie jaillit du bout de ses doigts pour attraper un autre soldat et lui arracher la vie.

Avec le sourire.

Un bruit métallique résonna dans l'air lorsque la lame de Freya heurta la sienne.

Elle résistait. Et malgré l'infériorité numérique, ses mouvements étaient précis, calculés, pas contrôlés par le désespoir, juste par la rage. Chaque coup était porté avec force, destiné à blesser et à tuer.

Et pour la première fois, Arden ne semblait pas amusé.

Son sourire narquois avait disparu et ses yeux étaient embrasés par la colère.

Elle grogna quelque chose que je ne parvins pas à entendre, mais je vis les lèvres d'Arden se retrousser en un rictus.

Il attaqua, à l'aide d'une vague de magie qui frappa Freya au ventre, la projetant contre un pilier en pierre. Puis la vision prit fin.

La faille se referma si violemment que le sol trembla sous nos pieds.

Lorsqu'Idris prit une grande inspiration, sa poitrine se souleva, il irradiait d'une rage brute et frémissante.

— Bon, dit Talek d'une voix sombre. La question est réglée.

Vale serra les poings, et la lumière qui l'habitait brilla de mille feux.

Personne ne dit mot. Cela n'était pas nécessaire, car ils savaient tous ce qu'ils avaient à faire.

Comme Vale inspira lentement et profondément, la lueur sous sa peau s'intensifia alors que sa magie bouillonnait et se propageait, exigeante. Le Royaume des Rêves se mit à trembler autour d'elle, un prolongement de son être, et non l'espace qu'elle arpentait. Désormais, il lui obéissait.

Quand elle leva la main, l'air frémit.

— Cet endroit nous a conduits ici, murmura-t-elle d'une voix ferme, malgré la tempête qui faisait rage en elle. Il peut nous emmener là où on doit se rendre.

— Vale... commença Kian en fronçant les sourcils.

Mais c'était déjà trop tard.

Le Royaume des Rêves lui répondit.

Une fissure apparut dans la réalité, un rayon de lumière fendit l'air, et les bords de la fissure s'enroulèrent comme une plaie en cours de cicatrisation, maintenue ouverte par la seule volonté de Vale.

Le vent rugit à travers la fracture, tiraillant, bousculant et élargissant l'ouverture.

Le monde bascula avant de s'effondrer.

Pendant une fraction de seconde, tout se retrouva en apesanteur. Le Royaume des Rêves se déforma autour de nous alors que la réalité se déployait en rubans argentés et noirs jusqu'au point de rupture.

Après quoi nous nous retrouvâmes à tomber.

Non, nous n'étions pas en train de tomber, mais nous avions été projetés.

Le Royaume des Rêves nous recracha, comme s'il se débarrassait de nous, et nous atterrîmes directement dans la salle du trône. Mes genoux heurtèrent la pierre dure, la force de l'impact irradia dans tout mon corps. Derrière moi, Kian poussa un juron en reprenant ses appuis, et Idris planta sa main dans le marbre pour ne pas tomber.

Mais Vale... Vale ne trébucha même pas.

Elle atterrit comme si elle était chez elle.

Comme si le Royaume des Rêves l'avait placée à l'endroit exact où elle devait être.

L'air était imprégné de sang et de magie. De la fumée s'élevait des colonnes écroulées, vestiges d'une bataille qui faisait toujours rage derrière les portes défoncées, et le cliquetis métallique du fer se mêlait à l'odeur âcre des sorts destructeurs.

Et au centre de tout cela, Freya et Arden.

La vampire montrait les crocs, ses cheveux cuivrés étaient tachés de sang. Sa lame croisa celle d'Arden dans une pluie d'étincelles. Elle ne perdait pas, mais le repoussait. Et au moment où elle frappa de nouveau, un coup plus vif et plus puissant entouré des décharges de sa magie, Arden esquissa un sourire narquois.

Ce sourire exaspérant.

— Enfin, murmura-t-il en tournant ses yeux dorés vers nous.

Sans hésiter, Freya s'élança et attaqua avec son épée, dans un tourbillon d'acier et de fureur.

Le lien palpita lorsqu'Idris et Kian passèrent à l'action pour prendre position à mes côtés. La magie de Talek courba l'air d'une façon qui me donna la chair de poule. Mon propre pouvoir s'éveilla, prêt à jaillir.

Mais Vale ?

Elle n'avait pas bougé. Elle restait immobile, le regard rivé sur Arden.

Puis l'air se mit lentement à frémir, comme si le Royaume des Rêves lui-même observait la scène à travers les yeux de Vale. La magie ondulait autour d'elle, mais ce n'était plus seulement du pouvoir brut. C'était différent.

Une force colossale et ancestrale, qui fit même pâlir le sourire d'Arden, dont les yeux dorés trahirent son trouble. Ce n'était pas encore de la peur, mais c'était de l'incertitude.

Parce qu'il avait attendu notre arrivée, mais il ne se doutait pas qu'elle aurait ce genre de pouvoir.

Et le Royaume des Rêves ?

Le Royaume des Rêves était affamé.

La pièce se rétrécit autour d'Arden. Pas physiquement, mais de la même manière que le regard d'un prédateur qui se focalise sur sa proie.

L'épée de Freya, qui haletait, mais tenait bon, s'entrechoqua avec celle d'Arden. Du sang dégoulinait sur le marbre, où des traînées irrégulières se mêlaient, mais la vampire résistait. Elle continuait à se battre.

Elle ne lui cédait pas un cheveu de terrain, ne lui laissait pas le temps de souffler, encore moins de se livrer à un monologue. En revanche, elle lui adressa un sourire.

— Après toutes ces années, tu vis toujours dans l'ombre d'Idris, dit-elle d'une voix moqueuse en entrechoquant son épée avec la sienne dans un bruit qui résonna à mes oreilles. Pas étonnant que tu veuilles tant prendre sa place. Dommage que tu ne puisses jamais l'égaler.

— Le trône aurait dû me revenir, répliqua Arden dans un ricanement. Il m'a juste fallu éliminer quelques obstacles.

Il tourna ses yeux dorés vers nous. Vers Idris.

Et ce fut sa première erreur.

La température dans la pièce chuta lorsque la glace se mit à craquer autour de moi, la rage d'Idris invoquant ma magie. L'air se figea, comme si le château lui-même retenait son souffle.

Très lentement, Idris avança.

Il ne dégaina pas son épée et ne leva pas les mains, car il n'en avait pas besoin.

— Tu as trahi ton propre sang, dit-il d'une voix calme, maîtrisée et aussi tranchante qu'une lame. Pour quelle raison ?

Le sourire narquois d'Arden se crispa, très légèrement.

Idris poursuivit. Il fit un pas de plus, enveloppé d'un pouvoir qu'il déployait lentement et mortellement autour de lui.

— Pour une femme qui ne t'a jamais désiré et une couronne que tu ne porteras jamais ? lança-t-il d'une voix qui retentit comme un verdict, ses yeux dorés brillant. Tu m'as arraché une partie de moi-même, sans être assez fort à l'époque pour l'accueillir. Tu n'es toujours pas assez fort aujourd'hui.

Le sourire narquois du traître disparut, et Arden serra plus fort son épée.

— Mais pendant deux cents ans, tu n'as été rien de plus qu'un jouet cassé, cracha-t-il, son regard doré fulminant. Et tu l'es *toujours*.

— Et pendant deux cents ans, tu n'as été rien de plus qu'une pelle, servant à creuser pour libérer Zamarra de la prison qu'elle s'était construite, rétorqua Idris, sans se démonter. Ça fait quoi de n'être qu'un pion, mon frère ?

Quand Vale bougea, le Royaume des Rêves vibra autour d'elle.

Le château vrombit et l'air lui-même s'agita. Les bannières accrochées aux murs tressaillirent, les flammes des torches vacillèrent et la pièce se plia sous la pression.

Arden sentit le changement et, pour la première fois, il sembla hésiter.

— Tu te trompes. Vous vous trompez tous ! s'écria-t-il en frappant son torse avec le pommeau de son épée. Je suis le roi légitime. Zamarra est ma reine, et vous ne valez rien. Vous n'êtes *rien*.

Quand Freya vit cette lueur de doute, elle frappa *avec force*.

Arden parvint de justesse à parer son coup dans un crissement de métal et leurs magies crépitèrent entre eux. Mais le rapport de force avait changé.

Et il le savait.

— Tu cherches à gagner du temps, marmonna Kian en remuant les épaules, sa magie dansant entre ses doigts. On y va, ou quoi ?

Freya bondit à nouveau, les crocs à nu. Et le combat commença.

Arden grogna en esquivant les coups de Freya qui redoublait d'efforts, sa lame transformée en un tourbillon d'acier et de fureur. Il avait prévu notre arrivée, mais pas une telle tournure.

Il ne s'était pas attendu à voir Vale et Idris, l'âme intacte, debout devant lui.

La magie *crépita* dans l'air lorsque leurs épées s'entrechoquèrent, l'impact résonnant dans toute la salle du trône, où les bannières dorées étaient déchirées et le marbre couvert de sang. La bataille faisait toujours rage derrière les portes enfoncées, mais ce combat en cet instant était le seul qui comptait.

Freya frappa haut, forçant Arden à reculer quand

il perdit l'équilibre, une expression irritée sur le visage. Mais il attrapa la lame de la vampire, la repoussa et leva enfin les yeux.

Pour regarder Idris.

Le sourire narquois réapparut. Ce même foutu sourire.

— Tu as fait tout ce chemin pour mourir de ma main, mon frère ? dit Arden d'une voix moqueuse, les yeux pétillants. Je suis touché.

La mine sombre, Idris s'avança d'un pas lent et délibéré, son pouvoir grandissant autour de lui telle une tempête en approche.

— Tu devrais avoir peur.

Arden ricana, secouant son poignet comme s'il s'agissait d'une simple dispute entre eux. Comme si sa trahison n'avait pas ébranlé le monde entier.

— Tu as toujours été dramatique. Tu attends encore que quelqu'un vienne te sauver ? lança-t-il avant de diriger son regard vers Vale. Ou penses-tu vraiment pouvoir gagner cette fois-ci ?

Vale expira, sa magie vrombissant à la lisière du monde réel, tourbillonnant et observant. Le Royaume des Rêves, affamé et impatient, se courba vers elle.

— Tu ferais mieux de t'inquiéter davantage, dit-elle d'une voix douce, mais tranchante. Parce que cette fois, on ne jouera pas à ton jeu.

Arden eut à peine le temps de froncer les sourcils qu'Idris fondait déjà sur lui. Leurs lames s'entrechoquèrent dans une gerbe d'étincelles.

Puis le Royaume des Rêves explosa lorsque Vale bougea.

L'air lui-même frémit à mesure qu'elle puisait dans la magie de ses veines, déformant la réalité comme si le château lui-même souhaitait voir ce combat prendre fin. La salle du trône s'inclina, non pas physiquement, mais autour d'Arden. Le monde bascula pour se recentrer sur lui.

Et il le sentit. Pour la première fois, il parut douter.

Toujours aux prises avec son adversaire, Freya abattit sa lame entre des explosions de magie dorée, mais l'air bougeait déjà, se distordait et se recomposait.

Et Arden le sentit.

Un pied en arrière, les épaules crispées, il tenta de porter un coup au ventre de Freya, mais ses mouvements étaient plus lents à présent.

Le Royaume des Rêves l'avait pris dans ses filets.

Les yeux enflammés, Vale rayonnait d'une lueur dorée qui pulsait au rythme des fractures ouvertes autour d'eux. Le monde réel se repliait sur lui-même, tandis que le Royaume des Rêves venait à sa rencontre, à l'image de doigts traversant un voile.

Arden grogna et rapprocha son épée de lui tout en lançant un regard furieux à Vale.

— Ce n'est pas ton combat ! cracha-t-il d'une voix tranchante et désespérée.

La tête penchée, Vale l'observa. Elle avait le pouvoir de contrôler d'un claquement de doigts le Royaume des Rêves, qui attendait son ordre.

— C'est toi qui en as fait mon combat quand tu as tué mes parents, murmura-t-elle. Quand tu m'as affamée, mutilée et marquée au fer rouge. Quand tu m'as attachée à un poteau pour me livrer aux flammes. Quand tu t'en es pris à ma sœur. Quand tu as attaqué mes compagnons.

Le regard de Vale demeurait imperturbable.

— Après tout ce que tu as fait, tu crois que je vais t'épargner ? Je n'ai pas laissé ton fils vivre plus d'une seconde après qu'il a posé la main sur ce qui m'appartenait. Pourquoi penses-tu que je serais plus indulgente face à tes crimes ?

Sur ce, elle passa à l'action.

La magie ravagea la pièce.

Mais pas seulement la sienne. Car le Royaume des Rêves lui-même intervint.

Il se déchaîna sur Arden.

Au début, la force se manifesta par une traction, un fil invisible qui s'enroula autour de ses membres et les enveloppa pour les ligoter, avant que cette même force évolue en une essence vivante.

Tout en titubant, Arden, le souffle court, porta sa main libre à sa poitrine. Son corps se convulsa comme si ses entrailles s'entortillaient.

La lueur sous sa peau, celle de la magie qu'il avait volée, s'intensifia.

Avant de ternir.

— Qu'est-ce que... souffla-t-il brusquement. Qu'as-tu fait ?

Après s'être approchée, Vale leva une main, une seule, et l'air lui obéit. Les tentacules du Royaume des Rêves augmentèrent la pression exercée, pénétrèrent la peau d'Arden et se fixèrent à quelque chose à l'intérieur de son corps.

À sa magie.

À son âme.

En essayant de respirer, Arden s'étouffa, son épée glissant de quelques centimètres dans sa main.

— Tu as passé toute ta vie à essayer de prendre ce qui ne t'appartenait pas, dit doucement Vale. Un trône. Un royaume. Du pouvoir.

Lorsque le Royaume des Rêves resserra son étreinte, Arden se cambra, paralysé par les tentacules qui fouillaient dans ses veines et suivaient ses os pour former un second squelette.

— Et pourtant, murmura Vale en le regardant se décomposer, tu n'as jamais réussi à garder quoi que ce soit.

Soudain, le sol se fissura sous les pieds d'Arden, le faisant trébucher, mais il n'avait nulle part où aller. Nulle part où fuir.

Pour la première fois de son existence, piégé par Vale, il avait l'air effrayé.

Ses yeux dorés se tournèrent vers son frère.

Une supplication, non pas formulée, mais exhibée dans l'attitude d'un homme condamné qui quémandait miséricorde.

Et Idris ? Il se contenta de le regarder.

Pendant un long moment, personne ne parla. Le seul bruit provenait de la guerre qui faisait rage derrière les portes fracassées, le tintement lointain de l'acier.

Puis, en se retournant, Vale croisa le regard d'Idris.

Elle n'avait pas besoin de poser la question, car il connaissait déjà la réponse. Comme nous tous. Le lien palpitait, porteur d'une interrogation silencieuse, mais je ne pouvais oublier les cicatrices qui marquaient son dos, ni la marque hérétique gravée dans sa peau, ni la balafre au milieu de son ventre dont la cicatrisation m'avait demandé presque toute mon énergie, ni ses parents.

Lorsqu'Idris expira, son pouvoir s'éleva dans les airs comme pour annoncer la sentence.

— Fais-le.

Relevant la tête, Vale laissa le Royaume des Rêves s'éveiller sous sa peau.

Et pendant une seconde, une seule, je la vis. L'hésitation. La part de Vale qui était encore capable d'éprouver de la pitié.

Je connaissais cette part d'elle et je *l'aimais*.

Mais pas cette fois. Pas dans cette situation.

Pas pour lui.

Les doigts tremblants, elle attendit alors qu'une lumière illuminait sa peau. Pendant un instant, je crus... *Putain, elle allait céder.*

Et Arden perçut aussi ce bref moment.

Il plongea ses yeux dorés dans ceux de Vale. Le souffle court, le corps rigide, prisonnier du Royaume des Rêves, il agita ses mains, où les derniers lambeaux de son pouvoir frémissaient au bout de ses doigts, à l'image de braises mourantes. Il n'avait plus la force de se battre, plus aucune carte à jouer, plus aucune issue.

Puis le regard de Vale tomba sur le sang de Freya, qui maculait le marbre.

Elle se tourna vers Idris, dont l'âme avait été sauvée, mais qui se tenait au milieu de la désolation causée par Arden.

Puis elle regarda à nouveau le coupable, qui se débattait, pris au piège dans la toile qu'il avait tissée.

Mais il n'avait pas abandonné. Les lèvres entrouvertes, il laissa échapper un semblant de grognement, peut-être une supplication, peut-être une dernière insulte, mais Vale se contenta d'incliner la tête.

Pas dans un élan de pitié, pas dans un accès de regret, mais sous le coup d'une émotion plus vive et plus froide.

— Salue ton fils de ma part, murmura-t-elle enfin d'une voix aussi apaisée que la tempête en elle.

Arden eut à peine le temps de souffler avant que le Royaume des Rêves ne s'effondre sur lui-même.

Une lumière jaillit dans la pièce, une véritable supernova d'énergie pure et implacable. L'air se déforma, se courba et hurla tandis que la magie à l'intérieur d'Arden implosait. Dans un sursaut, il s'étouffa, le corps secoué de spasmes, luttant contre l'inévitable.

Il chercha à se raccrocher à quelque chose, à n'importe quoi, mais ses doigts ne trouvèrent que du vide.

Ses yeux dorés, autrefois empreints d'arrogance, s'ouvrirent en grand.

Je pus y voir la peur. Une terreur réelle et désespérée face à son impuissance.

Et puis... il disparut.

Il ne restait ni corps ni cadavre, rien à brûler ou à enterrer. Le Royaume des Rêves l'avait dévoré, déchiqueté en morceaux trop minuscules pour que l'existence puisse les retenir. Les derniers échos de sa magie volée se dissipèrent dans le néant, consumés par la force qu'il n'avait jamais pu contrôler.

Le silence s'abattit sur la salle du trône.

Après quoi le Royaume des Rêves se calma, l'air frémissant comme essoufflé par une longue et terrible chasse. Les derniers éclats de la magie qu'Arden avait volée scintillèrent avant de s'évanouir dans les airs, comme si cet homme n'avait jamais existé.

Le sang sur le sol racontait une tout autre histoire.

Debout au milieu de ce chaos, Vale se tenait aussi immobile qu'une statue. Les épaules droites, la respiration régulière, les mains tremblantes, elle rayonnait toujours de cette même lueur.

Ce n'était pas fini.

Tout en expirant, Kian remua les épaules et fléchit les doigts comme s'il ressentait le besoin de frapper quelque chose. Quelqu'un.

— Et maintenant ? demanda-t-il en jetant un coup d'œil à Idris.

Les yeux dorés d'Idris brillaient toujours de mille feux, mais sa magie changeait déjà de direction, se détournant de l'endroit où Arden avait péri pour se concentrer sur une menace bien plus terrible.

Zamarra.

Il la sentit avant nous. Quand le corps de son roi se crispa, quand sa respiration devint haletante, le château se mit à trembler.

Une onde d'un pouvoir brut et ancien déferla à travers les murs, dont la pierre gémit sous l'impact. Les bannières qui avaient survécu à l'attaque d'Arden furent arrachées des poutres, et les torches s'éteignirent.

Une voix semblable à du verre brisé et à des charbons ardents résonna dans la salle du trône, aussi discrète qu'un souffle et aussi glaciale que la mort.

— *Tu m'as pris mon jouet.*

Vale redressa brusquement la tête.

Cette voix. Cette magie. Cette attraction.

Zamarra savait qu'Arden était mort.

Dans le sol en pierre, une fracture apparut sous nos pieds, d'abord fine, puis plus large. Elle se propagea tandis que l'atmosphère s'assombrissait. La substance même du Royaume des Rêves se déforma à nouveau, mais cette fois, ce n'était pas Vale qui causait ces déchirures.

Cette fois, quelque chose nous attaquait.

— Le répit est terminé, souffla bruyamment Talek en reprenant une posture de combat.

Kian serra ses poings, d'où jaillit une lueur rougeoyante, et il expira vivement.

— Putain, enfin.

Idris dégaina son épée.

Et Vale se tourna vers les ténèbres qui gagnaient du terrain. La lueur sous sa peau s'intensifia, sa magie s'enroulant, se contractant et se transformant. Elle se préparait.

Le Royaume des Rêves frémit et le château gémit sous le grincement des pierres qui se frottaient les unes contre les autres à cause de la magie pesante dans l'air, comprimant, tiraillant, *révélant sa présence*.

Pas ici. Plus maintenant.

Le vent balaya la pierre plate qui surplombait le ravin, ces chutes, dont l'eau autrefois limpide, étaient désormais souillées de sang écarlate.

À côté de moi, la magie de Kian s'embrasa tandis que mon pouvoir s'agitait dans un élan de révolte.

Mais il était trop tard. La faille s'élargit.

Et le Royaume des Rêves nous engloutit.

CHAPITRE 25

VALE

Le Royaume des Rêves nous recracha.

Pas délicatement, comme la fois précédente. Cette fois-là, il nous éjecta violemment, nous propulsant sur le champ de bataille comme s'il voulait nous briser les os avant même que le combat ne commence.

Je heurtai durement le sol et m'écorchai les genoux sur la pierre rugueuse, mes poumons privés d'air sous la force du choc. En se crispant, mes doigts s'enfoncèrent dans la terre...

Non, ce n'était pas de la terre ni de la pierre.

C'étaient *des os*.

Les restes brisés *craquèrent* sous mes bottes; j'avais atterri au milieu d'un champ de débris humains. Le souffle court et haletant, je me forçai à me redresser et eus un haut-le-cœur,...

Non. *Non, non, non.*

Je connaissais cet endroit où mon sang avait coulé, où j'avais combattu et où j'avais failli mourir.

Mais tout avait changé.

Il était encore plus terrible qu'avant.

L'air n'était pas de l'air. Il était lourd, étouffant, imprégné d'une magie si concentrée qu'on avait l'impression de suffoquer. À l'instar d'une créature vivante, le vent gémissait et soufflait sur ma peau, emportant avec lui des murmures, des supplications et des avertissements.

Les falaises escarpées qui dominaient autrefois le champ de bataille avaient disparu, comme si quelque chose les avait détruites de l'intérieur. Le vent sifflait une plainte constante et affamée dans cet espace vide, chargé de l'odeur du sang et de la putréfaction.

Et les cascades ?

Elles étaient rouges. Ce n'était pas de l'eau ni de la brume qui coulait.

C'était *du sang*.

Une rivière rouge, au débit lent et régulier, se déversait des falaises abruptes et se jetait dans un abîme sans fond. Le vent emportait les embruns, qui se transformaient en une fine brume s'accrochant à ma peau à la manière d'un avertissement.

C'était un cimetière. Un champ de bataille au milieu duquel se trouvait ma petite sœur.

Nyrah.

Je retins mon souffle.

Elle était là, agenouillée, trop immobile et silencieuse.

Ses bras étaient ligotés par des cordes de magie argentée, sa peau dorée était pâle, exsangue, sans éclat. Elle avait la tête penchée en avant, ses cheveux clairs étaient emmêlés de sang, et son corps semblait fragile...

Non.

Je fis un pas tremblant en avant avec mes jambes engourdies. Puis un autre. Et un autre avant d'être arrêtée par Idris, qui m'enlaça pour m'empêcher d'approcher ma sœur.

Elle ne bougeait pas, ne respirait pas.

Un sanglot déchirant s'échappa de ma gorge. Ma vision se brouilla avant de se focaliser sur une seule réalité bouleversante, sur l'endroit où ma sœur...

Non.

Je pris une inspiration tremblante et j'eus l'impression que mes poumons se déchirèrent. Pas une fois de plus. Pas elle. J'avais trop lutté, trop versé de sang, trop souffert pour la retrouver.

Je n'allais pas la perdre.

Hors de question !

— Nyrah, dis-je d'une voix brisée. Nyrah, regarde-moi.

Elle ne réagit pas. Elle ne bougea pas d'un pouce. À côté d'elle, Briar semblait au bord de l'inconscience.

Zamarra les détenait toutes les deux.

Elle se trouvait au sommet de l'autel d'ossements, des veines dorées palpitant sous sa peau, son corps enveloppé d'une lumière tourbillonnante et mouvante.

Sa silhouette autrefois fragmentée avait presque retrouvé son intégrité, son visage n'était plus creux et les fissures de son corps s'étaient refermées.

Elle s'était ressourcée.

Et j'allais la réduire en bouillie.

Zamarra se retourna lentement, un sourire aux lèvres. Sa voix flotta dans l'air lourd, douce comme de la soie et tranchante comme du verre brisé.

— Tu es en retard.

La rage embrasa mon être, et je commençai à avancer, mais le sol trembla sous mes pieds.

Le Royaume des Rêves se mettait en branle. Le ciel se divisait et des fractures déchiraient la réalité tandis qu'une forme colossale et vorace surgissait dans l'air.

Puis les cauchemars arrivèrent.

Ils sortirent en rampant des fissures, se libérant des failles du monde réel. Des ombres dotées d'un corps, de crocs brillants comme du verre brisé et de griffes dégoulinantes du souvenir de toutes les vies qu'elles avaient prises.

Ces créatures n'étaient pas comme les autres.

Elles lui appartenaient.

Zamarra leva nonchalamment une main et, d'un mouvement du poignet, fit signe aux créatures de se ruer sur nous.

Nous les affrontâmes sans hésiter.

La magie fusa lorsque Kian, Xavier et Idris se métamorphosèrent simultanément, leurs pouvoirs fusionnant pour former une tempête de feu, de glace et de fureur dorée.

Le choc fit trembler le sol, y ouvrant des fissures qui se propagèrent vers le précipice, au-dessus duquel la brume rouge sang s'épaississait. Dans l'air, une telle puissance était palpable que je pouvais presque en sentir le goût sur le bout de ma langue.

Kian fut le premier à frapper.

Son corps recouvert d'écailles d'onyx virevolta dans le ciel, projetant derrière lui une pluie d'illusions, si nombreuses que les monstres ne surent plus où donner de la tête. Il était partout et nulle part à la fois, une tornade de griffes et de mirages.

Xavier les découpa comme un couteau dans du beurre. Son corps aux écailles irisées fondit sur ses proies, toutes griffes dehors, en crachant des flammes, avant de les déchiqueter avec une précision chirurgicale.

Et Idris. *Dieux*, Idris !

Il était l'incarnation même du pouvoir. Son corps écarlate illuminait le champ de bataille, et sa magie jaillissait en vagues dont la puissance déforma l'air environnant. C'était cette force qu'Arden avait tenté de lui voler. C'était cette force que Zamarra redoutait tant. C'était pour cela qu'elle l'avait maudit.

Je fus prise de frissons un instant avant que le ciel se fragmente.

La voûte céleste déchirée par un éclair.

Talek déclencha sa propre tempête en pliant le vent à sa volonté. La foudre s'abattit sur le champ de bataille tandis que le vent fouettait les créatures, les projetait dans le vide.

Mais cela ne suffit pas.

Le Royaume des Rêves lui-même se dressa contre nous.

Zamarra se leva de son trône funéraire.

À peine eut-elle levé la main que le monde changea. Le champ de bataille disparut, emporté par une convergence de pouvoirs.

Je ne me trouvais plus au milieu d'un combat. J'étais ailleurs.

Englouti par une force immense, tortueuse et maléfique, le champ de bataille n'était plus là. À sa place se trouvait Nyrah.

Son corps tomba en poussière entre mes mains.

Non.

Un cri étouffé et muet s'échappa de ma gorge au moment où elle se désintégra, le visage figé dans une expression de douleur, les mains tendues vers moi dans un geste désespéré, puis elle s'envola.

Il ne restait plus que de la poussière.

Le vent l'emporta, dispersant ses cendres sur le sol dévasté.

Je ne pouvais plus respirer. Devant mes mains vides, mon cœur se brisa.

Non, non, *ce n'est pas réel.*

Ce n'était qu'une illusion. Je me forçai à bouger, à me retourner, mais j'aperçus alors mes compagnons.

Morts. Tous morts.

Leurs corps gisaient sur le champ de bataille, la pierre maculée de leur sang, leurs écailles brisées, leurs poitrines immobiles.

Kian. Sa tête était inclinée à un angle anormal et ses yeux ambrés regardaient dans le vide.

Xavier. Sa gorge était déchiquetée et son visage pâle défigurée par l'impact d'un coup fatal.

Idris. Ses écailles écarlates de dragon avaient perdu leur éclat et pris une teinte grisâtre. Son corps imposant, qui écrasait ses propres ailes, gisait dans les décombres.

Je ne pouvais plus ni bouger ni respirer.

— Non, murmurai-je. *Non.*

Ma voix était à peine audible dans le silence.

Je tombai à genoux sur les pierres coupantes qui me lacérèrent la peau, mais je ne sentis rien.

Je ne voyais qu'eux.

Je n'entendais rien d'autre que le vacarme assourdissant de mon chagrin, qui me déchirait la peau, la gorge et l'âme.

Ce n'est pas réel. Ce n'est pas réel. Ce n'est pas...

L'air fut parcouru d'un frisson magique avant que j'aperçoive un mouvement fugace, trop rapide et trop net, un titillement de mes sens.

Puis l'illusion se fissura. Une vibration qui

provoqua un changement. La magie de Kian n'avait pas disparu. Elle était intacte.

Elle résistait.

Une illusion en combattait une autre.

Et soudain, le monde se mit à trembler.

Le champ de bataille devint flou, se tordit et se fragmenta. Puis la pierre sous mes pieds trembla, et à travers le brouillard de mon esprit défaillant, je le sentis.

Ce n'était pas réel. C'était son action à *elle*.

Zamarra.

Son cauchemar. Son piège.

Et j'étais sur le point de le détruire.

Xavier vit les rouages de ce mensonge et commença à les démanteler. L'illusion se fissura et se recroquevilla avant de se fracturer.

Le dragon écarlate Idris, dont la rage brûlait plus fort que le cauchemar lui-même, déchira le monde artificiel d'un battement d'ailes qui fit trembler l'illusion. D'une explosion de pouvoir, il l'ébranla.

Mais cela ne suffit pas. Le cauchemar résistait, car Zamarra avait trop d'emprise dessus.

C'était à moi d'agir.

Je me tournai vers elle, vers la femme à l'origine de tout cela. Elle se tenait au cœur de tout le chaos, ses veines argentées brillantes de puissance, son visage serein, ses doigts enfouis dans l'essence même du Royaume des Rêves.

Elle ne semblait pas inquiète, mais elle aurait dû l'être.

— Tu ne peux pas me combattre ici, murmura-t-elle d'une voix aussi douce que la soie et aussi tranchante qu'une lame.

Et ce fut sa première erreur. Parce que je ne comptais pas la combattre, mais la mettre en pièces.

Une lumière jaillit de mes paumes. Ce n'était ni de la magie ni un sort, plutôt la réponse du Royaume des Rêves. Quand le sol trembla sous nos pieds, une pulsation venant d'un pouvoir ancien, enfoui dans les profondeurs, se propagea à travers chaque fibre du monde réel.

Je ne l'avais ni invoqué ni conjuré. C'était devenu une partie de moi.

Une lame d'énergie pure et incandescente se forma dans ma main, la lumière prenant la forme d'une arme qui n'avait jamais existé auparavant. Une lame qui n'avait pas été forgée, mais qui s'était créée d'elle-même. J'avais conjuré de nombreuses épées au cours de ma courte existence, mais aucune n'avait ressemblé à celle-ci.

— Impossible, murmura Zamarra en écarquillant les yeux pour la première fois.

— Tu n'aurais jamais dû revenir, déclarai-je en resserrant ma prise.

Après avoir tremblé, le Royaume des Rêves me révéla son secret.

La vision déferla sur moi comme un raz-de-marée.

Je la vis, telle qu'elle avait été dans le temple, où la pierre dorée s'était fissurée sous le poids de la malédiction, où les Luxas avaient hurlé alors que la lumière quittait leurs corps, leur pouvoir aspiré par le sortilège, aspiré par elle.

Les mains tendues, Zamarra se tenait au centre et tissait une toile de magie.

Elle était si sûre d'elle. Si précise. Elle avait prévu toutes les alternatives possibles. Toutes, sauf une.

Elle avait volé un pouvoir qui ne lui était pas destiné, une magie qui n'avait pas été acquise librement.

Je vis le moment où tout bascula.

Le moment où elle eut le souffle coupé et où ses doigts se mirent à trembler, très légèrement. Le pouvoir qu'elle avait volé ne se stabilisait pas. Il se concentrait, évoluait et attendait.

Mais elle ne s'en rendait pas compte. Pas encore.

Ses yeux triomphants brillaient alors que les derniers fils du sortilège se nouaient.

Alors qu'Idris s'effondrait, brisé et mutilé.

Alors que Rune, rugissant de douleur, lui était arraché.

Alors que les Luxas tombaient, dépouillées de leur essence même.

La magie se retrouva emprisonnée.

Et pendant des siècles, elle dormit.

À l'affût.

Dans l'attente du moment où elle oserait l'utiliser.

Le temple se fractura autour de moi, et soudain, je me retrouvai ailleurs.

À Direveil, mais dans une ville différente de celle que j'avais connue.

Zamarra se tenait au bord de la falaise, baignée par la lumière argentée de la lune, la magie frémissant sous sa peau.

Elle avait attendu. Elle avait été patiente. Et à présent, elle était prête.

En levant ses mains où scintillaient des veines argentées, elle murmura l'incantation. Pendant un instant, la magie lui obéit. Pendant un instant, elle détint tout ce pouvoir entre ses mains et le plia à sa volonté.

Puis il jaillit. Le pouvoir volé se rebella. Dans un sursaut, elle tituba, les yeux écarquillés d'horreur.

Le pouvoir des Luxas était toujours présent en elle,

mais il ne lui appartenait pas. Jamais il ne lui appartiendrait.

Je vis le moment précis où elle perdit le contrôle. La nuit se fendit lorsqu'une lumière argentée déchira le ciel, comme s'il avait été griffé. Le pouvoir explosa dans ses veines, où la magie se débattait, se tortillait et se retournait contre elle.

Le cri de Zamarra retentit à travers les falaises.

Puis le sol vint à sa rencontre. Mais il ne s'agissait ni de terre ni de pierre. Lorsque les rochers pâles et irisés l'enveloppèrent, je sus immédiatement de quoi il était constitué.

De Lumentium.

La magie même qu'elle avait tenté de s'approprier riposta en l'ensevelissant. En l'enfermant dans un matériau plus dur que l'acier, un matériau qui n'avait jamais existé auparavant.

Un matériau que la magie avait changé en prison.

Zamarra avait beau griffer et hurler, la montagne refusa de bouger.

Son sort était scellé.

Pas par un roi.

Pas par un dieu.

Mais par le Royaume des Rêves lui-même.

Quand la vision s'évanouit, le champ de bataille

réapparut avec fracas. Le regard de Zamarra trouva le mien, et pour la première fois, j'y vis de la peur.

Je connaissais son secret.

Elle n'avait jamais été assez forte pour contrôler cette magie, et à présent, le Royaume des Rêves le savait aussi.

En outre, je m'apprêtais à lui montrer à quel point il la détestait.

CHAPITRE 26
VALE

Le rugissement de Kian secoua le ciel, le feu de Xavier embrasa l'air, et Idris regardait Zamarra de ses yeux dorés inflexibles et implacables.

Puis je chargeai.

La lame dans mes mains traversa les illusions, les découpant comme du papier.

Je me retrouvai enfin face à elle.

Zamarra leva ses mains, au bout desquels crépitait son pouvoir, tandis que des ombres l'enveloppaient pour lui forger une armure. Mais cela ne la sauverait pas.

Elle le savait et je le voyais dans ses yeux. Cependant, elle n'était pas prête à admettre sa défaite.

Elle émit un râle strident et plissa ses yeux dorés,

après quoi le sol se fendit sous nos pieds. Quelque chose sortit de l'abîme. Ce ne fut pas un monstre mais une aberration divine en pleine métamorphose qui s'extirpa du gouffre du Royaume des Rêves, ses os s'emboîtant pour mieux se briser et se reformer.

Une créature née de cauchemars avortés et de rêves brisés, quelque chose qui n'aurait jamais dû exister, qui n'aurait jamais dû voir le jour.

Pourtant, Zamarra nourrissait cette chose de sa magie qui imprégnait ses os, ses crocs et ses innombrables yeux.

La créature se tourna vers moi, sa gueule béante dessinant une grimace difforme et inhumaine, l'ouverture trop large, trop acérée, trop monstrueuse. Elle bondit vers moi.

J'eus à peine le temps de lever mon épée que Kian fondit sur elle, ses griffes géantes lacérant sa silhouette informe. Des illusions dansèrent dans les airs, donnant l'impression que des dizaines de Kian attaquaient simultanément.

La créature se débattit en claquant des mâchoires dans une tentative désespérée de trouver le vrai Kian.

Les flammes bleues de Xavier déchirèrent le ciel avant de brûler le dos du monstre en lui arrachant un cri inhumain déchirant.

La magie de Talek perturba le vent qui vint

balayer le champ de bataille avec la violence d'une tempête, brisant les os de la créature.

Descendant en piqué du ciel, sa silhouette dorée fendant les airs, Idris plongea, ses ailes flamboyantes.

Mais ce fut Freya qui frappa.

Sans attendre ou hésiter, elle se précipita sous les griffes de la bête, tous crocs dehors, et dégaina son épée dans l'air saturé de sang. Sa lame s'enfonça profondément dans le flanc de la créature, transperçant sa chair monstrueuse et sectionnant l'un de ses nombreux membres.

La créature poussa un cri guttural et assourdissant qui résonna dans le Royaume des Rêves, un son évoquant une plaie qui tente de se refermer, mais qui est à nouveau ouverte de force.

Puis Zamarra se mit en mouvement. Pas pour fuir. Non, elle attendait.

Elle pensait que je serais trop distraite, occupée à combattre sa créature.

Elle s'était trompée.

Je vis exactement le moment où elle comprit son erreur. Où elle comprit que je n'allais pas m'arrêter. À ce moment-là, son expression se déforma.

— Non ! hurla-t-elle d'une voix aiguë et désespérée.

Mais j'étais déjà là.

Je plongeai l'épée de lumière, celle du Royaume des Rêves, dans sa poitrine.

Elle poussa un cri, pas sous le coup de la douleur. Pas encore.

La lame de lumière plantée dans sa poitrine, traversant chair et os, brûlait l'essence même de son être. Le Royaume des Rêves pulsait autour de nous, comme s'il avait un cœur. Il avait attendu ce moment. Celui de la chute de Zamarra.

Et elle le savait.

Alors qu'elle ouvrait de grands yeux argentés, le choc put se lire sur son visage trop parfait, mais je ne faiblis pas. Je n'hésitai pas.

J'enfonçai ma lame plus profondément.

Au lieu de crier, Zamarra expira, un souffle tremblant, empreint d'incrédulité. Puis ses lèvres se courbèrent. De la magie brûla la lame, des volutes sombres s'enroulèrent autour de la lumière, tourbillonnant, ondulant, essayant d'absorber l'épée.

Mon cœur battait à tout rompre dans ma poitrine.

Elle essayait de me voler ce pouvoir. Lorsqu'elle leva une main tremblante pour agripper mon poignet, elle ne tenta pas de me repousser, mais de m'attirer vers elle.

— Tu es à moi maintenant, murmura-t-elle.

Le pouvoir qui aurait dû la dévorer déclinait.

Absorbé en elle, il se pliait à sa volonté, comblant le trou dans son corps.

Elle essayait de tout prendre.

Quand le Royaume des Rêves vacilla, j'en eus le souffle coupé. Les contours de ma vision du champ de bataille se brouillèrent alors que mon pouvoir commençait à m'échapper, filant en elle pour aller l'alimenter.

Zamarra souriait.

Je me débattis et arrachai l'épée en écartant mon bras sur le côté, un coup violent et fatal.

Mais la lumière brilla plus fort, et un feu d'un blanc incandescent embrasa son corps quand je l'enfonçai plus profondément pour transpercer ses muscles et détruire sa magie, ce pouvoir volé qu'elle avait accaparé pendant des siècles.

Zamarra écarquilla les yeux et ouvrit la bouche pour hurler cette fois.

La magie explosa autour de nous. Pas la sienne, mais la *mienne*.

Elle se concentra pour repousser Zamarra. Alors, le Royaume des Rêves se déchaîna contre elle en l'écorchant, en la mutilant et en la brûlant. Elle s'agrippa à mon bras, mais ses forces l'abandonnaient déjà.

— Tu… commença-t-elle d'une voix rauque et désespérée, son corps déjà en train de se désagréger.

Elle ne comprenait toujours pas.

— Le Royaume des Rêves ne t'appartient pas, expliquai-je en me penchant vers elle, mon haleine chaude sur sa joue.

La lumière pulsa et explosa avant que Zamarra soit réduite en cendres.

Il ne restait ni corps ni cadavre, car le Royaume des Rêves l'avait déchiquetée.

Elle se fragmenta en éclats de magie brute, se désagrégea et quitta la réalité elle-même. Le pouvoir qu'elle avait volé, ces siècles d'énergie accumulée et pervertie se retournèrent contre elle.

Elle avait eu beau se battre bec et ongles pour essayer de garder sa forme et subsister, le Royaume des Rêves avait décidé qu'il ne voulait plus d'elle. Le cri de Zamarra fut interrompu, puis il n'y eut plus que le silence.

Mais la victoire n'était pas encore acquise. Le Royaume des Rêves expira simplement, libérant le souffle qu'il avait retenu si longtemps. Pendant un instant, tout sembla s'immobiliser, comme si le monde lui-même ne croyait pas à la disparition de Zamarra.

Puis, un par un, les monstres se décomposèrent.

Ils hurlèrent, des cris rauques et déchirants, lorsque le pouvoir qui les composait commença à s'effriter. Leurs membres fantomatiques se tordirent, leurs griffes se rétractèrent, et leurs corps se mirent à se convulser, avant de se dissoudre dans une brume sombre accompagnée d'échos agonisants.

Le Royaume des Rêves ne les laissa pas s'attarder.

Un vent violent balaya le champ de bataille, coup de grâce définitif. Les créatures se tortillèrent, luttant pour rester, puis elles disparurent. Les fractures dans le ciel frémirent, mais les plaies déchiquetées du monde réel ne se refermèrent pas d'un seul coup : une lumière argentée commença à arpenter les fissures pour les refermer progressivement.

La brume rouge qui avait souillé l'air s'éclaircit avant de se dissiper complètement, diminuant le poids qui pesait lourdement sur ma peau. Ensuite, les chutes se purifièrent du sang.

Le Royaume des Rêves soupira.

Il n'y eut ni son ni mot, juste une pulsation profonde et vaste de soulagement.

Après quoi, lentement, le champ de bataille redevint calme.

Le combat était terminé.

Et je me tenais debout au milieu des restes de l'ancienne Zamarra, ma main toujours occupée par mon épée de lumière. Sous ma peau brûlait toujours la magie brute et indomptée.

Elle avait disparu. Mais Nyrah... *Nyrah.*

Je me retournai, manquant de trébucher dans ma course. Sa lumière, sa vie, vacillait et déclinait peu à peu.

— Nyrah !

L'épée disparut de ma main alors que je dérapais sur la pierre et tombais à genoux à côté de son corps immobile.

— Nyrah, haletai-je en posant mes mains sur ses épaules. Hé ! Hé, ouvre les yeux !

Sa peau était livide, son aura dorée scintillait telles des braises mourantes. La magie qu'elle aurait dû avoir et qui aurait dû la protéger était en train de disparaître.

Un spasme secoua son corps et elle se mit à haleter faiblement.

Non. Non, non, non.

Le pouvoir que Zamarra lui avait volé... celui qu'elle avait puisé en elle pour se régénérer. Sans cette source, Nyrah sombrait.

Xavier se laissa tomber à côté de moi, les mains tendues au-dessus de la poitrine de ma sœur. Les filins de sa magie se déployèrent autour d'elle, cherchant et sondant son corps, pendant qu'il retenait son souffle.

— Elle nous échappe, murmura-t-il d'une voix tendue.

Non. Non, je ne m'étais pas frayé un chemin dans le Royaume des Rêves pour la perdre maintenant. En activant ma magie, je tendis la main vers elle pour essayer de lui insuffler mon pouvoir et forcer son corps à tenir bon. Mais il résista. Ou peut-être que Nyrah était trop faible pour absorber mon énergie.

— Il faut faire quelque chose, m'étouffai-je, sous le coup de la panique. Je... je ne peux pas la perdre. *Je t'en prie.*

— Alors, dis-moi quoi faire, bordel, répondit Kian en tombant à genoux à côté de moi.

Xavier serrait les dents, ses mains brillant d'une douce lueur irisée, signe de sa magie réparatrice.

— Elle est déjà trop loin, m'informa-t-il d'une voix rauque.

Tout en déglutissant, il posa les yeux sur Nyrah, et ses traits se crispèrent.

— Il lui en faut plus.

Plus de magie. Plus de force. Plus de notre essence.

— Alors, donnons-lui plus, déclara Idris après avoir inspiré brusquement.

Il y avait dans sa voix un accent définitif et irrévocable. Pendant un instant, personne ne bougea.

— D'accord, souffla Kian. Mais on le fait ensemble.

Sans hésitation ni doute, nous agîmes de concert.

Xavier croisa mon regard et serra les poings avant de poser sa paume sur la poitrine de Nyrah.

— À trois.

Nous unîmes nos forces.

Xavier appuya sur le sternum de ma sœur, pendant que je lui serrais les mains, que Kian effleurait sa tempe, et que le pouvoir doré d'Idris faisait le lien entre nous, Rune observant la scène à travers ses yeux.

Les poings serrés, Talek attendait à proximité dans un tourbillon de vent.

— Je ne pratique pas la magie de lumière, murmura-t-il. Mais je peux la maintenir en place.

Une bouffée d'air s'abattit sur elle comme une ancre, la stabilisant et l'empêchant de sombrer davantage.

Après quoi Freya nous rejoignit en boitant, son épée encore couverte de sang noir.

— Bougez-vous, dit-elle d'une voix ferme, mais éreintée.

Elle pressa une main ensanglantée contre la

bouche de Nyrah, sa magie jaillissant et s'accrochant au peu de vie qui restait à ma sœur.

Derrière elle, Briar tituba, les bras tremblants, le visage pâle. Mais elle s'agenouilla à côté de Nyrah, joignant son pouvoir faiblissant au nôtre.

— Un, dit Xavier après avoir inspiré.

La magie bourdonna.

— Deux.

Le lien s'embrasa alors qu'une décharge d'énergie brute se propageait entre nous.

— Trois.

À son signal, nous lâchâmes prise.

Notre pouvoir se déversa, sans violence ni force, mais en un flux régulier, contrôlé, inébranlable. Nyrah se convulsa, comme si elle avait été frappée par la foudre, avant de se cambrer et de frémir.

Puis elle reprit brusquement son souffle.

Tandis qu'une lumière dorée et chaude irradiait de sa poitrine, se répandant autour d'elle à l'image d'un nageur qui remonte à la surface, ses doigts se crispèrent sur les miens et son cœur repartit.

— Nyrah ? l'appelai-je d'une voix brisée, après avoir relâché une expiration tremblante.

Elle ouvrit et ferma ses yeux bleus, les plus beaux que j'avais jamais vus. Elle était encore faible, à peine consciente, mais elle était en vie. Ses lèvres esquis-sèrent un petit sourire affaibli.

— Tu en as mis du temps.

Le souffle que je retenais s'échappa quand je me mis à rire, malgré ma gorge sèche et irritée.

— Putain de merde, souffla bruyamment Kian en s'accroupissant.

Xavier se frotta le visage, et ses épaules s'affais-sèrent de soulagement. Idris expira lentement, sa magie dorée se dissipant dans l'air comme des cendres dans le vent.

— Je voudrais demander officiellement que tout le monde évite de frôler la mort à l'avenir, déclara Talek dans un soupir avant de se redresser. Merci.

Avec un petit rire essoufflé, Freya pressa une main contre ses côtes avant de s'effondrer sur le sol, les yeux levés vers le ciel étoilé.

— Je suis d'accord.

— Ne me faites jamais revivre ça, dit Briar d'une voix rauque, en secouant la tête.

Je poussai un autre soupir tremblant, puis appuyai mon front contre celui de Nyrah.

— Tout va bien se passer.

— Bien sûr que oui, répondit-elle d'une voix lasse en riant un peu.

À ces mots, je serrai sa main dans la mienne.

C'était fini. Mais au-delà des falaises, au-delà du champ de bataille ravagé, le Royaume des Rêves n'était pas tranquille.

Pas vraiment. Il ne le serait jamais.

Il bruissait toujours sous ma peau, ondulait et respirait. À l'affût. Il avait toujours été là, à observer, et le serait pour l'éternité.

Je m'étais battue pour m'en sortir, je l'avais vaincu et l'avait transformé en arme. Mais à présent ? À présent, ce n'était plus un ennemi, car il faisait partie de moi.

Et peut-être que cela avait toujours été le cas.

CHAPITRE 27

VALE

L e château était étrangement silencieux.

Ce n'était pas le calme qu'on trouvait en temps de paix, mais celui qu'amenait l'épuisement.

Nyrah et Briar étaient déjà allongées sur des lits de camp, leur peau toujours aussi pâle. Les guérisseurs s'affairaient autour d'elles, leurs mains diffusant une lumière douce et constante tandis qu'ils s'efforçaient de réparer les blessures infligées par Zamarra.

Freya, cependant, refusait toute aide.

— Je vais bien, assura-t-elle, assise au bord d'un lit de camp, en repoussant les mains d'une guérisseuse. Il y a des gens qui sont en train de mourir ici. Allez les aider.

— Vous avez au moins trois côtes cassées et un poumon perforé, rétorqua la guérisseuse.

— J'ai besoin de sang et d'une sieste, pas de soins, dit Freya en ricanant.

— Elle ne ment pas, dit Talek, debout à côté d'elle, en souriant. Tu as sifflé quand tu t'es assise.

— Je ne suis même pas sûre que tu respires, espèce de merdeux manipulateur de tempêtes, répliqua Freya en lui lançant un regard noir. Occupe-toi de tes affaires.

— Je respire, protesta Talek, les bras croisés. Mais moi, au moins, je ne m'en plains pas.

— Combien de temps on leur laisse avant d'intervenir ? chuchota Kian en se penchant vers moi.

— Je ne sais pas, répondit Xavier en inclinant la tête. Le spectacle me plaît bien.

Je faillis sourire, mais ce moment fut trop fugace et fragile. Car juste derrière eux, au-delà des rangées de guérisseurs et de corps épuisés, de l'autre côté du continent, la montagne était toujours là.

La Guilde.

À cette vue, je sentis ma poitrine se serrer, comme si j'avais un poids sur le cœur.

Ce n'était pas fini. Pas encore.

Idris dut sentir mon agitation, car il se tourna vers

moi et me regarda de ses yeux dorés perçants, tout en me sondant à travers le lien.

— On continue, n'est-ce pas ?

— On n'a pas le choix, acquiesçai-je.

— Ouais, c'est bien ce que je pensais, souffla longuement Kian en se passant une main dans les cheveux.

— Attendez... quoi ? s'exclama Freya, en pleine dispute avec Talek.

Et puis, avant que je puisse répondre, un rideau s'ouvrit brusquement.

Appuyée contre le cadre en bois, Nyrah semblait peiner à rester debout, sa tunique d'hôpital en désordre.

Elle avait à peine la force de soutenir son poids. Ses mains tremblaient contre le bois tandis que Briar s'agitait à côté d'elle, les yeux grands ouverts d'inquiétude.

— Tu pars, dit Nyrah.

Ce n'était pas une question.

— Tu as besoin de te reposer, dis-je en m'approchant d'elle pour la rattraper, si besoin. Tu as traversé tellement d'épreuves.

— Et toi, tu dois arrêter de me traiter comme si j'étais encore une enfant, rétorqua-t-elle entre ses dents serrées, ses yeux bleus étincelant.

Je me radoucis, soulagée de la savoir en vie et en bonne santé, ce qui apaisait cette sensation dans ma poitrine dont je n'aurais jamais pensé pouvoir me débarrasser. Mais il était hors de question qu'elle m'accompagne.

— Nyrah.

— Je sais ce vous allez faire, dit-elle en secouant la tête. La montagne.

— Évidemment, il fallait qu'elle nous entende, souffla bruyamment Xavier en se frottant les tempes.

— Vous ne pouvez pas les laisser là-bas, reprit Nyrah en serrant les poings.

— Non, confirmai-je, malgré la boule dans ma gorge. On ne peut pas.

Le silence s'installa dans la pièce.

Freya détourna enfin les yeux de sa guérisseuse, alors que Talek était anormalement silencieux. Briar, encore faible à cause du combat, serra les dents et se redressa péniblement sur son lit de camp.

La montagne était toujours là. Et aucun d'entre nous ne pouvait vivre avec ça.

Les doigts de Nyrah tremblaient, comme si elle voulait partir et nous suivre.

— Tu es ma sœur, et je t'aime plus que tout au monde, dis-je en lui prenant les mains et les serrant très fort.

Elle me fixa d'un air provocateur et obstiné, bien plus vaillante qu'elle n'aurait dû l'être.

— Mais j'ai besoin que tu restes ici, en sécurité.

— Ce n'est pas mon combat, dit-elle doucement, la gorge nouée.

— Ça n'a jamais été le tien, mais ça me touche que tu veuilles encore te battre à mes côtés, répondis-je en secouant la tête.

Un long silence s'installa entre nous tandis qu'elle scrutait mon regard. Puis elle acquiesça, un signe de tête à peine perceptible. Juste assez pour m'autoriser à partir.

Je déposai un baiser sur son front après avoir écarté ses cheveux clairs de son visage.

— On revient bientôt.

Freya poussa un soupir et se jeta sur le lit en grognant.

— D'accord. Allez démolir une montagne sans moi. Mais si vous vous faites écraser, je ne viendrai pas vous dégager.

— Je savais que tu tenais à moi, plaisanta Kian en souriant.

Elle lui répondit par un doigt d'honneur.

— Allons-y, dis-je en me tournant vers mes compagnons.

LE VOL FUT ÉTRANGEMENT SILENCIEUX.

Même Kian, qui était d'habitude le premier à faire des blagues, ne disait rien.

La montagne se profilait devant nous, avec son apparence sombre marquée par des siècles de convoitise, de cruauté et de sacrifices. Alors que le soleil matinal se levait dans le ciel, les veines de Lumentium vibrèrent légèrement, un écho de la magie qui avait autrefois retenu Zamarra prisonnière.

Une prison. Un tombeau. Un cimetière.

À présent, il était vide.

La Guilde, les mineurs… avaient tous disparu. Je ne savais pas s'ils avaient fui ou s'ils étaient morts pour leur cause, mais il ne restait plus que les tunnels creusés dans les profondeurs de la terre, seule preuve du désespoir d'Arden et de ses siècles passés à poursuivre un mensonge.

Le visage fouetté par un vent glacial, je sentis le Royaume des Rêves s'agiter en moi, fredonnant dans l'air et me faisant frissonner.

Ce n'était pas seulement une montagne. C'était un symbole du passé, de tout ce que nous avions été contraints à endurer. Et il était temps de laisser tout cela derrière nous.

Idris se tenait à côté de moi, le visage grave, sa magie dorée scintillant au bout de ses doigts.

— Tu es prête, ma petite téméraire ?

— Ensemble ? demandai-je en acquiesçant.

Xavier entrelaça ses doigts avec les miens tandis que Kian passait un bras autour de ma taille pour me stabiliser face au vent qui se levait. Enveloppé de sa magie qui s'accumulait aussi en nous, Idris leva la tête avant de saisir ma main libre.

Le lien s'intensifia, palpable entre nous.

Puis la montagne se mit à trembler.

Un *craquement* assourdissant venu des profondeurs fendit la roche, se propageant à la manière de veines, telles des fractures dans l'espace-temps. Le Lumentium scintilla, son éclat surnaturel brillant une dernière fois avant de voler en éclats.

Les murs autrefois impénétrables s'effondrèrent vers l'intérieur, les tunnels s'écroulèrent, alors que les fondations cédaient sous le poids de leurs propres péchés.

La pierre, les ossements et l'histoire se retrouvèrent enfouis, engloutis dans ce royaume de ténèbres.

Au milieu des gémissements du sol, la poussière

s'éleva dans le ciel comme le souffle agonisant d'un mourant, s'éparpillant dans les airs avant de disparaître dans le néant.

Et il ne resta plus que le silence. Pas le calme ou l'immobilité, mais un silence véritable, absolu.

Il pesa sur mes épaules, une absence si lourde que le monde lui-même donnait l'impression d'avoir expiré. Toute une vie de souffrances, de spectres et de malédictions était désormais enterrée.

Pour de bon, cette fois.

L'ENVOYÉ DE GIROVIA ARRIVA TROIS JOURS plus tard.

C'était un homme austère, à l'air pincé, dont l'uniforme était trop impeccable, les épaules trop droites, et dont l'expression semblait indiquer qu'il avait avalé du lait caillé.

Mais le pire ? Il ne s'inclina pas.

Ni lorsqu'il entra dans la salle du trône ni lorsque son regard se posa sur Idris et moi, debout à l'autre bout de la pièce, la magie dorée de mon mari tourbillonnant dans l'air comme si elle était animée d'une vie propre.

Il ne s'inclina pas une seule fois.

La foule semblait retenir son souffle, une tension palpable régnait dans la pièce. C'était plus intense que le silence, comme si tout le monde attendait quelque chose. Je serrai les poings, car le poids de la couronne sur ma tête me semblait insupportable.

Cet homme était venu ici pour capituler, et pourtant, il agissait comme s'il avait encore une chance. Je ne savais pas ce qui me troublait le plus : son arrogance flagrante ou le fait qu'Idris ne bougeait pas d'un pouce.

Mon mari restait là, immobile, sa présence emplissant la pièce comme un orage sur le point d'éclater.

L'envoyé retint son souffle. Il le sentait, le pouvoir dans l'air, la force d'un roi libéré, la rage silencieuse d'une reine couronnée.

Et puis... ses genoux heurtèrent le sol, sans dignité ou bonne volonté, plutôt comme un corps cédant sous un poids trop lourd à porter. Il baissa la tête et commença presque à haleter. Et lorsqu'il finit par parler, sa voix était tendue et étranglée par l'atmosphère pesante.

— La province de Girovia reconnaît le règne du roi Idris.

Un long silence gênant se prolongea bien trop longtemps.

Dis-le.

Ma magie fit pression contre mes côtes, la tension montant dans mes poumons, tandis que la mâchoire de l'envoyé se crispait et que sa gorge semblait se nouer.

— Nous... honorerons les accords tels qu'ils ont été rédigés.

C'était fait. La guerre était terminée avant même d'avoir vraiment commencé. Ils avaient espéré instaurer un royaume sans roi. Une terre sans pouvoir. Ils avaient compté sur le fait qu'Idris serait séparé de son pouvoir pour toujours.

Ils s'étaient trompés.

Les yeux brillants de pouvoir et le visage inexpressif, Idris pencha la tête pour examiner l'homme, comme s'il évaluait quelque chose d'invisible.

Puis il prononça un seul mot.

— Bien.

Rien de plus. Ni fanfare, ni jubilation, ni discours interminables, ni demande de pénitence. Juste une déclaration sans équivoque. Comme si la chute d'un empire ne représentait pour lui rien de plus qu'un léger désagrément.

L'émissaire resta à genoux, il n'osait pas se relever.

Un gloussement amusé rompit le silence.

— Merde, dit Freya d'une voix traînante à ma gauche. J'espérais qu'ils se prosterneraient ou un truc du genre, vu tous les problèmes qu'ils nous ont causés ces deux derniers siècles. On aurait pu s'attendre à des excuses.

L'émissaire lui accorda à peine un regard, mais ce fut sa deuxième erreur.

Le sourire de Freya s'élargit, dévoilant ses crocs acérés, avant qu'elle ait recours à son humour cinglant.

— Je crois que je vais aimer leur tenir la bride.

Adossé à l'un des piliers de pierre comme si la situation l'amusait beaucoup, Kian murmura pensivement.

— La prochaine fois, on devrait peut-être les obliger à ramper. Ce serait manquer de diplomatie ?

— Kian, tu ne diriges pas le conseil, soupira Xavier en se frottant la tempe.

— Freya et moi formerions une excellente équipe, déclara Kian d'un air dramatique. Réfléchis-y.

Xavier fixa le plafond voûté, comme s'il sentait sa patience s'amenuiser.

— Je pense que tu seras trop occupé à servir de... je ne sais pas... de foutu général ?

— Quoi ? s'exclama Kian, dont le sourire s'élargit. Un homme ne peut pas faire plusieurs choses à la fois ici ?

Idris finit par éclater de rire. Un son grave et satisfait, qui réchauffa l'atmosphère malgré la tension ambiante.

— Tu vois ? dit Kian, avec un sourire, l'air très content de lui. Le roi approuve.

Freya leva les yeux au ciel, mais attrapa l'émissaire par le collet et le remit debout d'un coup sec. Les yeux écarquillés, l'homme ouvrit sa bouche pour protester, mais aucun son n'en sortit.

— Et pourtant, me voilà, à faire tout le sale boulot pendant que vous, bande d'imbéciles, vous vous disputez, râla Freya, penchée vers l'émissaire, d'une voix où se mêlaient douceur et fermeté.

Je réprimai un rire devant l'air choqué de l'émissaire qui se faisait escorter hors de la pièce par Freya.

— Nous reconstituerons le conseil, déclarai-je. Mais pas aujourd'hui.

— Très bien, dit Freya en me jetant un regard par-dessus son épaule. Mais si l'un d'entre eux vous trahit, je me réserve le droit de l'exécuter.

— Ça me va, répondit Idris en haussant les épaules, sans se départir de son sourire.

JE LA TROUVAI DANS L'ÉCURIE, DEBOUT À CÔTÉ de Vetra, qu'elle brossait lentement avec des gestes réguliers, afin de faire briller le pelage soyeux de la jument. La lumière du soleil pénétrait par les portes ouvertes et se reflétait sur ses mèches blondes, qui semblaient alors presque argentées.

Briar se tenait à proximité, battant distraitement des ailes, tandis qu'elle tendait une brosse aux poils plus souples à Nyrah. Aucune des deux ne parlait.

Elles se contentaient de savourer cet instant.

Lorsque Nyrah s'était sentie suffisamment bien, elle nous avait accompagnés au domaine d'Idris afin de ramener le cheval de guerre qui m'avait portée jusqu'au combat.

En un seul regard, Nyrah était tombée amoureuse de Vetra, et je l'avais tout de suite compris. Elle l'avait adoptée. En un instant, elles avaient tissé un lien, comme si Nyrah avait reconnu une âme sœur en cette jument aguerrie, et comme si Vetra avait remarqué aussi quelque chose de son côté.

Une force tranquille. Une volonté de survivre.

Je m'appuyai contre la porte de l'écurie et croisai les bras pour attendre.

Nyrah ne se retourna pas, mais je sentis le moment où elle perçut ma présence. Une pause infime, presque imperceptible, dans le frottement rythmé de la brosse.

— Tu me surveilles.

— Je suis la reine, dis-je en m'approchant avec un sourire. J'ai le droit.

Elle me jeta un regard en coin avant de reporter son attention sur Vetra, dont elle brossait la crinière.

— Tu abuses déjà de ton pouvoir ?

— Absolument, confirmai-je en souriant.

Pendant un instant, il n'y eut aucun autre son que le bruissement du foin, les longues expirations de Vetra et le mouvement régulier de la brosse.

— Je ne suis pas brisée, tu sais, souffla Nyrah.

Je déglutis pour ravaler la boule qui s'était formée dans ma gorge.

— Je sais.

Elle se tourna complètement vers moi et croisa mon regard. Ses yeux, autrefois ternis par la douleur et la peur, étaient désormais clairs. Calmes. Plus forts.

Elle prenait peu à peu des formes, ses joues n'étaient plus aussi creuses, car son corps recevait enfin les nutriments dont il avait besoin.

— Mais je ne suis pas guérie non plus.

Un silence de quelques secondes s'installa entre nous.

— Ça viendra, murmurai-je, convaincue que cette promesse était vraie.

Nyrah serra plus fort la brosse.

— Et si je ne retrouve jamais ma magie ? murmura-t-elle après un long moment.

— Tu seras toujours ma sœur, la rassurai-je en m'approchant et en posant ma main sur la sienne. Tu seras toujours toi.

La gorge serrée, elle acquiesça d'un signe de tête et expira lentement.

— D'accord.

Nous restâmes là, dans le silence réconfortant de l'écurie.

Au milieu de l'odeur du foin réchauffé par le soleil, du souffle régulier d'un cheval, du bourdonnement lointain du château qui s'éveillait.

Nyrah était encore en convalescence, mais elle allait s'en sortir.

Et cela me suffisait.

Le Royaume des Rêves murmurait en moi. Un ronronnement familier. Ce n'était ni une menace ni un fardeau. Il était simplement... *là*.

Je me tenais devant les immenses fenêtres de ma chambre, contemplant le royaume au-dessus duquel le ciel s'étendait à l'infini, calme et silencieux.

Elle m'attendait.

Lirael.

Sa silhouette scintilla dans le reflet de la vitre, une lumière dorée esquissant une sorte de sourire.

— Tu as bien travaillé.

Je trouvais toujours étrange de ne plus avoir besoin de dormir pour voir le Royaume des Rêves. J'expirai, la poitrine douloureuse, comme soulagée.

— Ça, c'est fait.

Mais pour le reste...

— Est-ce que ça finira vraiment un jour ? demandai-je en croisant son regard.

— Les gens à la recherche du pouvoir ? demanda Lirael en penchant la tête. Jamais. Mais tu parles *d'elle.*

— Ça m'a traversé l'esprit, admis-je en haussant une épaule, sans conviction.

Sa joie résonna dans ma poitrine, une chaleur à laquelle je ne m'attendais pas.

— Elle n'est plus, ma fille.

— Alors pourquoi…

Je cherchai les mots pour décrire le malaise qui persistait en moi, une sorte de certitude. Comme si le Royaume des Rêves n'en avait pas encore fini avec moi.

— Le Royaume des Rêves existera toujours, Vale, dit Lirael, dont l'expression s'adoucit. Mais désormais, c'est à toi de le façonner.

J'hésitai. Le poids de la dernière bataille pesait encore lourdement sur mon cœur.

— Si ça a toujours été ton domaine, pourquoi n'as-tu pas arrêté Zamarra ? Pourquoi ne nous as-tu pas aidés ?

La question me taraudait l'esprit. Pas sous le coup de la colère ou de la rancœur, juste dans un élan de curiosité.

La lumière dorée de Lirael pulsait comme un battement de cœur.

— Je n'ai jamais été destinée à régner sur le Royaume des Rêves, Vale. J'étais simplement sa gardienne. Une gardienne, pas une souveraine. Pas comme toi.

Un éclair de compréhension m'envahit. Elle pouvait le protéger et le préserver, mais elle n'avait jamais été capable de le gouverner.

— Et j'étais prisonnière, poursuivit-elle. Tout comme Idris avait été séparé de son âme, tout comme les Luxas étaient enchaînées à leur destin, j'étais piégée dans mon propre royaume, impuissante face au cours des événements.

— Mais pas moi.

— Non, pas toi, confirma-t-elle avec un sourire empreint de complicité. Tu étais la seule à pouvoir changer notre destin.

J'avais toujours été cette personne, mais pas à cause d'une prophétie ou de la destinée. Pas parce que quelqu'un m'avait choisie pour accomplir cette tâche. Mais parce que je m'étais battue pour y parvenir.

— Tu peux toujours venir me voir quand tu as besoin de réponses.

Sa lumière dorée pulsa une dernière fois avant que sa chaleur embrasse ma peau en guise d'adieu. Puis elle disparut.

Le Royaume des Rêves continuait de bourdonner,

comme il le ferait toujours. Mais je n'en avais plus peur désormais.

Derrière moi, la porte s'ouvrit en grinçant. La chaleur de leur présence me parvint avant même que je ne les voie.

Idris. Kian. Xavier.

Je me retournai alors qu'Idris traversait la pièce le premier, ses yeux dorés scrutant les miens. Il ne dit rien, car les mots étaient inutiles. Pour me réconforter, il posa sur ma taille ses mains, plus que jamais rassurantes.

Kian s'appuya contre le cadre de la porte, les bras croisés, un sourire espiègle se dessinant lentement sur ses lèvres.

— Tu n'arrêtes pas de t'éclipser pour parler à des fantômes. Je devrais être jaloux ?

— Peut-être, répondis-je en riant doucement.

Après s'être écarté du cadre de la porte, il vint me retrouver.

— Au moins, tu nous reviens toujours.

Xavier arriva à son tour, aussi chaleureux et imperturbable qu'à son habitude. Il effleura mon poignet avant de me prendre la main.

— Si tu avais besoin de te changer les idées, tu n'avais qu'à demander.

— Ce n'est pas ce à quoi je pensais, murmurai-je.

— Non, mais tu devrais, susurra Xavier sur un ton grave et complice.

J'expirai, laissant enfin la tension quitter mes épaules. Le passé était derrière nous et la guerre était finie.

— Alors, commençons à vivre, murmura Kian en déposant un baiser sur ma tempe.

Idris éclata d'un rire sonore et profond, rare et authentique.

Et tandis que je les regardais, ces trois personnes qui avaient combattu, saigné et m'avaient soutenu tout au long de cette épreuve, la vérité m'apparut.

Notre histoire n'était pas terminée.

Elle ne faisait que commencer.

Ceci conclut la série Flammes Brisées.
Merci beaucoup d'avoir lu ce livre. Je ne saurais trouver les mots pour dire à quel point j'ai adoré imaginer Vale, Kian, Xavier et Idris, ainsi que leur bande d'amis hétéroclites.

Cependant, si vous souhaitez avoir un petit aperçu de la vie de Vale et de ses hommes, tournez la page pour découvrir une scène bonus inédite de Flammes Brisées. J'espère que vous l'apprécierez !

SCÈNE BONUS

Cher lecteur,

J'espère que vous avez apprécié la série Les Flammes Brisées. Vale et ses hommes occupent une place très spéciale dans mon cœur, et je suis absolument ravie que vous puissiez en savoir plus sur eux.

Je vous offre une scène bonus très spéciale pour vous remercier d'avoir lu cette série. Il vous suffira de cliquer sur le lien ci-dessous, de vous inscrire à ma newsletter, et vous recevrez un e-mail vous donnant accès à cette scène !

https://geni.us/bffrench-bonus

LIVRES D'ANNIE ANDERSON

LA VOIX DES MORTS

Le murmure de la Mort

Les secrets de Haunted Peak

Une famille pas comme les autres

LA VOIX DES ESPRITS

Veillée nocturne

Veillée mortelle

FLAMMES BRISÉES

Ailes ruinées

Braises volées

Destins brisés

LIVRES EN ANGLAIS

IMMORTAL VICES & VIRTUES

HER MONSTROUS MATES

Bury Me

SHADOW SHIFTER BONDS

Shadow Me

THE ARCANE SOULS WORLD

THE WRONG WITCH SERIES

Spells & Slip-ups

Magic & Mayhem

Errors & Exorcisms

THE LOST WITCH SERIES

Curses & Chaos

Hexes & Hijinx

THE ETHEREAL WORLD

ROGUE ETHEREAL SERIES

Woman of Blood & Bone

Daughter of Souls & Silence

Lady of Madness & Moonlight

Sister of Embers & Echoes

Priestess of Storms & Stone

Queen of Fate & Fire

PHOENIX RISING SERIES

(Formerly the Ashes to Ashes Series)

Flame Kissed

Death Kissed

Fate Kissed

Shade Kissed

Sight Kissed

À PROPOS DE L'AUTEUR

Annie Anderson est l'autrice de la série à succès international *Rogue Ethereal*. Ancienne membre de l'US Air Force, Annie écrit des romans de fantasy au rythme effréné, peuplés d'héroïnes fortes et pleines de mordant, sans oublier une bonne dose de magie.

Quand elle ne tape pas furieusement sur son clavier, on peut la trouver en train de binge-watcher *The Magicians*, flirter avec son mari, gérer ses enfants, ou encore soudoyer ses chiens grincheux pour les faire sortir en promenade.

Pour en savoir plus sur Annie et ses livres, rendez-vous sur

www.annieande.com

facebook.com/AuthorAnnieAnderson

instagram.com/AnnieAnde

amazon.com/author/annieande

bookbub.com/authors/annie-anderson

goodreads.com/AnnieAnde

pinterest.com/annieande

tiktok.com/@authorannieanderson

www.ingramcontent.com/pod-product-compliance
Lightning Source LLC
Chambersburg PA
CBHW031151310726
48969CB00001B/49